ejuvenation couple 02
回春冤家

✿ 個性：愛恨分明、灑脫不羈、重義氣，偏偏面對陳昭時有點傻。

成分組成	
武力值	90%
男友力	100%↑ 破表！∞
賣萌	50%
智力	20%
顏值	70%

陳勍

陳國的現任皇帝。
趙真和陳昭的長子。

年齡22歲。

✿ 個性：性情溫和寬厚，外柔內剛，有些呆萌。

成分組成	
武力值	10%
金貴度	90%
蠢萌	100%↑ 破表！∞
智力	70%
顏值	60%

個性：仙風道骨慈悲溫和，實則腹黑霸道有些毒辣，喜愛挖坑給趙真跳。

成分組成	
武力值	0%
男友力	60%
賣萌	80%
智力	100%
顏值	100%↑ 破表！∞

陳啟威

豫寧王世子的兒子。
陳昭的堂姪孫。

年齡16歲。

個性：真心單純、容易犯蠢的白目美少年。

成分組成	
武力值	70%
男友力	80%
蠢萌	90%
智力	60%
顏值	100%↑ 破表！∞

目次 Contents

第一章 最俊逸的帝王

那人真是陳昭呀！

趙真又驚又愣，她竟一直沒發現他的存在！怪不得外孫女今日身邊的丫鬟都換了，兩個都是身材高眺的，所以陳昭這般高眺的丫鬟也沒那麼引人注意，而且他現在是年少的樣子，身板本就單薄，換成女裝低著頭便可以絕妙的掩飾住。

現下他抬起頭便徹底暴露了，別人一時間可能認不出來，但趙真卻對陳昭的容貌熟得不能再熟了，彼時陳昭這個年紀的時候，正是她對他這個冷美人最為稀罕的時候，每日裡最喜歡盯著他的臉看，若是閒的時候連他的睫毛有幾根都會數。

此時的他薄施粉黛，本來還挺英氣的眉毛似是被修剪過了，弧線秀美，桃花眼被畫上了精緻的眼妝，讓本就漂亮的眼睛更為嫵媚動人，而眼尾上淡淡的粉色又為他添了幾分楚楚，一抬眸的風情甚是撩人。

趙真原以為他若是身為女子，定是外孫女那般明豔可人，卻不想女版的他是很可人，但卻是另一種美，如他男裝時一般，清雅而脫俗，帶著出塵仙氣，是朵惹人憐愛的白蓮。就算趙真是個女人，都被他女裝的模樣蠱惑到了，心口有種狼血在湧動的感覺，因而也沒注意到自己兒子明顯不對勁的表情。

付凝萱也是才發現母親新撥給她的丫鬟如此貌美，今日她的兩個大丫頭都染了疾，母親便臨時撥了這兩個給她。母親做事向來穩妥，她看也沒看便帶來了，卻不想這個丫鬟如此冒失。

她走上前呵斥道：「妳這丫鬟怎的如此冒失？還不快向皇上請罪！」

陳昭的心思都在趙真身上，一看她噴了茶便知道被她認出來了，再聽到外孫女的呵斥，他低下頭，也沒跪下，微微彎下身子，壓低聲音道：「奴婢驚擾聖駕罪該萬死。」

付凝萱見「她」這般不懂規矩，更是急了，人是她帶來的，御前犯了錯是要連帶她這個主子的，「皇舅舅，是萱兒沒把人教好，衝撞了皇舅舅，請皇舅舅贖罪。」說著要拉陳昭跪下。

陳勍看著眼前「女子」微彎身子低著頭，墨般黑亮柔順的髮絲自肩上傾瀉而下，失神了片刻，轉頭看向外甥女，道：「算了，也不是什麼大事，妳們好不容易進了宮，不要因這點小事掃興。」說罷看向陳昭，道：「妳下去吧。」

陳昭抬眸看向兒子，卻見陳勍瞳孔微震，臉上掠過幾分不自然，他不禁狐疑，莫非朝堂上出了什麼事情？

可眼下卻不是他能問的，他道：「謝陛下。」而後退出大殿。他臨出門時望了眼趙真，她還在看他，目光灼灼，怕是被他這扮相驚到了。陳昭臉頰發起燙來，還是被她瞧見了，他本想神不知鬼不覺的，卻不想怎麼改扮都能被她一眼認出來。

方才的一切都被皇后統統看在眼裡，她不動聲色的走到還有些出神的皇帝面前，輕而柔的聲音道：「陛下如此匆匆而來，可是有要事？」

陳勍聞聲回了神，對上髮妻含笑的目光，他的心中亂了幾分，輕咳一聲道：「是有事情與皇后相商。」

從趙真這一代皇后開始，後宮不許干政的規矩便破了，他成婚之後，與父皇議事時，父皇都會叫上當時還是太子妃的秦如嫣。秦如嫣聰慧過人，若為男子定是國之棟梁，很多事情都看得非常透澈，因而父皇母后仙逝後，朝堂上遇見什麼難解之事，他便會來找秦如嫣商議。

皇后看向趙真等人，道：「序兒，帶你的表姑和表姐去御花園轉轉，你表姑第一次來，還沒去過御花園。」

陳序還是小孩子，自然愛玩，一聽馬上拉著趙真的手往御花園去，帶著她們去他平日裡最喜歡玩的幾處看看。

趙真對御花園自是熟到不能再熟，並沒有什麼興趣，現下最吸引她的是後面跟著的陳昭，她時不時回頭看，便能見到陳昭低著頭，學著女子一般蓮步輕移。若是旁的男人如此，她早就笑掉大牙了，可陳昭臉美，就算是男扮女裝也不會讓人覺得難以接受，仙女般的樣子反倒是勾起了她的新奇，迫不及待想對他做點什麼了。

陳序發現到皇祖母的心不在焉，不開心的搖了搖她的手臂，皺眉問道：「表姑，妳怎麼不理序兒了？」

趙真這才注意到被她冷落了的小心肝，忙抱起他親了親，「表姑怎麼會不理殿下呢？殿下還要去哪玩？表姑陪你。」

陳序這才開心了起來，馬上央求她抱他去假山上的亭子玩，那裡高，能俯瞰整座皇城。

不知不覺中，一上午的時間便要過去了，趙真將孫子抱回皇后那裡，打算告辭出宮。他們回到皇后宮殿的時候，陳勍還在，已經叫人去備了午膳，順勢把趙真等人留到午膳之後再走。

陳序知道皇祖母又要走了，吃飯的時候賴在她懷裡，皇祖母不餵便不吃，可是纏人得緊。

陳勍喝責：「序兒，你皇祖父在時是怎麼教你的？要自力更生，怎可纏著表姑餵你呢？」

陳序聞言，噘起小嘴，看了眼母后，母后也是搖頭的樣子，他有些委屈的要從皇祖母身上爬下去。

趙真與他們不一樣，她喜歡孫子對她撒嬌耍小孩子脾氣，不想讓他年紀還小便要如儲君一般拘束著，抱回小傢伙道：「太子殿下尚且年幼，正是撒嬌的時候，稚兒天性最是難得，等將來太子殿下大了，想看太子殿下撒嬌都是求之不得的事情了，還望陛下切莫阻攔。」

陳勍聞言看向她，她滿是寵溺的看著陳序，彷彿讓他看到了母后當年護短的樣子，便沒再阻攔他們，就此隨他們去了。

後面站著的陳昭看見兒子這麼沒立場，不禁狠狠瞪了他一眼。

陳勍似是有感應一般，抬頭向陳昭看去。

兒子突然看過來，陳昭一慌，怕被他察覺出什麼端倪，連忙低下頭垂下眼簾。此情此景落在陳勍眼中，便是「她」偷看他，被他發現後羞澀躲避的樣子，帶著一股撩人。陳勍心頭跳了一下，有點恍惚，總覺得這個女子和一般的女子不一樣……

飯後，趙真將孫子哄到入睡後才離去。

陳勍還有事情與皇后商議，便沒走，趙真等人走了之後，他重新回到殿中，落了坐。

秦如嫣跟過來隨他落坐，抿了一口茶，再開口卻與政事無關，道：「還是長公主最懂陛下的心思，尋了這般絕色的美人入宮，陛下打算何時接此女進宮？」

陳勍聞言愣了愣，好一會兒才反應過來秦如嫣在說剛才那個丫鬟，原來他方才的失神被她瞧見了，那丫鬟貌美又不小心撞了他，他便多看了幾眼，秦如嫣一向多疑，一定是以為那是長姐送來給他的美人。

陳勍蹙眉道：「妳別亂說，長姐她不會做這種事情的，何況我還在孝期之中，那丫鬟不過

是不小心罷了，朕也沒有接她進宮的心思，妳別瞎想。」

秦如嫣笑了笑道：「臣妾怎會瞎想？臣妾只是覺得陛下後宮冷清，早就該添新人了，就算不是長公主的意思，陛下若是喜歡也不妨接進宮中，難得陛下尋到了可心之人，想必長公主也不會捨不得的，以後後宮之中多個美人伺候陛下，何樂而不為？」

陳勍聞言，眉頭皺得更深，語氣有些隱隱發怒，「妳現在連應付朕都懶得應付了嗎？父皇母后才去了不久，妳便急著往朕後宮中添人了？」

秦如嫣一副惶恐的樣子，「陛下何出此言？臣妾不過是見陛下對那女子青睞有加，成人之美罷了。臣妾為一宮之主，是以要為陛下分憂。」

陳勍皮笑肉不笑了一下，「那好啊，既然妳如此賢德，便替朕把人接進宮吧。那人美若仙子，朕倒是真的喜歡，便給皇后這個成人之美的機會。」說罷人便站了起來大步走出後宮。

皇帝一走，皇后身邊的嬤嬤上前嘆息道：「娘娘，您這是何苦呢？」

秦如嫣氣定神閒的抿了口茶，吩咐道：「派人跟著寧樂縣主，等人出了宮，便去將那個丫鬟討過來，不要驚動任何人，悄悄接進中宮來。」

嬤嬤聞言無奈應諾，下去吩咐了。

出了皇宮，付凝萱登上馬車，轉過身來對趙真道：「小表姨，我先回去了。」

趙真縱馬過去，看了眼站在馬車邊的陳昭。他低著頭，看都不敢看她一眼，裙襬飛揚，端莊秀麗。

趙真嘴角勾出一笑，突地彎下身子將陳昭攔腰抱上了自己的馬，把他安頓好後對外孫女說道：「萱萱，妳這丫鬟給我吧，我回去便給妳備份謝禮送到公主府，絕對比妳這丫鬟值錢！」說罷一抽馬鞭，飛馳而去，生怕付凝萱不樂意而搶回去似的。

事情發生太突然，都沒給付凝萱反應的時間人就跑遠了，不過她也不在意，只是個丫鬟罷了，還是母親臨時撥給她的，並非身邊得力的丫鬟，又笨手笨腳，小表姨喜歡帶走便是，算那丫鬟運氣好，若是被她帶回公主府，就少不了一頓罰了。

付凝萱吩咐車夫道：「走吧。」說著放下簾子縮回了馬車裡。

馬車才行出不久，後面有人騎馬追了上來，「縣主請留步！」

付凝萱撩了門簾回頭看去，竟是皇后殿中的管事太監，她叫馬車停下，道：「不知公公有何事啊？」

管事太監客氣道：「驚擾縣主了，奴才奉皇后娘娘之命，和縣主討個人情。皇后娘娘想要縣主身邊那個端湯的丫鬟，她模樣十分像娘娘過世的故人，一時間懷念萬分，因而貿然和縣主討這個人情。」

付凝萱聞言驚奇了，怎麼人人都想要那個笨手笨腳的丫鬟啊？

「真不巧，方才小表姨把那丫鬟要走了，此時也不知道去哪裡了，不如公公先去回稟，我替娘娘把人要回來？」

管事太監聞言驚訝了一下，道：「縣主已經將人送出去了，怎可再麻煩縣主要回來，那便不勞煩縣主了，我先回去覆命，看娘娘的意思吧。」太監最是通人情，無論是人還是東西，送出去了再要回來都是不合適的，自然不會讓付凝萱去要回來。

付凝萱聞言點點頭，她也不想找小表姨要人去，這不是得罪小表姨而去討好皇后娘娘的事嗎？這事她可不喜歡做。

※◎※　※◎※　※◎※

趙真平時做事情還是挺擇地而蹈的，不想帶著陳昭在外面亂搞，直接帶他回了齊國公府，從後門進去，誰也沒驚動。

陳昭一路上都被罩在趙真的外衣下，一句話也沒說，到了齊國公府直接被趙真拖進她的寢室裡。趙真揚手掀了他頭上的外衣，一臉打趣的看著他，「不錯嘛，為了跟著我，你倒是無所不用其極。」

現下的陳昭已經後悔了，他何必要冒這個險呢？現下被趙真抓住了，簡直沒臉看她了。

陳昭扯下頭上噹啷的髮飾，面上故作鎮定，解釋道：「妳做事不夠小心謹慎，即便他們是妳的兒子和兒媳，可現在在妳面前則是皇帝和皇后，稍有不慎便是大事，我不放心妳。」兒媳機敏，兒子荒唐，他實在是不放心趙真，而且他進宮也有事情要辦，這才不得已扮成女子。

趙真伸手摸上他的下巴，指腹在他脣上一抹而過，竟是沒有脣脂的，果然天生就是妖物。

「雖然你又偷摸跟著我讓我很不爽，但你這扮相很成功的取悅了我……」說著趙真攬住他的腰，將他帶到了自己的床上，壓了上去，一臉的浪蕩樣。

陳昭驚了一下，瞧見她眼裡湧動的火光，有點詫異。他這副樣子，她竟然很有興致？

穿著女裝被趙真調戲，陳昭有些難以適應，他伸手擋住她，說道：「妳等一下，我把臉上的妝卸了。」

趙真扯開他的手，迫不及待的撫上他的臉頰，「卸什麼妝，這樣才好看。來吧美人，讓我好好親親。」說罷，密密麻麻的吻便落了下來，是許久未有過的熱情。

趙真已經很久沒對他這麼主動熱情過了，想到她這麼熱情主動的原因，陳昭心裡總覺得有些不舒服，「是不是只要貌美，男人女人妳都喜歡？」

趙真像個紅了眼的登徒子，急不可耐的扯他衣裙，如此漂亮的男人在眼前，讓她有種異樣的快感，「當然不是，要你這般美貌的我才有心思。」說罷低頭吻上他瓷白的肌膚，「以前是我說錯你了，你不是仙，你是個狐狸精，專門勾引人，怪不得我一世英名折在你手裡了。」

這話陳昭不愛聽了，到底是誰折在誰手裡了？而且堂堂一個大男人被她叫狐狸精還得了？

陳昭一翻身，把她壓住，局勢有了巨大改變，「若說妖精，妳才是，專門禍害人。」說罷咬了她一口，沒什麼氣勢，像隻鬧脾氣的小狗崽。

趙真自然不惱他，反而更有情趣了，摟住他的腰，仰頭啄了一下，「專門禍害你。」說完重新壓了回去，調戲他道：「小美人，爺這便好好禍害禍害你，保證讓你爽翻天～」

陳昭還是頭一次聽趙真說這等混話，臉一熱，有些惱怒的去推她，「趙真！」

趙真的蠻力哪裡是陳昭能抵抗得了，反抗了幾下最終還是任她為所欲為。

以前陳昭就覺得趙真夠荒唐了，是個名副其實的混帳女人，可眼下他又重新領教了一番趙真混帳的功力，以前和現在比起來那簡直是小巫見大巫。

現下她一邊做事，嘴上還不閒著，一會兒「小美人，爺弄得你舒爽嗎」，一會兒「小美人叫一聲，爺愛聽你叫」，最過分的是她還說「爺就要死在你這銷魂的身子上了」……真的是什麼混話都說得出口，讓從未聽過這些汙穢之言的陳昭面紅耳赤，頻頻守不住關卡，沒多久的工

夫便失守了三次，男人的尊嚴受到了巨大威脅。

趙真也不笑他，就是纏得緊，怎麼都不肯放過他，一副要掏空他的架式。

反正這一日，陳昭是沒能離開趙真的屋子，最後也不知道是怎麼睡著的，實在是服了趙真的精神力。

※◎※　※◎※　※◎※

臥龍寺被籠罩在一片濃霧之中，陳勍孤身一人穿著明黃的寢衣走在其中，漸漸的眼前出現白玉石階壘的祭壇，是他父皇和母后消失時的那個祭壇，祭壇之上也是一片濃霧，仰頭看去模糊不清，望不到頂。

他似是被蠱惑了一般，一步步走上祭壇，漸漸走到了最頂。隱約間，他在濃霧中看到了一個穿著白衣的女子，如雪的衣衫似要隱進濃霧之中，唯她那一頭潑墨似的黑髮最為顯眼。

他高喝一聲：「妳是何人？為何在這祭壇之上？」

黑髮白衣的女子緩緩轉過身來，她周身的濃霧漸漸散去，露出絕色的容顏，顧盼生輝，乃是傾城之色。

是今日那個冒失的丫鬟，她望著他，不懼不怕，反而對他笑了起來。

陳勍卻皺起了眉頭，繼續道：「妳怎麼會在這裡？是皇后將妳帶來的嗎？」

女子不說話，她緩步向他走來，每一步都像是走在他的心尖上，讓陳勍沒來由的慌亂，他出口阻止道：「妳站住！有話站在那裡說就好了。」

女子充耳不聞，繼續向他走來。

陳勍情不自禁的往後退，卻發現身後變成了斷崖，他已無路可退，眼瞅著女子逼到了他近前，他急急喝道：「大膽！妳到底是誰！」

誰知女子腳下突地一絆，向他摔過來，陳勍下意識的伸手扶住她，女子跌跌撞撞站穩，因彎著身子，背後如墨的長髮從肩頭傾瀉而下，遮住了容顏。

陳勍推開她道：「朕告訴妳，不要故技重施！」

女子站著沒動，不知為何，陳勍覺得眼前的女子突地高大了一些。

他正感到奇怪的時候，女子抬起頭來，露出墨髮之後的容顏，仍是傾城之色，卻變成了他父皇的臉！是年輕了許多歲的父皇！但臉上威嚴而沉靜的氣勢不減。父皇嚴肅的看著他，沉聲道：「勍兒。」

「父皇！」陳勍驚叫一聲跑上前去，可是站著不動的父皇卻離他越來越遠，他慌忙去追，驚懼叫道：「父皇！你去哪裡啊！父皇！」

陳勍從床上霍地坐了起來，額頭上滿是汗水，白日裡看到的絕色女子和夢裡父皇的臉重疊在一起，竟驚人的相似。

他粗喘了口氣，寢殿中的燭火被點亮，殿中瞬時燈火通明起來，守夜的內侍匆忙上前捲起床帳，惶恐道：「陛下可是被夢魘驚到了？」

陳勍沒有說話，思緒仍先在夢中，他知道了……他知道為什麼了！

陳勍連衣服都沒有換，穿著明黃的寢衣便跑出寢殿，內侍趕忙拿了披風跟上，急道：「陛下！您去哪裡啊！先把衣服穿上啊！」

一路上無人敢阻攔帝王。

陳勍跑到了皇后宮中，逕直闖進皇后的寢殿，守夜的宮女被嚇了一跳，忙把燈燭點起來，匆忙跪下。

正在睡覺的秦如嫣自然也被吵醒了，有些迷糊的從床上坐起來，帶著一身寒氣的陳勍已經坐到了她床上，頭髮有些散亂，穿著寢衣，可把她嚇了一跳。

「陛下這是怎麼了？」

陳勍定定的看著她，「我知道為什麼了，我知道了！」

他連朕都不稱了，秦如嫣察覺出了陳勍的不對勁，揮手讓宮女和太監都退下，輕聲安撫陳勍道：「不急，陛下知道了什麼，慢慢說。」說罷起身下床，替陳勍斟了杯水過來。

跑了一路，陳勍有些清醒了，接過水一口喝了下去，道：「我知道我為什麼覺得那個丫鬟熟悉了，她長得像我父皇！」

秦如嫣呆了一瞬，旋即笑了起來，「陛下大半夜過來是要和我說這個？」

陳勍卻不對她笑，嚴肅的點點頭，「就是這個，我曾經是很想娶個溫順又傾城的妻子，今日那個女子確實像極我夢寐以求的那種女子，我看到她便莫名的心悸，我也以為我是有些動心的，可我剛才做了個夢，原來那女子十分像我父皇，記得我父皇年輕的時候也是有著傾世的容貌，連歷經三朝的老太傅都曾說過父皇是歷來最俊逸的帝王。」

其實不用陳勍說，秦如嫣也知道先帝的姿容過人，即便是步入老年，先帝仍是風采照人，她是見識過的，由此便可見其年輕時該有如何傾世的容貌。

秦如嫣好整以暇的望著他，「所以呢？」

陳勍也不知道自己跑來和她說這些是為了什麼，可能是想解釋自己沒有三心二意，但這並不是秦如嫣會在意的，她是個將天下事看得比任何事都重的人，是個可以為了穩固朝堂將他這個丈夫推出去的人。

陳勍突然感覺有些悲涼，方才夢到父皇離他而去，那種無助的感覺捲土重來，將他壓抑了數月的悲傷又勾了出來，他頹然的捂住了自己的臉，「我想父皇和母后了……」這世上真心對他好的只有父皇和母后。

秦如嫣看著眼前像個孩子似的陳勍，覺得有些好笑，都說帝王家最是無情，可陳氏王朝並非如此，先帝和先太后伉儷情深，只生了長公主和皇帝一對兒女，待她這個兒媳也如親生女兒一般，因此無論是父子情、母子情、還是姐弟之情都很深厚，使得陳勍即便當了帝王，仍能存有一份赤誠之心和一副柔軟的心腸，正是如此，她當初才會選擇嫁給他。

秦如嫣扶上他的肩，「陛下這般模樣若是讓先帝看到了，定要打你手心了。」

陳勍聞言抬起頭，沮喪道：「他想打便打好了，其實他打手心一點也不疼，比起母后的棍子差遠了，不過現在就算是母后的棍子我也願意挨……」說著竟有些潸然淚下了，可見這些日子壓抑的悲傷都積累到了今日。

秦如嫣嘆了口氣擁住他，「陛下是帝王，即便悲傷也要控制好自己的情緒，你方才那般舉止無狀的跑來，該讓宮中的人如何看待你這個帝王？」

媳婦主動抱他，陳勍也趁機抱緊她，一副死豬不怕開水燙的樣子，「愛怎麼看就怎麼看，我又不是為了旁人的眼色活著！若是看不慣就把我從皇位上拉下來啊！」

秦如嫣又是一番嘆息，「今日且由著你，明日若是繼續這般，不要怪我不給你顏面了。」

陳勍聞言一抖，好一會兒沒聲了，很久才道：「如嫣，我總覺得父皇和母后沒有死，他們一定在某個地方逍遙的活著呢。」

陳勍本以為秦如嫣不會附和他的無稽之談，卻沒想秦如嫣一本正經道：「我也覺得先帝和先太后都尚在人世，陛下，你不覺得你那個新找回來的小表妹很蹊蹺嗎？」

第二章 對付妳兒子

神龍衛的第二次排名出來了，綜合了第一次的考核，重整排名之後趙真排在了第九名，堪堪保持在頭等的前十名裡，主要是因為答策拉低了名次。趙真雖然一向好強，卻也不覺得這名次有什麼不好，畢竟她武試都是妥妥的頭等，答策不行便不行吧，畢竟若不是陳昭，她想保持在頭等都難。

陳昭每次替她寫答策，水準都維持在中等，高不高、低不低，正好不足以引起肖博士的注意，又能讓她留在總成績頭等裡面，她是十分滿意的，要知道頭幾名和末尾幾名是經常被肖博士叫去喝茶的，她可不想去。

她旁邊的付凝萱看完排名垮下了小臉，「我怎麼還排在第二十一名啊……」說完還伸手比劃了一下她和魏雲軒的差距，隔著二十名是有點遠。

相反的，蘭花樂就觀多了，她開心道：「縣主比我高兩名呢！我排在第二十三名，不是倒數前三名，真好。」

付凝萱白她一眼，「瞧妳這點出息！」

蘭花摸摸腦袋憨笑一聲。

趙真看向外孫女，「行了，好好訓練去吧，妳平日裡的訓練一點也不用心，怎麼追得上魏雲軒？看人家魏雲軒已經足夠優秀了，卻天天到陳助教那裡去請教學問，妳答策考得那麼低，可曾想過去請教？」

付凝萱聞言，驚訝的睜大眼睛，「雲軒哥哥每日都去陳助教那裡嗎？妳每日不在帳中就是去了陳助教那？妳怎麼不告訴我啊！」

趙真突然覺得自己說錯了話……

果然，付凝萱立刻嚷嚷道：「下次我也和妳一起去！雲軒哥哥在陳助教那裡，妳居然都不告訴我！小表姨太壞了！」

這下好了，本來有一個魏雲軒就夠礙眼了，現在又來個外孫女，她看以後她還是別去陳昭那裡好了。

趙真沒再理會外孫女，轉身準備去營裡訓練。不料剛轉過身，肩膀便被突然出現的人撞了一下，她抬頭看向撞她的人，是和她同在神龍衛的許良，因為訓練的內容不一樣，平日裡沒說過幾句話。

許良撞了她，只是冷淡的瞥了她一眼，一句話也沒說便走了過去，顯然不覺得自己撞了她有什麼。

趙真皺皺眉頭，也沒和他計較，伸手揉了一下被他撞疼的肩膀，不得不懷疑他是不是故意的，可她和許良也沒什麼過節，不應該是故意的。但若是不小心，他走路都不看路嗎？明明這麼寬敞的地方，竟還能撞上她，瞎！

付凝萱湊上來，關心道：「小表姨妳沒事吧？剛才那個人是誰啊？撞了人也不說一聲，太沒風度了！」

趙真捏了下她的小臉，「行了妳，快去訓練吧。」

付凝萱拍開她的手，跺跺腳道：「小表姨！都說了多少次了，不許捏我的臉！」說著氣呼呼的轉身要走，沒走幾步似是想起了什麼，又折了回來，「對了小表姨，皇后娘娘有沒有派人來把那個丫鬟要走啊？」

趙真聞言，一時沒緩過神來，「什麼丫鬟啊？」

付凝萱見她一副失憶的樣子，詳細解釋道：「妳昨日不是從我那要走了一個丫鬟嗎？妳一走，皇后娘娘宮中的太監總管就來了，說是皇后娘娘看那丫鬟像她已故的故人，想把人要過去呢。」

還有這事？她把陳昭帶回國公府後一直沒人上門，完全不知道皇后兒媳還想把人要過去，可能是改變主意了？要是改變主意了最好，即便皇后兒媳派人來了，她也不可能把陳昭交出去，還是要找藉口對付她。

「沒來，可能改變主意了吧。」

付凝萱聞言也沒說什麼，反正人她已經送出去了，何去何從就不關她的事了。

※◎※　※◎※　※◎※

吃過晚膳後，趙真和外孫女一起到陳昭那裡。不知魏雲軒今日是不是有什麼事，明明每日準時報到的人卻沒出現，付凝萱等了一會兒，見人不來便不耐煩，找了藉口就溜了，實在是現實的讓人沒辦法。

陳昭對外孫女此舉非常不滿，「既然不是誠心來，以後便不要來了，一天到晚圍著個男人轉，沒出息！」

趙真瞄了他一眼道：「哦，那我以後也不來了，省得被你說沒出息。」

陳昭聞言立刻道：「妳和外孫女能一樣嗎？」

趙真揚揚眉頭，托腮看他，「哪不一樣啊？我不也是一天到晚圍著你這個男人轉嗎？」

陳昭看著她想了想，輕咳一聲道：「我人已經是妳的了，妳來這裡天經地義，我又不會像魏雲軒那般對妳愛理不理。」

——嘖嘖嘖，瞧這話說得，多討人喜歡。

趙真坐過去摟住他的腰，「陳助教不愧是讀書人，說話就是招人待見。」說著，那雙不老實的手便要為非作歹了。

陳昭這會兒還有些吃不消呢，擋住她的手道：「別鬧了，說不定一會兒魏雲軒就過來了，妳老老實實和我看書，還想以後答策都讓我替妳寫啊？」

趙真才不想看書呢，就想看看他，扯著他的衣服道：「書哪裡有你好看啊？我就想看你，不看書！」不知道是不是前半生忍得太多了，這會兒趙真就想和他日日胡來。

——這個不正經的女人！

陳昭蹭的站起來躲開她，「昨日妳鬧得太過了，我今日沒精力再和妳鬧了。」

趙真抬頭看向他，此時他眼下還有烏青，平日裡泛著紅潤的臉頰也蒼白了一些，似乎是精神不大好的樣子。哎，要不說百無一用是書生呢，這樣就不行了。

趙真苦口婆心道：「我說你平日裡也別只顧著看書，好好練練身體，這便不行了，哪像個男人啊？我和你說哦，以前我軍中幾個將軍，一夜御四女，翌日仍然生龍活虎的，你這才我一個便不行了，你們這些文人啊，就是不如我們武將。」

陳昭聽完，頭髮都要炸起來了，真想刨開趙真的腦袋看看她裡面裝的是什麼，「趙真，妳別以為妳見識的男人多便瞭解男人了，妳軍營裡那些武將滿嘴胡話，一夜御四女？他怎麼不說他一夜御十女啊！全都是放屁！再者說了，他們在外面和野女人亂搞有什麼可驕傲的？可對得

起家中的妻兒！」

呦，她這還是第一次聽陳昭說粗話呢！

趙真繼續逗弄他道：「你這話雖說得對，但別你自己做不到，便說人家是放屁啊，我以前鬧他們洞房的時候，趴牆角聽過，可厲害了，那動靜……唔！」

陳昭伸手捂住她的嘴，臉已經漲紅了起來，「妳夠了！妳若是喜歡這種男人，妳便去找能一夜御四女的男人吧！」

趙真見他是真的生氣了，拉下他的手哄道：「哎呀，生什麼氣啊，他們再厲害也就是個大老粗，哪裡有你夠味啊！我就只對你提得起興致～」還真別說，以前軍營裡那些大老粗和她吹噓的時候，她一點興致都沒有，可看見陳昭，她就跟吃了春藥似的特別興奮，即便陳昭在這事上不怎麼頂用，她也覺得很舒爽。

雖然陳昭知道她是故意惹他的，但這話裡多少仍藏了幾分真，他蹙眉道：「趙真，妳是不是從以前就瞧不起我，覺得我在這事上什麼都不懂？我和妳初夜的時候，妳沒有落紅都沒和我解釋過半句，是不是根本就沒把我當回事？」

他突地提起這事，趙真想抽自己嘴巴了，閒著沒事惹他幹嘛？這不開始翻舊帳了……

趙真安撫他坐下，正襟危坐道：「這事不能怪我，我那時年紀小，我娘你也知道，粗心大意的，跟個男人沒什麼兩樣，從來不教我女孩的事，我那時候根本不知道初夜會有落紅，後來知道了也想不起來自己有沒有了。不過我記得我後來明明不是月事卻流了好幾天的血，差點以為自己被你杵壞了……」

她說到這裡一頓，想起來是自己主動被他杵的，輕咳一聲道：「我向你保證，在你之前我絕對沒和別的男人胡來過！」

這話陳昭倒是信的，但還是覺得氣不順，道：「在我之後就有胡來過的了？」

趙真埋怨的瞥他一眼，「哪有啊？我這麼安分守己，怎麼可能胡來呢？」曾經那麼多男人自薦枕席，她都潔身自好，忠貞之心日月可鑑啊！

陳昭呵了一聲：「也是，妳也就是往妳宮裡添了幾個貌美的小太監罷了。」

趙真喜歡身邊伺候的人長得漂亮，所以身邊的太監一個比一個美。她自知理虧，故作惱怒道：「你再這樣我也生氣了。」

陳昭終究還是不敢真惹她，道：「好了，這事我信妳，我後來找大夫問過，有的女子初夜就是不會落紅的，也有妳這樣事後才落紅的。」

趙真忙點頭附和道：「沒文化真可怕，來來來，我要和你好好讀書長知識！」

所以這一晚，趙真格外老實的和他唸書了，但是蠢蠢欲動之心沒有就此打住。

趙真還是記掛自己男人的身子，藥補太苦，她倒是捨不得陳昭吃苦，跑到路鳴那裡囑咐路鳴每日做一份補湯給她，也不告訴路鳴是給誰喝的，每日路鳴送來，她便自己送去給陳昭，見陳昭喝下去才放心，然後就偷偷的等著把陳昭養肥了。

陳昭當然知道自己媳婦在想什麼，雖然男人的尊嚴受到了莫大的侮辱，心裡恨得牙癢癢，但也沒說什麼，狠下心來每日和外孫練武強身健體了。

付允珩差不多每日都要跟在外祖父身邊，那種感覺簡直度日如年，日日就盼著休假的日子趕緊到，哪怕回去被他爹娘罵一頓，也好過和外祖父在一起。

※◎※　※◎※　※◎※

日子不知不覺的過去，便到了長公主的壽辰，就想著怎麼養胖自己男人的趙真這才發現她沒為寶貝女兒準備生辰賀禮！

以現下的身分能送點什麼給女兒，可是苦了趙真，女兒的性子和她不大一樣，喜歡的東西也是大不相同，以前能送些金銀首飾，現下卻不行了。

女兒生下來不久，趙真就去了戰前，女兒的童年很少有趙真的參與，是陳昭一手把她帶大的。陳昭是個斯文的性子，教女兒自然是往知書達理教，女兒聰慧，琴棋書畫樣樣學得都好，還有一手刺繡的好本事，樣貌上繼承了她和陳昭的優點，是個高䠷英氣的美人，自小便受人追捧，若非付淵那小子占了個青梅竹馬的便宜，哪能娶到她優秀的女兒。

——唉，要送點什麼給閨女呢……

「叩叩叩。」

聽這敲門的聲音，趙真就知道是沈桀來了，道了聲：「進來吧。」

沈桀開門進來，又將門關好，手裡拎著一個黑布罩著的大東西，他的臉上帶著些許孩子氣的笑意，「長姐，瞧我給妳帶來了什麼。」

趙真無精打采的抬了下眼皮，沒多大的好奇心，「什麼啊？」

沈桀見她蔫蔫的樣子，不禁皺起眉頭，坐到近前關心道：「長姐這是怎麼了？」說著伸手在她額上摸了一下，「不像是病了啊。」

趙真揮開他的手，「我沒病，後天不是小魚兒的生辰嗎？我還沒準備禮物送她呢，那孩子平日裡也沒什麼喜歡的東西，我也想不起來能送她什麼。」

女兒叫陳瑜，陳昭取名的本意是想討個沉魚落雁的意思，小名想叫「小雁子」，可是趙真覺得雁不好看，便給女兒取了小名「小魚兒」。

沈桀聞言鬆了眉頭，輕巧道：「我當是什麼事呢，這事交給我好了。長姐，妳看這個。」他將罩著的黑布打開，是個籠子，裡面有一隻花紋獨特的貓，毛色是黑色與金色相間，花紋似虎又似豹，長了個圓溜溜的腦袋，短鼻子，大而圓的金色眼睛看著她，模樣怪得很。牠在籠中來回走動，審視著四周，姿態有點威風八面的意思，一看就不是凡物。

趙真瞧著這隻獨特的貓，一下子來了精神，「這是什麼貓啊？花狸貓嗎？」

沈桀見她莫約是喜歡的意思，鬆了口氣，笑道：「不是，說是叫虎貓。錦州有個貓農，專門養貓的，他網羅天下的好貓，許多年才培育出來這麼一隻，雖然不是老虎，卻肖虎，很有野性，但已經被馴好了，不會傷人。」說著把籠子打開，「長姐，妳抱抱牠。」

趙真幼時養老虎，後來進京了不能養，便在宮裡散養好幾隻貓，閒著沒事就會摸摸，現下是好久沒摸過了，手都癢了，她伸手將籠子裡的貓抱了出來，觸手便是一片柔軟，手感比從前摸過的貓都要好，心一下子就化了。

「真是隻好貓，這毛這麼軟和。」

沈桀含笑看她，「這貓算是萬裡挑一了，能不好嗎？」

趙真摸著手裡的貓，突地眼前一亮，有點激動的捏了下沈桀的臉，「子澄啊，你真是我的好弟弟！我知道送小魚兒什麼了，這隻貓便是最好的禮物啊！」

趙真和女兒唯一的共同愛好，恐怕就是貓了。彼時她會馴虎，自然也會馴貓，每當她馴貓

的時候，女兒都特別崇拜的看著她，纏在她身旁，趙真見此便教著女兒也馴了一隻，那貓機靈又討喜，女兒喜歡極了，出嫁的時候連貓也陪嫁了過去，只是沒幾年便死了，女兒便無心再養其他的貓，但趙真知道女兒心裡還是喜歡的。

她逗弄了一下手裡的貓，見其機靈，更是認定了女兒一定喜歡。

沈桀的笑容卻有些僵，這貓是他千方百計替趙真尋來的，他平日裡事多，不能總和趙真在一起，其實這貓送她是希望她以後看到貓的時候能多想想他，卻不想要被她送給長公主了。

沈桀摸了下被她捏過的臉，雖是無奈，仍強迫自己露出笑容，「能替長姐解憂就好。」

趙真歡喜的看他一眼，逗弄著手中的貓，「也不知道這貓會些什麼，一會兒馴馴，若是能學會點討喜的把戲更好了。」

沈桀聽著突地有了主意，「長姐，除了這隻，我還要了另一隻貓過來，只是那隻貓不夠機靈，我記得長姐最會馴貓了，長姐若是閒暇的時候也教我馴吧。」

趙真聞言抬眸看他，「你還喜歡這東西？」她不記得沈桀以前喜歡養貓啊？

沈桀伸手在貓的腦袋上摸了一下，「以前不覺得，現在覺得這東西毛茸茸的多可人啊，怎麼會不喜歡呢？」

趙真見他看著貓難得笑意溫和，似是真喜歡，點了點頭道：「行吧，得了空你就抱過來，我幫你馴。」

沈桀應了一聲，笑意更深，伸手摸了摸貓爪子，模樣是十分歡喜的。

※◎※　※◎※　※◎※

去長公主府賀壽，方氏一早就差人送了套衣服過來給趙真，料子講究，做工也精良，只是款式是多少年前的款式了，趙真不曉得，但孫嬤嬤卻一眼瞧了出來，蹙眉道：「方氏平日裡挺會挑的，怎麼給小姐送了個老款來？太不經心了。」

趙真懶得理會這些，「留著吧，衣服還是穿妳昨日挑的那套。」

孫嬤嬤揮揮手讓丫鬟把方氏送的衣服收起來，自己親手侍奉趙真穿衣。這次去長公主府，算是趙真第一次以趙家小姐趙瑾的身分露面，自然要穿得隆重一些，讓外人知道趙瑾在國公府的地位。

只是國喪未過，趙真也不能太過花枝招展，搭的首飾都是素淨的，但明眼人一看就知道都是好東西，她臉上也畫了精緻的妝容，眉間點上時下流行的花鈿，點綴幾顆細碎寶石，華貴又亮眼。

上馬車的時候方氏見到她這一身打扮，臉色變了一下，這般華貴的打扮，她真當自己是國公府的大小姐了。心裡腹誹著，她面上則是一副笑盈盈的模樣道：「瑾兒這身打扮好看，比我送去那身好看多了，我這眼光是比不上妳們這些年輕姑娘了。」

趙真神情淡然的看她一眼，「都是孫嬤嬤打點的，孫嬤嬤在先太后跟前伺候多年，最是知道這種場合怎麼打扮更妥當，我便聽她的了。」

方氏聞言難免有些難堪，她這是拐個彎說她準備的不妥當了？這丫頭果然不是好糊弄的。

方氏假笑道：「這是自然，孫嬤嬤的眼光自是沒錯的。」

趙真點了一下頭，沒再和她說話，在丫鬟的攙扶下上了馬車，她現下穿的裙子繁複，自是

騎不上馬了。

方氏是長輩，自己有一輛馬車，趙真則和姪女趙雲珠同乘另一輛馬車。至於那兩個庶出的姪女，方氏沒帶著，顯然是不想讓庶出的女兒露臉。

趙真對此有些不滿，小的那個便算了，大的趙雲靜已經十四歲，也該出來見見世面，方氏這個主母此舉未免有些失了大度，但她現下的身分也沒法管她院裡的事，只能默不作聲了。

馬車行駛起來，趙雲珠親親密密的過來挽上她的手，眨著天真的眼睛問道：「長姐為長公主準備了什麼禮物啊？」

趙真看了妝容明豔的姪女一眼，道：「一隻貓。」

趙雲珠聞言瞪大眼睛，一隻貓？長公主的壽辰，大部分小姐都要送些自己親手做的東西，一則是表示對長公主的愛戴，二則是炫耀一下自己的本事，而她竟送隻不值錢的貓？

趙雲珠在心裡嗤了一聲，一會兒可要站離她遠些，市井出來的就是沒見識，被人笑掉大牙可不要連累她。趙雲珠不禁坐遠了一些，表面上笑道：「貓啊，定是活潑可愛，十分好玩。」

趙真嗯了一聲，「妳若喜歡，我回來讓人尋一隻給妳。」

趙雲珠忙擺手，「我可養不了，不麻煩長姐了。」

趙真對方氏有了些不喜，連帶姪女也有些看不上了，點了一下頭沒再說話。

馬車停在了公主府，付允珩正站在門口迎客，陳昭不在他身旁，不知道去了哪裡。

付允珩見趙真來了，立刻湊過去恭恭敬敬叫了聲表姨請她入府。沒辦法，這不是表姨，是外祖母啊！而對方氏等人，他只是向方氏打了聲招呼，便繼續和趙真說話了：「小表姨，萱萱早就等妳過來了。」

趙真奇怪的看他一眼，「她等我幹嘛啊？」

付允珩衝她眨眨眼睛，「當然是想妳呢。」

他話音才落下，遠處付凝萱便跑來了：「小表姨！」

趙真看向外孫女，「萱萱，妳等我做什麼？」

付凝萱上前挽住她，理也沒理旁人，便把她往裡拉，「我一個人無聊啊，等妳來陪我～」

說完上下打量她一番，笑嘻嘻道：「小表姨今兒個終於有點女兒模樣了啊～」

趙真抬手敲了一下她的腦袋，「沒規矩。」

付凝萱捂住腦袋，氣呼呼的瞪她一眼，「妳又打我！打傻了怎麼辦？」

趙真被外孫女逗得噗哧一笑，替她揉揉，「行了，別瞪了，我錯了不成？以後絕不碰妳這聰明的腦袋了。」

這話付凝萱愛聽了，重新挽上她道：「小表姨，妳帶了什麼禮物給我母親啊？」

趙真示意後面的丫鬟將籠子拿過來，掀了布給付凝萱看了一眼，「是隻貓。」

付凝萱看完「呀」了一聲，「這貓新奇，走走走，讓我母親瞧瞧去！」說完拉走趙真，把方氏等人落在後面。

長公主那裡已經坐了許多貴人，一進門便粉黛一堆，十分熱鬧。

漂亮張揚的寧樂縣主一進來，眾人難免看了過去，這才注意到縣主身邊多了一人，衣著華貴，身材高挑，站在模樣出眾的寧樂縣主身旁並不顯得遜色，反倒顯現出另一番與眾不同的風姿來。這是誰家的姑娘啊？

付凝萱拉著趙真過去，「母親！小表姨來了！她帶了隻貓給妳，長得可奇特了！」

趙真看向雍容華貴的女兒，眼眶有些發熱起來。之前在宮裡，兒子常見，女兒卻是不常見的，加加減減少說有三、四個月沒見女兒了，本來豐韻的女兒現下清減了不少，人都顯得老了些，可見沒少為她和陳昭的猝然仙逝傷心落淚。

趙真穩了穩心神，行禮道：「長公主殿下福壽安康。」

陳瑜一看到她，頓時神情變幻莫測，虛扶道：「都是自家人，客氣什麼。真是百聞不如一見，瑾兒這模樣果然像極了先太后，讓本宮仔細瞧瞧。」說罷站起身來，拉住趙真的手，讓她坐到她身旁，神情溫和又慈愛。

女兒看她的眼神就像是在看一個晚輩，趙真覺得女兒應該還不知道她的真身，若是女兒知道了，陳昭不可能不告訴她。怕她這麼盯著自己看出什麼端倪，趙真低下頭轉開話題道：「我為殿下準備了一份賀禮，是隻貓，不知殿下喜不喜歡？」

陳瑜看著眼前低下頭的姑娘，心思千迴百轉，這姑娘確實很像她母后，不禁長得像，連性子也像，萱萱每次從神龍衛回來，都會和她講軍營裡發生什麼事，講得最多的便是這個「小表姨」，話語中的描述讓她覺得異常熟悉，她敢肯定眼前這個姑娘絕不是舅舅遺孤這麼簡單。

陳瑜笑盈盈道：「哦？呈上來看看。」

一般客人送的賀禮都會先到管事那裡登記，暫時存放起來，是不會馬上送到長公主面前讓長公主過目的。而趙真先是由寧樂縣主親自帶進來，現下又得了長公主的特殊待遇，可見她的不一般了。

眾人私下裡一打聽才知道，這位是齊國公從鄉野尋回來的孫女，是長公主的母家人，模樣氣質倒看不出像個鄉野丫頭，但送隻貓未免太過寒酸了吧？貓是個低賤的東西，哪裡有人用來當賀禮的，還是送給尊貴的長公主。於是，便有一部分人小聲議論齊國公府這個尋回來的鄉野小姐沒見識，而跟上來的方氏母女沒什麼榮辱與共的覺悟，也是一副看熱鬧的表情，就等著趙真丟人了。

付凝萱聽了母親的話，自己跑過去從下人手裡把籠子提來，逕自掀開布給母親看，「母親妳看！這隻貓長得好奇特啊！」

陳瑜看向籠中的貓，這一看也驚了一下，籠中的貓似虎又似豹，身形優美，乍一見這麼多人也無半點懼色，端坐在籠中看著四周，威風凜凜得很。

籠中的貓顯了真身，在座的人都呆了，這是什麼貓？竟然長得這般奇特，一看就不是個俗物，一時間都探頭探腦的看。

「這是什麼貓啊？」長公主問出了眾人的心聲。

趙真回道：「這是虎貓，萬裡挑一選出來的，受過訓練，十分機靈。」

她說著，將籠子打開，把貓抱出來放到地上。那貓也不到處亂竄，就端坐在原地昂著頭，巡視領地一般的四處看。

趙真從下人那裡接過一個小食盒，從裡面拿了條魚乾在貓眼前晃了晃，貓便看了過來，站起身子，尾巴左右搖晃著。

趙真手一揚，將魚乾拋得老高，貓一下子躍了起來，足有一人多高，驚得眾人高呼一聲，只見牠在半空中精準的咬住了魚乾，然後俐落的翻了個身落下，瀟灑又輕巧，嚼吧嚼吧把魚乾嚥了下去。

趙真又拿了條魚乾，在牠眼前轉了一個圈，貓便隨著她轉圈的動作在地上打滾，乖巧又聽話，趙真把魚乾餵給牠，然後向牠伸出手，指了一下牠的右爪，牠便抬起右爪與她擊掌，她指左爪，牠便抬起左爪與她擊掌。趙真又命牠衝向長公主，「恭賀長公主殿下福壽安康。」

那貓如成了精一般，站起來衝長公主拜了拜，這一下所有人都不敢小瞧一隻貓了。

陳瑜一臉的驚喜，將貓抱起來摸了摸，「這貓太機靈了！真是討人喜歡。」說罷便在毛茸茸的貓腦袋上親了一下，明顯是愛得不得了的樣子。

女兒喜歡，趙真鬆了口氣，把魚乾拿到女兒面前，「殿下可以親自試一試。」

陳瑜自是躍躍欲試，全然沒了雍容的樣子，將貓放在地上，拿了條魚乾在牠眼前晃晃，繼而扔了出去。

貓如一道閃電般竄了出去，在魚乾還未落地前便接住了，將魚乾叼了回來，停在長公主面前才嚼吧嚼吧吃下去，而後撅起屁股，左右晃了晃，等著下一條魚乾，模樣可愛極了。

陳瑜看著眼前聰慧機靈的貓，眼中都是光，自母后為她調教的那隻貓過世之後，她再沒見過這麼機靈的貓了。這小丫頭竟也會馴貓嗎？

陳瑜正想問問她和誰學的，突地傳來一聲狗叫。

「汪汪汪！」一條棕毛狗突然竄了出來，向著貓狂奔過去，貓很快靈活的跳了起來，閃開了衝撞過來的狗，棕毛狗沒有撲到牠，蠢呼呼的撞上椅子腿，又折了回來，張著狗嘴衝向貓，顯然是要咬貓的樣子。

這次貓沒有躲，弓起身子，齜出尖牙，發出恐嚇的嗚嗚聲。

狂奔的棕毛狗受了驚一般，突地停下來退了幾步，而後前爪前撲，做出跪拜臣服的姿勢。

陳瑜看著此景嘆道：「這貓真是奇了。」

付凝萱跑過去將狗抱起來，在狗腦袋上敲了下，「白白，瞧你這點出息！」那棕毛狗便是付凝萱的愛犬白白。

趙真掏出一個繡得精緻的香囊遞給女兒，「殿下將此香囊戴在身上三十日，三十日之後取下，這貓便會認主了。」

陳瑜接過香囊，甚是歡喜的看向眼前的小丫頭，「妳這賀禮甚合本宮心意，是本宮這些年來收到最好的禮物了。」

趙真看著女兒滿是欣慰：寶貝閨女妳喜歡就好。

陳瑜對上她那副似是慈愛的表情，略略一愣，只是還未多想，外面便有太監尖細的聲音響起：「皇上駕到！」

眾人忙起身跪下，陳瑜向外走去，迎接自己的皇帝弟弟，趙真和付凝萱跟在身後。

陳瑜每年過生辰，父皇、母后和弟弟都會來，如今父皇和母后去了，今年便只有弟弟過來了，思及此，心中不免又有些憂傷。

陳勍闊步而來，後面跟著明夏侯付淵和付允珩，陳瑜要行禮，他忙扶道：「皇姐與皇弟何須多禮，皇弟祝皇姐生辰快樂，年年歲歲有今朝！」

陳瑜笑盈盈的看著弟弟，「陛下每年都是這一句，去年不是說好今年要換賀詞了嗎？」

即便陳勍成了帝王，姐弟之間仍是親暱得很。陳勍幼時，對他最好的便是陳瑜，對姐姐的感情自是深厚。

陳勍一拍腦袋，「呵，瞧皇弟這記性，看見皇姐就高興得都忘了，皇弟明年一定換句新鮮

的。」說罷目光看向了旁邊的趙瑾，對她揚起一抹深深的笑意，「瑾兒也到了。」

趙真在找寶貝孫子，沒瞧見有點失望，聞聲回了神，行禮道：「參見陛下。」

陳勍對她笑道：「無須多禮。」

陳瑜看了一眼弟弟和趙真，目光流轉，道：「陛下來看看，瑾兒送了我一個極好的賀禮。」說著引他進來，將地上的貓抱起。

陳勍看到貓也是一臉的驚奇，「這貓長得獨特，是何種貓啊？」

趙真又對兒子解釋了一遍，兒子也想看表演，她便又演示了一遍。

陳勍看過拍手叫好，朗笑道：「沒想到瑾兒還有這等本事，著實讓朕驚喜。」說罷，又對陳瑜道：「皇姐可是不知，小表妹不僅有馴貓的本事，刀舞得也極好，巾幗不讓鬚眉，頗有母后當年的風範。」

趙真聞言一臉惶恐，「臣女不敢與先太后相比。」

陳瑜也驚奇了，「瑾兒也用刀嗎？母后當年最善用刀……瑾兒不僅長得像，連使用的兵器都一樣。」

趙真額頭上都要冒汗了，面對至親之人她便不知該如何隱藏自己了，早知道她應該換個兵器才是，現下被兒子與女兒捉住了太多個共同點，實在危險。

好在兒子和女兒沒再繼續說她，陳瑜轉而問道：「陛下，怎麼未見太子過來？」

陳勍嘆氣道：「太子染了風寒，他母后在宮中陪他養病呢，因而沒來恭賀皇姐。」

趙真聞言心口一揪，小心肝生病了？怎麼突然就生病了，上次見面不還生龍活虎的？

陳瑜一聽，十分關心道：「病得如何？可有好轉？」

陳勍安撫她道：「皇姐無須掛念，太子病得不厲害，吃了藥已經好些，應該休養幾日便沒事了。」話音落下，他不動聲色的看了趙真一眼，果然她臉上也滿是擔憂。

趙真聞言，雖小小鬆了口氣，但心裡還是記掛小心肝，明日一定要進宮去看看才放心。

姐弟又說了些別的便開宴了，陳勍自是坐在上首，邀皇姐與他同坐，駙馬被擠到了稍微靠下的位置。沒辦法，陳勍不喜歡姐夫，自從有了姐夫，姐姐給他的關愛便少了，他怎麼可能待見搶他姐姐的姐夫，所以總對姐夫存著戒心。

而付淵是個明朗豪爽的人，做姐弟倆的陪襯沒有半分怨言，一直笑得開懷，頰邊兩個酒窩讓他英武的臉顯得可親不少。

趙真和兒子一樣，本來也不怎麼喜歡女婿，以前沒少為難女婿，但是付淵性子好，對女兒又體貼入微，她便對女婿改觀了，如今比陳昭父子倆更喜歡女婿一些，女婿半個兒嘛。

酒過三巡，便到了前來賀壽的公子小姐獻藝的時候。每年這個時候，帝王親臨，人人盼著能在帝王面前露臉，皆是好幾個月之前便在準備著。

趙真對這個倒沒什麼興趣，坐在外孫女旁邊百無聊賴的吃著菜看著，目光游離了許久也沒找到陳昭，不知道他躲到哪裡去了。

趙真正事不關己，上首的陳勍突地發話了，「瑾兒也是武藝過人，不如上來展示一番，讓眾人一飽眼福。」

皇帝的話怎能反駁，但趙真是真不想去，心裡罵著兒子，嘴上委婉道：「臣女今日的衣裙繁複，恐怕行動不便，請陛下恕罪。」

旁邊的付凝萱特別沒眼力，說道：「小表姨身量與我相同，可以暫且去換我的衣服啊！」

陳勍立刻道：「那瑾兒便先隨萱萱去換身衣服吧。」

趙真這回是不想去也要去了，她默默送給外孫女一個白眼，隨外孫女換了衣服回來。站在中央，趙真不想一個人像個猴子似的表演，對上首的兒子道：「陛下，臣女一個人舞刀沒有什麼意思，不如選一人與臣女對招更有看頭。」俗稱拉個墊背的。

陳勍聞言覺得可行，「誰願與趙瑾對招啊？」

底下的女子皆不會武，會武的付凝萱則堅決不和小表姨過招，而男子便是覺得同女人過招有失君子風度，一時間鴉雀無聲。

付允珩見此正想犧牲自己，突地有人站起來道：「臣願請趙小姐賜教。」

趙真聞聲看過去，是個年輕俊逸的少年，身旁坐著豫寧王世子陳寅，想來應該是陳寅的兒子吧？趙真倒是第一次見這個孩子。

上首的陳勍看到站出來的少年，朗笑道：「原來是啟威。啟威回京這麼久，朕還未見過啟威的本事，如此一來正好，你便與瑾兒過個招吧。」

陳啟威也是十六、七歲的年紀，和趙真現在的年紀正相當，他的父親豫寧王世子是陳昭的堂姪子，陳啟威便是陳昭和趙真的孫子輩。

陳家歷來以文治國，很少有武藝高超的子孫，而豫寧王一脈便算個特例了。陳昭的堂兄豫寧王是個練武的好材料，早年與趙家有過共禦外敵的時候，功夫十分了得，只是後來豫寧王傷了一隻耳朵，整個都被削了下去聽不見了，才沒能立下戰功；後來北疆叛亂，他帶著兒子過去平叛，才算是立下了功勞，舉家安定在北疆，也不知他的孫子如何。

兩人前來賀壽，均是未帶武器的，幸好明夏侯是武將，府中不缺武器，兩人各自選了一件趁手的武器站在中央。

趙真選了最重的一把刀，長度快要趕上她的身高了，拿起來並不很趁手，但太輕的刀趙真容易脫手，只能湊合著用。再者說，女兒和兒子都在，她的招式要使得和以前不一樣才不會露出破綻，這刀正好。

似是為了配合她，陳啟威也拿了一把大刀。陳家的男人相貌都是出色的，陳啟威也長了張斯文俊秀的臉，扛著這把碩大的刀著實有些違和，這讓趙真有些驚奇，看來豫寧王的孫子是不一般，雖然纖瘦卻孔武有力。

她道：「請賜教。」

陳啟威客氣道：「不敢，請。」說罷擺好了架式。

兩人提刀對上，噹啷一響，趙真這才發現眼前的斯文少年並非看起來那般客氣，他的招式快而急，且花樣雜多，似是想極力的表現自己。

這個陳啟威確實是個有幾分本事的年輕人，只是太過急功近利，便破綻百出，趙真也不好速戰速決，損了豫寧王的顏面，遂裝出一副被他逼得節節敗退的樣子。

陳啟威見此有些得意，彎眸笑了起來，趙真這才發現他左眼下有顆秀氣的淚痣，使得這個少年人又俊美了幾分，倒是個不錯的後生，可惜有點草包啊……

趙真畢竟還是好面子，不想為了豫寧王的顏面而丟了自己的顏面，覺得差不多了，便開始反攻，尋了陳啟威的破綻攻上去，打算過個十幾招便結束這場對決。一直洋洋得意的陳啟威似是沒想到，突地被她反攻而措手不及起來，才不過兩招便大刀脫手，被趙真的刀橫在脖子上，一臉的怔忡。

沒想到他這麼不頂用，贏了的趙真也有些驚訝，看著眼前愣愣的少年，總覺得哪裡奇怪，卻不知到底哪裡奇怪，收了刀道：「承讓。」

眼前的少年被打敗，神情有片刻的屈辱，但似是自我調節了一番，很快又揚起笑容對趙真拱手道：「趙小姐果然厲害，啟威甘拜下風！」

趙真看著眼前這個少年，倒不覺得討厭，很給他面子的說道：「多虧公子讓著我，小女子才能得勝。」

誰知陳啟威卻相當實誠：「非也，我已全力以赴，是我技不如人才會輸給小姐，小姐贏得當之無愧！」

兩人互相謙讓，上首的陳勍拍掌稱讚道：「你們二人皆不遜色，朕看你們將來都會是國之棟梁！」

有眼力的臣子皆附和帝王，就算陳啟威輸了也沒人敢議論這位皇親國戚，只是感嘆豫寧王的孫子沒能繼承到豫寧王的衣缽。

趙真和陳啟威謝恩之後，各自回了各自的位子。

付凝萱不知何時又抱著她的那隻白白了，湊在趙真身邊道：「還是小表姨厲害！豫寧王府的人也不過如此嘛～」看樣子很是瞧不上豫寧王府的人。

雖然剛才和陳啟威過招的人是自己，但趙真卻還不能對這個人下定論，便沒說話，坐好後看了眼斜對面的陳啟威，少年也是剛坐好，見她看著他，端起桌上的酒盅對她遙遙一敬，一飲而盡，露出和善的笑容。

趙真也端起酒杯回敬了一杯，之後便沒再看他了。

※◎※　※◎※　※◎※

宴席散後，趙真要先去把外孫女的衣服換下來。她始終沒見陳昭露面，他都在女兒這裡住了那麼久了，兒子也見過了，還怕暴露不成？

趙真換好衣服從屋中出來，外面候著的丫鬟竟不知所蹤，她四處看了看，突地看到廊下站了個人，明晃晃的袍子，是她兒子陳勍。

——這孩子還沒回宮嗎？怎麼在這院中站著？

似是聽到了她出門的聲音，陳勍回過身來，遙遙對她一笑，廊下燈火通明，正值盛年的帝王面若冠玉，穿著莊重的袍子，一瞥一笑都是帝王得天獨厚的氣韻。

以前趙真並不覺得兒子好看，現在身邊沒了他父皇做對比，其實她兒子還是滿俊俏的，尤其現在瘦了，更顯得五官精緻了。真好，不愧是她兒子。

趙真笑盈盈走過去，行禮道：「陛下。」

陳勍虛扶她一把，笑道：「四下無人，表妹何必如此多禮，這些規矩都免了吧。」

是啊，四下無人，兒子這個皇帝卻站在這裡，莫非是專程在等她？等她做什麼？

趙真試探道：「陛下是在等我嗎？」

陳勍笑著點頭，向她走近了幾步，「自是在等妳。上次妳入宮，朕聽聞皇后賞了妳一對寶刀，反而朕這個做表兄的卻未送妳見面禮，現在特來補上。」

趙真聞言有些驚奇，兒子什麼時候對這等事情如此上心了？因為她這個「表妹」長得像他母后？竟還為這件小事特意等她。

她擺出一副受寵若驚的表情，「臣女何德何能讓陛下如此看重。」

陳勍笑著看她，「妳自然值得。」說罷取出一方錦盒遞給她，「打開看看。」

趙真從未見過兒子這一面，心裡有些奇怪，還是伸手接過他的禮物，裡面是一支以翠玉為主的簪花和一對相稱的耳墜，做工精美十分漂亮，但對趙真來說沒什麼誘惑力。

陳勍道：「女兒家終究還是要愛美的，朕見到它們便覺得十分稱妳，戴上看看。」

趙真聞言抬起頭，有些詫異道：「現在嗎？」

陳勍點點頭，伸手取了簪花出來，走近她抬起手，「朕替妳戴上。」說罷不等她回答便替她戴在了髮間，寬廣的長袖擦到她的臉，趙真看著近在咫尺的兒子，有種說不出的怪異。

戴好了簪花，陳勍又去拿耳墜，趙真見此忙先一步取了出來，「臣女自己戴。」說罷取了耳上原本戴著的一對，將兒子送的戴上。

一切戴好後，陳勍看著她，眼中似是有驚豔，笑著說道：「很好看。先太后在世時總不戴首飾，日日都是一副素淨的樣子，朕心裡卻希望她能好好善待自己，女子便該金銀首飾供著，多打扮一些才更明豔動人，不負芳華。」他看著她，眉眼溫柔，似乎是透過她看到了母后。

趙真聽完後，覺得兒子對她有誤解，她不戴首飾純粹是嫌麻煩，哪裡有不善待自己了？兒子這思路她不能理解。

趙真應下謝恩，一時間有點沒話說，總不能和兒子說「你老娘我不喜歡你送的禮物」吧？

陳勍仍是目光溫和的看著她，道：「太子在病中一直問表妹何時進宮看他，不如表妹隨朕一同進宮去看望太子吧，晚上就宿在宮中便是。」

趙真是很擔心孫子，很想現在就去宮中看望孫子，但她還是懂規矩的，她現在畢竟是個未出閣的女子，夜宿後宮算什麼事？若被有心人說去，該被說成兒子有意納她進宮了。

趙真垂首道：「臣女雖然記掛太子殿下，但太子殿下病中需要靜養，臣女還是等太子病好之後再進宮吧，現下便不去叨擾了。」

陳勍看著她有一會兒沒說話，直到趙真忍不住抬起頭，才見兒子惋惜道：「既然如此，便等太子病好，表妹再入宮吧。」說罷陳勍開始向前走，示意趙真跟上。

趙真現下不能與兒子並肩而行，稍稍落在後面一些跟著。

陳勍見此，便伸手拉住她的手腕，把她拉到身旁，對她溫和道：「和朕同行即可，朕還有話和妳說。」

兒子溫熱的五指攥住她的手腕，趙真覺得此舉甚是不妥，她看向兒子，但他卻一副心無旁騖的樣子，似是覺得自己不過是對表妹的親近罷了，並沒覺得自己此舉太過逾越。

哎，可能是兒子平日在宮中接觸的小姐太少了吧，所以不懂這其中的避諱。再者說他現在是帝王，沒有摸不得誰這麼一說。

趙真裝著撩頭髮的動作，甩開兒子的手，往旁邊站了一些，「陛下請講。」

陳勍見此神色無常，似是沒察覺到她的疏遠，問道：「表妹今日並未用全力吧？」

趙真聞言愣了一瞬，但很快想起來兒子在神龍衛看過她和魏雲軒過招，便道：「非也，今日的刀用得不順手，便比平常顯得不盡人意。」

陳勍似是沒懷疑她的話，繼續問道：「表妹覺得啟威的武藝如何？」

提到這個問題，趙真慎重的想了想，道：「臣女雖贏了，卻並未摸清他的本事，他應是因為某些原因而未拿出該有的本事吧。」她也不敢說陳啟威是故意的還是因為武器不順手，或者別的什麼原因，反正今日的表現絕不是陳啟威的本事。

陳勍聞言點點頭，沉思了片刻後又道：「過些日子朕打算到圍場狩獵，到時候表妹一定要來哦。」

趙真回道：「只要陛下應允，臣女一定會去的。」

陳勍對她笑了笑，又說起了別的事。

正走著，趙真感覺自己身上被人砸了一下，她轉頭看過去，便看到躲在暗處的陳昭。

趙真不動聲色的回過頭，回著兒子的話，再走了幾步突地驚道：「呀！陛下，臣女忽然想起來有東西落在方才的屋子裡了，要回去尋！」

陳勍聞言看向她，「很重要嗎？」

趙真忙點頭，焦急道：「是臣女過世的母親送給臣女的，臣女一直貼身帶著。」

陳勍聞言了然點頭，「那妳快去吧。」

趙真告罪後忙往回跑，路過一條小巷口的時候被陳昭拽了進去，繼而被他拉著走進小巷，又從一道小門出去，進了一間院子，再被他帶進某間屋子，也不知道是做什麼用的屋子。門一關上，趙真摟上他的腰，「今兒個你躲哪去了？我都尋不到你。」

陳昭嘆了口氣，推開她，「妳先別鬧，我有話和妳說。」

趙真自己尋了個地方自顧自的坐下，調整了個舒服的姿勢看向他，「問什麼？」

陳昭坐到她身旁，「兒子同妳說了什麼？」

趙真聞言挑了一下眉毛，故意逗弄他：「我們母子說了什麼為何要告訴你？」

陳昭一副妒忌的樣子，湊上去吻上她的唇，把這位姑奶奶伺候得心猿意馬才抽身離開，用手指擋住她追上來的唇，「我都是妳的人了，這點事妳還不願告訴我嗎？」說罷，那眼神含著三分埋怨、七分委屈，好像她多欺負人似的。

趙真眨了下有些迷亂的眸子，重新坐了回去，沒理會他的裝可憐，嗤了一聲道：「堂堂的太上皇還學會以色惑人，使美人計了～」說罷環胸看他，「那你先說，你躲到哪去了？」

陳昭聞言，變回了正經的模樣，低頭繫上被趙真解開的腰帶，心中不禁腹誹：這個混女人脫衣服的手實在是太快了……

他道：「我能躲到哪去？混在護衛裡而已。今日來的人大都沾親帶故，我在外孫身邊容易引人注意，若非必要還是不露臉的好。」話音落下他已經繫好衣服，抬頭看向她，「我又不像妳，變化大，又有了名正言順的身分，不容易叫人懷疑。」

趙真支頭看他，一雙眸子含著幽光，「那你覺得我和從前比，哪個好看？」

陳昭怎麼說也是在趙真這個女霸王身下摸爬滾打了多年的男人，很識相道：「都好看。」

趙真滿意了，這才正經回他的話：「你兒子也沒問什麼正經事。」她指了指頭上的簪花和耳朵上的耳墜，「他送了我這個，又問我今日是不是沒使全力、陳啟威的功力如何，說了點閒話，沒別的了。」

陳昭看向她頭上多出來的飾物，碧翠的顏色，雅致的款式，倒是十分的襯趙真，只是不像是他那個連玉珮都不會挑的兒子能選出來的東西，十之八九是兒媳的手筆，真是拿這個傻兒子

沒辦法。

他對趙真道：「以後這樣的殷勤怕是少不了了。」

趙真聞言還是有些不理解，她兒子平日裡可不是個懂人情的人，對皇后又一心一意，怎麼會對她這個表妹上心呢？

「此話怎講啊？」

陳昭將她頭上的簪花取下來，把玩了一番道：「若是那小子日後再這樣，妳便像對我這般戲弄他，他自會收斂了。」

趙真聞言瞪大眼睛看向他，「你是讓我調戲兒子不成？」

陳昭點了一下頭，又搖了搖頭，「點到為止，妳自己把握分寸便是，兒子對妳的身分已經有所懷疑了，八成是兒媳替他出的主意，我猜他正在試探妳，妳主動一些，他反而不敢對妳怎麼樣，那小子膽小。」

趙真是個護犢子的人，能戲弄陳昭卻不想戲弄自己的兒子，更不滿陳昭這麼說兒子，何況她和兒子是母子，這成何體統啊？虧他說得出口！

她瞪著他道：「那若是我這麼做了，他真的對我有了什麼心思呢？畢竟我與他『母后』那麼相像，他會覺得親近一些，若是一時思母心切真的要納我入宮怎麼辦？」

陳昭神色一凜，篤定道：「那就廢了他。」

趙真驚叫：「他是你兒子啊！」

陳昭很輕巧道：「已經有孫子了。」

趙真好像重新認識了眼前的男人，咂嘴道：「嘖嘖，陳昭你可真是個心狠手辣的男人。」

陳昭將簪花重新替她戴上，順手理了理她亂了的髮絲，說道：「如若不然，妳便好好忍受妳兒子若有若無的撩撥吧，到時候不用我動手，妳第一個想廢了他。對付妳兒子，一定要快刀斬亂麻、主動出擊，若是拖著才容易出事。」

趙真想想今日兒子似有似無的親近就很想揍他了，若是以後皆是如此，她還真忍不了，便點了一下頭，「行了，我知道了，我自有分寸。」

陳昭「嗯」了聲，繼續問道：「陳啟威的功力如何？妳是如何和兒子說的？」

趙真這回沒逗弄他，直接道：「我還不清楚，雖然一開始覺得那孩子太過急於表現自己，方方面面不夠踏實，但後來他輸的讓我有些出乎意料，總覺得他實力不該如此，我和兒子差不多也是這麼說的。」

陳昭聞言沒有話說，目光有些幽遠，不知道在想什麼。

趙真托腮看他，「你那位堂兄真的很厲害嗎？他這孫子好像並沒有那麼出彩的樣子。」豫寧王的威名她早先聽父親提起過，卻沒交過手。

陳昭轉過頭來，道：「我也不知道，但我那位堂兄不是個簡單的人物。若是陳啟威日後主動來找妳，妳要防備著一些，莫要輕視。」

趙真不以為然的點點頭，又繼續道：「你在小魚兒這裡這麼久，小魚兒可有懷疑你？」

陳昭搖搖頭，「應是沒有，我在府中很少見她，只是剛入府的時候，她叫了女婿軍中三個軍師考我，她在才學方面一向沒什麼造詣，見三個軍師考不過我便沒再為難過我了。」

趙真一聽陳昭這麼說她的才女女兒，擰起眉頭來，「什麼啊？小魚兒都那麼聰明了還算沒什麼造詣，你對自己閨女的要求也太高了吧！」

陳昭好笑的看她一眼，點醒她：「妳閨女的才學不過中庸罷了，也就在妳眼裡是個才女。」

趙真不服氣的瞪大眼睛，「是你要求太高了！你看小魚兒琴棋書畫樣樣都會，請來的夫子都說她才學過人！偏偏你這個當爹的瞧不上閨女！」說完狠狠的瞪他一眼。

陳昭毫不客氣的點破她美好的幻想：「那都是我逼著她學的，她小時候和妳一般不安分，若不是我壓著，早就翻出天去了。夫子說她好，只是畏懼妳罷了，妳還指望夫子在妳這個威震八方的女將軍面前說妳閨女壞話嗎？」

也不知道是不是趙真這個女人太強悍了，生出來的孩子都像她，一個個不學好，女兒是有些小聰明，慣會糊弄人，到現在她娘還以為她是個乖孩子；兒子倒是真老實，乖巧聽話些，但有時候也荒唐。這三人真是讓他操碎了心。

趙真聽完不能接受，她女兒在她眼裡明明就是個知書達理、勤奮好學的乖孩子，好幾次她去女兒院中看她，她都在埋頭苦讀，一定是陳昭對女兒要求太高了，盼著女兒和他一樣從頭到腳都是心眼才算聰明！

趙真正腹誹著陳昭，陳昭突地說道：「哦，對了，妳若是不信，有機會可以去看看妳閨女的書房，她和你一樣，閒書外面都包個《詩經》啊、兵法之類的書皮。以前我去她院中，她的丫鬟就會通風報信，她便會立刻拿起一本書來假裝看，我考她看了什麼，大多時候她都答得驢脣不對馬口，和妳真是如出一轍。」

趙真聽完如遭雷劈，果真如此嗎？因為她自己才學不好，看見女兒讀書便從來不會考她，只是滿含欣慰的默默走開。原來這個鬼丫頭都在矇騙她這個娘嗎？真是……反了她了！

陳昭一看趙真臉色不對勁，連忙改口道：「但小魚兒是很聰明的，只不過心眼沒用在正路上，都隨我。」

趙真粗喘一口氣，瞪他道：「是聰明隨你，還是心眼沒用正路上隨你？」

陳昭當然道：「心眼沒用正路上隨我。」

趙真這才算滿意了些，哼道：「這個鬼丫頭真是隨你，就想著怎麼糊弄我這個當娘的！」

陳昭糾正道：「妳閨女她誰都糊弄，要不然能把女婿糊弄到手呢？她整治男人的本事，倒是真的隨妳。」

這個誇獎趙真沒領情，氣道：「屁！明明是付淵那小子死皮賴臉要娶我閨女！」

陳昭不敢繼續反駁她了，付淵當時是挺死皮賴臉的，那還不是因為她閨女手段高，把傻小子哄騙得一愣一愣的。

陳昭拉過她的手安撫的揉了揉，「妳已經耽誤的夠久了，我便不留妳了，妳先出府吧，等回了神龍衛，我有驚喜給妳。」

趙真被他揉得消了氣，轉頭看他笑得殷勤，挑眉道：「什麼驚喜啊？」

陳昭拉她起身，在她脣上輕啄了一下，笑道：「說出來還叫驚喜嗎？」說著，把她推到了門口，「我不送妳了，妳出了院子左轉便該認識路了。」

陳昭偷偷摸摸把她叫過來，結果問了她一堆話，還奚落了她女兒一頓，趙真覺得不能這麼便宜他，捏著他的下巴似吻似咬的非禮他一通才鬆了手，「給我驚喜時記得穿裙子，要不我不去。」她又在他下巴上挑了一下，說了句「小妖精～」才推門而去。

陳昭看著她瀟灑離去的背影，摸了摸自己泛疼的脣瓣：這個混女人，還上癮了！

此時，陳勍已經回宮了。趙真對於昔日女兒哄騙她的事很不滿，走時也沒特意去看女兒，是外孫女送她到門外。

站在門口，付凝萱衝她擺擺手，「小表姨，回營的時候記得帶果脯給我！」

趙真瞥了外孫女一眼：吃貨！

第三章 好小子，有膽你就親！

門口是沈桀在等她，方氏母女和沈明洲似乎先回去了，留了一輛馬車給她，趙真也沒多過問就鑽進了馬車，後面沈桀也跟了進來。

趙真見他進來，讓了讓地方，等他坐下後聞到他一身酒氣，「喝多了？」

沈桀有些頭疼的揉了揉太陽穴，「嗯，明夏侯也是武將，今日來的武將有些多，灌起酒來沒文官那麼斯文，我也喝多了些。」

趙真倒是理解，倒了杯水給他，「這些武將在京為官，平日裡可以喝酒的時候也不多，明日又特允百官休沐一日，自是敞開了肚皮喝，你也要悠著些才是。」

「長姐教訓的是。」沈桀接過杯子仰頭喝下，只不過還是頭痛得厲害的樣子。

趙真見此，還是心疼他，拍拍自己的腿道：「躺下，我幫你揉揉。」

沈桀聞言微愣，心中雖雀躍萬分，面上還是遲疑道：「這不妥吧……」

趙真睨他一眼，「和我你還扭捏什麼？你是我帶大的孩子，你小時候我還幫你擦屁股呢，哪有那麼多避諱？」

沈桀聞言臉上一紅，有些羞赧道：「長姐！」

趙真輕笑一聲，又拍了拍腿，「行了，我不說了，你過來吧。」

沈桀看向她被長裙蓋著的雙腿，暗暗吸了一口氣，心中忐忑而小心的躺在她的腿上，閉上了眼睛不敢看她，怕洩露了自己的心事，只是偷偷嗅著她身上特有的香氣。

他已經很久沒有和她這般親近過了，他小時候便總是枕在趙真的腿上，有時候是她替他掏耳朵，有時候是聽她講故事，還有的時候是他生病不舒服時，她即便疲憊也會耐心陪著他，對他比對趙琛還好，可能是出於對他的可憐，但不妨她成為這世間對他最好的女人。

他從很小的時候便愛慕她，只是她早早就嫁給了那個男人，而那個男人卻沒有好好待她，他無時無刻不想著取而代之，可他成年以後，她已經成為了這世間最尊貴的女人，遙不可及。而現在，她終於又回到了他的身邊。

真好，他現在覺得很滿足，想一切就停在這一刻。

趙真見他脣邊露出舒心的笑意，才放心了一些，和他閒聊道：「子澄，你也不要嫌長姐嘮叨，男人身邊還是要有個知冷知熱的女人，若是遇到了好的，便不要拖著。」

沈桀聞言睜開眼睛，對上她關切的雙眸，有片刻的沉淪，喃喃道：「可這世間再沒有如長姐這般對我好的女人了……」

趙真聞言一愣。

沈桀見她愣住，才驚覺自己說了什麼，握緊雙拳，冷汗都要冒出來了。

趙真突地笑了出來，在他額頭上拍了一下推他起身，「傻小子，我是你的長姐，自是對你最好，這是無可厚非的，可夫妻之間的好卻是不一樣的，你也不是沒有過女人，該知道夫妻之間的感情與姐弟之間的不一樣。難道明洲的娘對你不好嗎？那你又如何會為她守到今日呢？」

提及沈明洲的生母，沈桀心口湧動的情潮便冷淡了下來。彼時齊國公催他娶妻催得緊，連身在宮中的趙真都寄信給他，讓他早些成婚生子，若是他得子便做太子的兄弟，若是得女便做太子妃，誇獎太子如何乖巧可人，他一定會喜歡，讓他進京時帶著孩子到宮中看望她和太子。

太子是她的兒子，卻也是陳昭的兒子，陳昭如何會讓他的孩子與太子沾上半點關係？不過痴人說夢罷了，每每想至此，他心中都是難以壓抑的悲憤，當夜喝了個酩酊大醉。

沈明洲的生母彼時是他院中伺候的婢女，早就懷有不軌之心，趁機爬了他的床。

沈桀對她雖然不喜，但終究成了他的女人，他也並非無慾之人，便留在了身邊，只是沒想到這個女人懷了身孕以後，卻如此的膽大妄為、野心勃勃！

沈桀大都是喝了酒才會寵幸這個女人，醉酒的時候自制力難免薄弱，壓著的是別的女人，嘴中卻會不自覺的叫著心底藏著的那個人的名字，因而便被她聽去了，她仗著自己懷了身孕，他不敢怎麼樣，便以此要脅他扶她為正妻。

只是她低估了他的心狠手辣，若非他想著讓她生下這個孩子去搪塞齊國公，他當時就能擰斷她的脖子，不會囚禁到等她生下沈明洲才把她弄死。本來這個女人若是乖乖的，他便會留著她，說不定將來看在沈明洲的面子上，他會扶她做側室，只是她太沉不住氣，野心太大了。

沈桀壓下心中湧動的情緒，垂下眼簾道：「她怕我，與我也沒什麼情意，不過是窺視將軍夫人的位置，妄想一步登天才會服侍我。而我至今未娶妻也不是因為她，不過是覺得居心叵測的女人太多，麻煩罷了。」

趙真看著沈桀低落的樣子，便有幾分了然，大抵是因為當初那個女人心懷叵測，令沈桀從此對女子敬而遠之，又因此至今未娶妻。她曾經懷疑過是不是沈桀那方面力不從心，但他身強體壯有些不太可能，便一直想不通他不娶妻的原因，如今倒是能夠想明白了。

趙真握上他的手，耐心安慰道：「子澄，你是男人，莫要為一次挫折便望而卻步了，這世間的好女兒還是有很多的，你只有將心放開才能遇見，躲避不是辦法。」

沈桀聞言，明白她是誤會了，但也不打算解釋清楚。他反握住她的手，抬眸定定看著她，問道：「那長姐呢？可會因為陳昭從此望而卻步？」

趙真沒想到他突然會反問她，但因為他此時情緒不好，也沒怪罪他過問她的事情，目光柔和道：「我還沒告訴你，我與陳昭已冰釋前嫌了，我們之間的事情本就太過紛雜，我也不好跟你說清楚。而我們兩個有了兒孫的羈絆，又如何能斷得乾淨？現下這般重新來過倒也挺好，我表面雖年輕了，心裡終究還是個老婦人，如何能與年輕人走到一起？倒不如和他湊合著。」

沈桀雖然不敢在趙真身邊大肆鋪張人手，但有些事還是知道的，知道她近來與陳昭來往甚密，卻不想他們竟已經「冰釋前嫌」。

沈桀攥緊她的手，「長姐，難道妳不怕他再愚弄妳嗎？」

趙真聽到這句有些不悅，什麼叫愚弄？她在他心裡就這般愚蠢嗎？任陳昭耍著玩？

「除了我這個人，他在我這裡也沒利可圖，又怎會愚弄我？好了，不提他了。」趙真不願意在沈桀面前提及自己的情事，轉開話題道：「子澄啊，你是真的該替自己打算了，你也別嫌長姐多事，這世上除了長姐會操心你，還有誰會操心？長姐也不是催你，你先說說你喜歡什麼樣的，長姐先替你物色著。」

他一直心心念念的都是她，她卻總是把他往外推，她不能和年輕人走到一起，那他這個義弟呢？她真的半點都不考慮嗎？那麼多年，他明知不該妄想，卻仍舊為了她清心寡慾，鮮少碰觸女色，小心護著心底那份對她的憧憬，可她重新來過了，眼裡卻仍是無他，他真的不甘心。

想著想著，心底的話脫口而出：「我喜歡長姐這樣的。」

話已出口，便覆水難收，沈桀有片刻的後悔，卻強逼自己倔強的看著她，是死是活就此一搏吧，反正已經晚了。

趙真愣了愣，但瞧著他有些小孩子賭氣的模樣，嘆了口氣：「好了，長姐知道了，會替你找到合心意的。」沈桀自小依戀她這個長姐，難免擇偶上也拿她做標竿，她雖不悅，卻也能理解，那她就找個像她的，也無所謂。

沈棨聞言，也不知道是該鬆口氣還是該痛心，他把話說得如此明白，她卻仍不認為他對她是男女之情，她大概是半點沒把他當男人看吧？做她的義弟是能得到她的寵愛，卻永遠得不到她的心，是福也是悲，但他也不會就此讓陳昭如願……

沈棨側過身，有些酒醉的望著她道：「剛才是我糊塗說錯話了，長姐不要生氣。」說著一頓，有些悵然道：「長姐，我回京已久，卻一直沒工夫看一看京城的風光，明日難得多休沐一日，長姐可有心情陪我在京中逛一逛？」

趙真瞧著他這個模樣，嘆了口氣，「好，但其實我雖久居京中，逛過的地方卻不多，明日正好和你一起去逛一逛。」

沈棨枕著頭想了想，「是嗎？那倒是可以將妳院中的路鳴叫上，他對京中一定很熟悉。」

趙真覺得可行，點了點頭，「也好，就把他叫上吧。也帶著明洲，明洲那孩子肯定也沒在京中逛過。」

※◎※　※◎※　※◎※

路鳴曾遊學四方，雖然才學不出挑，卻是個見多識廣的人，對京中一些門門道道也能說上一二，他帶他們先在城中的名景逛了逛，又帶他們往城外的岷山去。

路鳴騎馬行在前面，邊行邊道：「其實要說京城四周的美景，這個時節還是岷山最好看，是楓葉正紅的時候，從山頂望去漫山紅葉，鱗次櫛比，煞是好看！」他此時侃侃而談，一點也不像平日裡那個怯懦的兒郎了，顯出了另一番風采。

——岷山啊……

趙真和陳昭是從岷山臥龍寺「失蹤」的，如今再回去，她竟多了幾分忐忑，但聽著路鳴所說，她又多了幾分期待。

她聽過岷山紅葉，但從未見過，每次去岷山的時候大都是開春，那個時候還沒有紅楓葉，山裡萬物復甦，冒出綠芽，雖然生機勃勃，但還是顯得有幾分蕭冷，並不是很好看。

「希望不會令我們失望。」

路鳴回頭看她，揚起笑容，「小姐放心，一定不會讓妳失望的！」說罷又拍了下馬上綁著的肥雞和布袋，「岷山最好玩的還是野炊，我帶好了食材，到了岷山做叫花雞給你們吃，再從溪水裡捉幾條魚，撒上我配的作料，保證又鮮又好吃！」

趙真一聽來了興致，她聽過叫花雞，是用荷葉和土包著雞烤，口味很獨特，只是一直沒機會吃，沒想到路鳴連這個都會！她真有點捨不得路鳴將來出府了。

一行人說說笑笑，總算是到了能看到岷山的地方，遠遠望去果然是漫山的紅楓葉，就如一片紅色的海，竟讓人起了一種波瀾壯闊之感，瞬時倍感心曠神怡。趙真心裡湧起一股難得的興奮，夾了下馬肚疾馳而去，想到更近的地方去看那滿山紅葉。後面的三人自是夾了馬肚迅速跟上她，一行人向著岷山疾馳而去。

走到近處，景色更美了，似是一幅展開的畫卷，色彩斑斕，一眼望去美不勝收，視線所及之處都值得多端詳幾分。明明是一樣的岷山，卻因這紅楓葉有了不同的風情，著實新奇。

「真好看。」趙真感嘆道，正要翻身下馬，突然覺得一股劍氣襲來，她迅速抽出馬上掛的

刀，抬手擋上。

噹啷一聲，她揮刀攻上，數名黑衣人竟從四面八方湧了上來。

「小心啊！」後面的三個男人迅速跟上前，就連不會武的路鳴都不甘落後，看著她是一臉的焦急。

趙真大聲發號施令：「明洲，你保護路鳴，我與你父親一同禦敵。」說罷，她和沈桀對視一眼，兩人殺到一起，背對著背，前後配合由內向外攻。

趙真與沈桀即便多年未曾並肩作戰，但兩人默契不減，敵人雖然眾多，兩人卻不至於亂了陣腳，對付起來還算游刃有餘。

趙真蹙眉看著這些蒙面的黑衣人，單從招數來看，這些人應該不是出自正規軍，而是一些江湖人士，所以招式紛雜，讓人辨識不清，也沒正規軍的整齊劃一，全是一通不要命的亂攻，毫無戰術可言。

「子澄，留一個活口。」

「明白。」

兩人正大殺四方，趙真身後突然傳來路鳴一聲驚叫：「小姐！小心啊！」

待趙真斬了眼前的敵人，本被沈明洲護著的路鳴不知從哪裡竄了出來，擋在她的身前，虧得趙真拉他拉得及時，偷襲者的劍只是刺到了他的腰側，但頃刻間他的腰側也被鮮血染紅。

「娘的！誰讓你衝出來的！」趙真咒罵一聲，把他拉到自己身後，提刀斬了來人，正想把路鳴帶回沈明洲那裡，突然感覺背上一沉，她一回頭，路鳴竟然昏了過去……

雖然表面上只有他們四個人出遊，但沈桀不可能一個人都不帶，只是讓人跟在遠處罷了，此時他的人很快就到了跟前。

本來沈桀和趙真要多留幾個活口，卻不想這幾個人是死士，見大勢將去，紛紛自盡而亡，阻攔都來不及。

路鳴傷得不重，只是暈了過去，趙真把人交給衛兵後，便蹲下身查驗了幾個自盡身亡的死士，他們均是吞毒而亡，七竅流血，死得透透的，身上也沒有什麼特殊的徽印。她站起身來，對沈桀說道：「將人都帶回府去吧，把他們所吞的毒藥還有衣服和武器都查驗一番。」

沈桀攔道：「義父年事已高，這事還是不要驚動他了，我將這些人帶回軍中，派得力的人查個清楚。」

趙真想想倒也是，父親若是知道他們遇刺，難免要擔心，他年紀大了，顧慮也多了，不像年輕時那般膽大，這事還是不要驚動他，便點了點頭。

如此一來今日的踏青便到此結束，一行人快馬加鞭回到城中，將路鳴送到一間醫館診治，他的傷並不重，只是劃破了皮肉，但因為口子有些長，血才流得多了些。

趙真蹙眉看了一眼躺在床上昏迷不醒的路鳴，對大夫道：「大夫，他為何會昏迷不醒？傷口上真的沒毒嗎？」

京中的大夫什麼大風大浪沒見過，不以為然道：「沒毒，嚇暈而已，一會兒就該醒了。」

這個原因還真是讓趙真長了見識，還有人能被嚇暈的？她看著路鳴搖了搖頭，就這點膽子他怎麼還有勇氣替她擋劍？到底該說他忠心耿耿，還是該說他莽夫之勇呢？

趙真扯了下沈桀的袖子，和他使了個眼色，自己先走出了屋子。

沈桀吩咐沈明洲照看路鳴，跟著趙真走了出去。

沈明洲回頭看向父親的背影，蹙起了眉頭：為何一向威嚴的父親在小表妹面前，總是有種聽之任之的縱容？

沈桀走出來的時候，趙真已經站到院中的架子下，這架子是曬藥用的，遮出了一處陰涼，瀰漫著醒腦的藥香。沈桀走近之後，她道：「子澄，你在朝中可是結了仇？方才那些人似乎是衝著你來的。」

方才那些黑衣人明顯是把攻擊的重點放在沈桀身上，而她是次之，沈明洲和路鳴更是鮮少理會，所以問題就出在沈桀身上。但若說現今朝中能與沈桀抗衡的武將，便只有女婿付淵了，但付淵那孩子不是這種會使陰招的人，也沒必要刺殺沈桀。

沈桀聞言目光一凜，陰沉道：「我才剛回京不久，怎會與人結仇？若說有仇，也就只有他吧。」他說話的時候目光在她身上，明顯意有所指。

趙真一下子就明白了，他指的是陳昭，搖了搖頭說道：「不會的，他不會對付你的。再者說，你們之間哪有什麼深仇大恨？他何須來刺殺你？」

沈桀對陳昭一直有敵意，這其實都怪她，彼時她心裡對陳昭有怨，積累久了便會想找人傾訴一番，沈桀那時還是個不懂事的孩子，也最親近她，她偶爾便和他說個幾句，後來她發現這孩子對陳昭有了明顯的敵意，開始故意在陳昭面前找碴了，便再也不和他說了，只是從那以後沈桀一直對陳昭有化不開的敵意。

趙真一維護陳昭，沈桀便不淡定了，反脣相譏：「果真嗎？我還沒說清楚是誰，長姐便以為是他了，難道長姐不是和我一樣懷疑他嗎？」

趙真蹙眉看向他，斥責道：「子澄！不可意氣用事！有人對你不利是件大事，你當務之急是要查清楚是誰對你不利，而不是全憑猜忌去斷定，你已經不是小孩子了，做事要穩重！」

沈桀咬咬牙，垂下頭道：「子澄謹遵長姐教誨。」說罷抬起頭，臉上已是一片平靜，「長姐，我先回軍中查辦去了，一會兒派人來接長姐回府。」

趙真點點頭，再囑咐了一句：「事關重大，謹之慎之。」

沈桀應下，大步流星而去。趙真看著沈桀的背影嘆了口氣，要找機會讓他和陳昭冰釋前嫌才是，總是這般敵對也不是個辦法。

等趙真回屋的時候，路鳴已經醒了，見到她便掙扎著要坐起來，一時間扯痛了傷口，滿臉的痛苦之色，但還是捂著傷口急切而關心道：「小姐可有傷到？」

趙真搖搖頭，隨手拿了一根不知什麼的草藥敲了路鳴腦袋一下，「即便你不擋那一下，我也不會被傷到。」說罷，她嚴肅道：「你記著，我身邊從來不缺逞能之輩，沒那本事便不要逞英雄，你這樣做只會給人平添事端，若是以後繼續這般不自量力，便不要待在我身邊了。」

這話說著雖有些傷人，但趙真卻不希望這樣的事發生第二次。

路鳴聞言呆呆一愣，旋即一臉懺悔，急急忙忙要起身跪下，趙真按住他，到底還是怕傷了他的心，溫和道：「我也不是怪你，只是告訴你，你今日是沒事，若有事我該如何向你父兄交代？你的忠心我明白，只是以後不必再做這等捨生取義之事，我趙瑾從不需要誰為我去死。」

路鳴沒想到自己的捨身相護卻換來了小姐的斥責，心中有不解、有幽怨，最終還是乖順的垂眸道：「小姐的話，路鳴記住了……」

趙真看著他，嘆息道：「你要記住，這世間沒有誰的性命會比你自己的更重要，一個人若是不珍視自己，又怎麼會換來旁人的珍視？」

趙真並不是一個喜歡身邊人對她愚忠的人，他們忠於她的同時，她也希望這些人有自己的思想，凡事量力而行，避免這種不必要的犧牲。

路鳴抬起頭，還是有些固執道：「可是小姐，我卻不能眼睜睜看著妳步入險境啊！若是小姐在我眼前出了什麼事情，我的餘生也會不安的……」

趙真聽了也很無奈，若非感動於他一片忠心，她都不屑於和他說這些話。算了，眼下他還受著傷，以後慢慢再說吧。

「你先好好養傷吧。」

一直沒說話的沈明洲突然說道：「想保護一個人的前提，是你自己要足夠強大，如果不夠強大卻還要逞強，只會給人添麻煩罷了。」

趙真聽完，讚賞的看了沈明洲一眼：姪子的總結能力很不錯嘛。

沈明洲卻沒有接受她的讚賞，一本正經的教育她道：「咕咕，就算妳武藝高強，也還是個姑娘家，不要凡事皆衝在前面，要先保護好自己才是真的。」

這孩子還教訓起她來了，趙真笑了笑，「這話等明洲哥哥勝了我以後再說吧。」

沈明洲臉色一黯，哼了一聲大步流星出去了。

趙真看著他的背影頗是好笑，感覺到袖子被人揪了一下，趙真回過頭，見路鳴一臉認真的說道：「小姐，我也想學武……」

趙真自是知道他為什麼想學武，不客氣的打擊他道：「晚了，而且學武也不是光靠刻苦便有用的，你看明洲自幼學武還不是比不過我？你就算是日夜不休練武，也不會練到能保護我的地步，倒不如多做出幾樣新菜式，填飽我的肚子為好。」

路鳴聞言有些失落，但很快仰起頭來堅定道：「我一定會再多做出幾道小姐喜歡的菜！」看樣子好像是被勸動了。

趙真對他笑了笑，「乖。」

※◎※　※◎※　※◎※

翌日，萬萬沒想到向來身強體健的趙真突然病了，頭昏腦熱、精神不濟，她本來想堅持一下照舊去神龍衛的，但吃早飯的時候被細心的孫嬤嬤發現了端倪，一摸她的額頭，大驚失色，一下子府中所有人都知道她病了，其中自然包括她爹，說什麼也不讓她去神龍衛了。

趙真只能派人去神龍衛請假，臥床在家養病，吃過了大夫煎的藥，昏昏沉沉睡了一日，真是病來如山倒。

等她差不多清醒了，床前多了兩張臉，是外孫女和蘭花。

她坐起身子，有些驚訝的看著她們，「妳們怎麼來了？」

付凝萱笑嘻嘻的坐在她床邊，「聽說小表姨病了，訓練結束後我們便過來看望小表姨了！感動嗎？」

趙真卻不領情，教訓兩人道：「三日訓練怎可擅自出營？快回去！」

付凝萱聞言癟起了嘴，「我們是正大光明出營的，我哥和沈大將軍都應允的！」

旁邊的蘭花忙點頭附和，「是的是的，我聽說縣主要來看望妳，便求著縣主一併來了。」

說著從懷裡掏出一包東西給她，「這是我家祖傳的藥，專治妳的病症，服用三次便能見效！」

趙真還未接，付凝萱先拿過去看了看，「我說妳怎的非要先回家一趟，原是拿這個？替小表姨診治的都是京中的名醫，哪裡需要妳這鄉野裡的方子？別把我小表姨吃壞了！」

蘭花聞言才察覺自己是多此一舉呢，趙瑾是國公府的小姐，替她診治的都是頂好的大夫，哪裡需要她的方子……

「縣主說的是，那這藥就別給瑾兒吃了……」說著她便伸手拿了回來，要重新放進懷中。

趙真瞧見蘭花失落的樣子，可憐她一片好心，攔道：「多謝大花一片好心，既然拿來了總不能白拿，試一試也無妨。」她對外面喊了一聲：「冬香，把這藥拿去煎一煎。」

蘭花見她願意收下，露出笑容，熱情道：「我去煎！我去煎！我家的藥我最會煎了！」說罷就抱著藥往門外跑。

「匡噹！」

實在是不巧，蘭花莽莽撞撞的，正撞上端著補粥過來的路鳴，粥碗掉在地上摔得稀碎，頓時地上一片狼籍。

蘭花連忙愧疚道：「對不住！對不住！都是我不小心！」

路鳴扯痛了傷處，彎腰扶住傷口，咬牙道：「無事……貴客不必愧疚，是我躲閃不及。」

蘭花知道自己力氣大，以為是自己撞傷了他，便將路鳴一把抱起放到旁邊的榻上，焦急問道：「你沒事吧？」

路鳴被她嚇了一跳，一時之間失了語。

趙真見路鳴來了，望過去道：「路鳴，你怎麼不好好養傷，還做粥端過來了？可還好？」

路鳴一聽小姐的聲音回過神來，忍著疼起身走過去，「小姐，我沒事。我聽說小姐醒了，思及小姐一日未吃多少東西，一定餓了，便將早早備好的粥送過來給小姐吃，只是……小姐餓嗎？我再去做一碗。」

趙真瞧見他眼中真真切切的關心，笑道：「你回去歇著吧，這等事讓旁人去做便是了。」

路鳴倔強道：「不可，小姐此時身子虛弱，是最該講究的時候，旁人我不放心，我再去給小姐做一碗。」說罷轉身向外走去。

「路鳴！」趙真叫他一聲，路鳴還是快步走了，好像生怕她不應允。

蘭花撞灑了人家的粥，還把人撞傷了，心中愧疚不已，忙道：「我去幫他！」說罷也跟著跑走了。

趙真瞄了一眼，看向旁邊坐著的外孫女。

付凝萱察覺到她的目光，衝她甜甜一笑，「我負責貌美如花，在這裡讓小表姨養眼～」

趙真瞧見她這自戀的樣子，一臉的好笑，衝她揮揮手，「妳出去吧，別被我染上病。」

付凝萱卻一點也不怕，倔強的昂起頭，「我才不怕呢！平時我生病的時候最需要人陪我，若是無人陪我，我就會傷心。小表姨都沒人陪，那我便來陪著小表姨！」說罷，她還掏出一本書來，「我講故事給小表姨聽如何？」

趙真看著外孫女天真無邪的臉也是沒辦法，不過此時外孫女陪著她，她心情真的明朗了不少，道：「好，那妳坐得離我遠一些，若是將病傳染給妳，我便沒法向妳爹娘交代了。」

付凝萱這次聽話，讓丫鬟搬了椅子放在稍遠的地方，拿出早就準備好的閒書唸給趙真聽，倒也是像模像樣的。

趙真滿心欣慰，這孩子平時說話是很毒，做事也霸道些，但心卻是善良的。

祖孫倆正其樂融融，屋中進來兩個人，為首之人笑道：「小表姨，我也來看妳了。」

趙真看過去，是她外孫付允珩，後面理所當然的跟著陳昭。他仍戴著面具，穿著一身白色的袍子，清心寡慾，風采翩然。

一看到陳昭，趙真突然覺得自己有些虛弱了，蔫蔫的縮進被子裡，「來了啊。」

付凝萱看著剛才還精神抖擻、現在卻突然蔫了下去的小表姨，有點好奇。

才進來的付允珩瞧見往常生龍活虎的外祖母變成這般虛弱的樣子，心中也是駭然，快步走上前，關心道：「小表姨怎麼病成這般模樣了？可吃藥了？」

縮在被子裡的趙真被外孫的大臉擋住視線，嫌棄的擺了擺手讓他退開些，「病成什麼模樣了？我現在的樣子不堪入目嗎？」

明明是關心，卻突然被外祖母罵了一頓，付允珩有點委屈，「沒怎麼，就是看小表姨模樣虛弱，有些嚇到了……」說罷，他小心翼翼問道：「病得重嗎？」

趙真眉頭一擰，他怎麼還不挪開點？有沒有點眼力了！

趙真氣不順道：「你這孩子會不會說話啊？你還盼著我病得重嗎？」

付允珩一臉冤屈，為了能早些讓外祖父見到外祖母，他著急的忙完手上的事便趕過來了，結果還說什麼錯什麼？他冤不冤啊！

後面的陳昭看不過去了，上前拍了拍外孫的肩，讓他把地方挪開，自己走上前去，對床上的趙真道：「在下於醫術方面略有造詣，若是趙小姐應允，在下為趙小姐診治一番可好？」

趙真瞧他這裝模作樣的樣子差點憋不住笑，咳嗽一聲虛弱道：「那就勞煩陳助教了。」說完又瞥了外孫一眼，「讓閒雜人都先出去吧，屋裡人太多我都喘不過氣來了。」

付允珩心領神會，回過身命下人們皆退下，就剩付家兄妹和陳昭留在屋裡。

陳昭摘下面具，坐到外孫搬來的椅子上，探身過去摸了摸趙真的額頭。趙真暗自發功，使得原本降下去不少的溫度重新升了上來。

果然，陳昭眉頭擰起來，從被子下面拉出趙真的手，像模像樣的診了起來。

趙真瞧著他不算生疏的動作，好奇的揚起眉毛，「你還真會看病啊？」

陳昭神色嚴肅道：「別鬧，安靜不要動。」說罷閉上眼睛繼續診脈。

趙真癟癟嘴，老實躺著，眼睛卻在陳昭身上亂看，他穿衣服不管是酷暑還是嚴寒，都會裹得嚴嚴實實，連脖子都不露著，從頭到腳瀰漫著一股禁慾的氣息，現下臉上一臉嚴肅，更像是一尊佛了。雖然很想捉弄他，但她還是要裝作很虛弱的樣子。

片刻後陳昭睜開眼，有些不解，「按脈象來說，妳的病已有所好轉，怎麼還會這麼熱？」

趙真一副虛弱的樣子道：「不知道……我的頭昏沉沉的，總覺得有把火在燒，難受……」

陳昭一臉凝重，她這麼燒下去也不是辦法，若是燒壞腦子就不好了，回身吩咐孫子：「允珩，你叫下人打盆水來，要溫水。」

付允珩得令立刻去辦，付凝萱卻很不理解：哥哥怎麼這麼聽陳助教的話啊？以前父親說他幾句，他都陽奉陰違的，現在卻那麼聽話了。

下人很快端了水來，陳昭對外孫使了個眼色，付允珩心領神會，拉著妹妹去了另一間房，與他們這間還隔著一間，只要聲音不大，聽不見什麼的。

被哥哥拖走，付凝萱不大樂意的甩甩哥哥的手，「哥，你幹嘛啊？」

付允珩嘆口氣道：「我的親妹妹，妳還沒看出來嗎？人家是一對，咱們倆礙眼了！」

付凝萱聞言一臉驚訝，「小表姨喜歡的是陳助教啊！她怎麼這麼想不開啊？陳……」陳助教那麼嚴肅死板，張口閉口都是大道理，又手無縛雞之力，那麼無趣的人，小表姨圖啥啊？臉好看啊？可他臉上從來沒有笑容，而且凶巴巴的！多恐怖啊！

付允珩似是知道妹妹要說什麼，趕緊捂住妹妹的嘴，「不許胡言亂語！」

——傻妹妹，妳要感謝哥哥我今日攔住了妳這張嘴胡說八道，不然他日妳的小白手就要被外祖父打爛了。

被哥哥鬆開了嘴，付凝萱還是小聲嘀咕道：「要讓我嫁給陳助教那樣的人，我可不樂意，和跟個老夫子過日子有什麼區別？太恐怖了……」

付允珩白了妹妹一眼：妳當外祖父會待見妳啊？

「是是是，妳的雲軒哥哥最好，真不知道魏雲軒那塊木頭板子有什麼好的……」想想妹妹對魏雲軒比對他還好，付允珩氣就不順。

付凝萱一見哥哥這麼說她心上人立刻不高興了，啪啪啪打了他好幾下，「不許你說他！」

付允珩趕緊安撫妹妹：「行行行，我不說了。」他比了個噓的手勢，小聲道：「小聲點，聽聽那邊幹嘛呢。」說罷貼在木板上偷聽。

付凝萱瞧見哥哥偷聽，也湊上去，有點臉紅道：「我們這樣是不是不好？萬一他們做什麼羞羞的事情呢……」

付允珩想起了自己上一次撞見的景象，輕咳一聲，敲了一下妹妹腦袋，「妳這個未出閣的小丫頭腦子裡想什麼呢？」

付凝萱揉揉自己的腦袋，掐了哥哥一下解氣，便不說話了。

陳昭知道另一邊的外孫和外孫女不安分，但也不打算多理會，用溫水淨了手，也不把水擦乾淨，坐到趙真床邊，就著水替她搓揉額頭，「怎麼突然就病了？受傷了嗎？」

趙真閉著眼睛享受他的服侍，回道：「沒啊，可能是受了風寒吧。」以前生了病，趙真都是硬抗，加之她底子也好，喝幾帖藥便能痊癒，從來沒讓陳昭伺候過，倒是見過陳昭照顧兩個孩子生病的時候也是這般搓額頭，還挺有意思。

她睜眼看他，「這樣真有用嗎？」

陳昭點點頭，「額頭搓熱些，發發汗，能好一些。」說罷替她拉了拉被子蓋好，「妳不要亂動，裹好被子，出汗也不能出來，萬不能把涼風灌進去。」

趙真「嗯」了聲，舒舒服服閉著眼睛，問他道：「你什麼時候學會看病了？」

陳昭聞言動作一頓，又用溫水洗了洗手，繼續幫她搓，邊說道：「自小便懂一些，也不是特意學的，久病成醫吧。」

趙真聞言睜開眼睛，瞪得圓圓的看著他，「你什麼時候病了？你不就是身子弱一些嗎？這也算病？」

陳昭頗為無奈的笑了一下，「在妳眼裡大概是如此，於我卻是病痛。在我還沒和妳成親之前，夜夜受夢魘滋擾，夜不成眠，是很痛苦的，宮中太醫不盡心，我便只能自己看書想辦法，也能斷斷續續睡幾夜好覺。之後和妳成親，莫名其妙的就好了，只是後來又犯了，情緒總是莫名的控制不住，嚴重的時候全身像是著了火，心跳得厲害，手都發著抖，恨不得毀點什麼東西

才能快活，可以將整個殿裡的東西都毀了。年歲漸長後，早朝時也有失控的時候，尋病因尋不到，也治不好，我怕被朝臣知道，才禪位給了兒子，閒暇時潛心唸佛，倒是好些了。」

趙真聞言怔忡了好一會兒，大抵知道了陳昭從什麼時候開始繼續犯病的。他登基為帝沒幾年，脾氣便越來越暴躁，趙真以為他是權勢大了脾氣漲了，後來也不知哪年開始，他和她吵架的時候開始摔東西，和他平日裡斯文的樣子比起來大相逕庭，她從那以後便不願意見陳昭了，因而兩人白日裡乾脆不見面，偶爾夜裡陳昭會過來過夜，她多半不理他，有需要的時候才會和他親近一下，夫妻之間冷淡得很。

以前她對他是挺不關心的，現下也不好說些什麼，有點愧疚道：「那你現在好了嗎？」

陳昭對她笑了笑，「不用擔心，好很多了，已經很少犯病了。」

趙真繼續問：「那晚上能睡好嗎？」

陳昭搖搖頭，「睡不好。」

趙真聽完剛露出擔憂的神色，便聽陳昭接著道：「因為沒有妳。」

趙真一愣，本因為生病有點紅的臉更紅了，瞥他一眼，「老不正經！」

陳昭理了理她被搓亂的髮絲，笑道：「與妳相比，還差得遠。」

趙真正想繼續奚落他幾句，外面傳來敲門聲，陳昭洗了把手從床邊站起來，戴上面具去外間開門，付家兄妹也趕緊配合回了趙真的屋子裡，一切都是那麼自然。

路鳴端著新粥回來了，他突地見到陳昭時有片刻的僵硬，點頭示意一下進了屋，「小姐，粥來了，起來喝點吧。」

趙真一看到粥，肚子真餓了起來，起身坐直身子。

陳昭快步過去，用被子裹好她，「剛出了汗，叫妳不要亂動。」說完拿過路鳴端來的粥，半點不掩飾道：「我餵妳。」

趙真有點愣，他幹嘛啊？

路鳴上前道：「公子是貴客，小姐由我伺候便好。」說完端住粥碗的另一邊。

陳昭自然不肯鬆手，看向趙真問道：「妳以為呢？」

路鳴也看向她，等她回答。

趙真看他們怎麼都覺得有點在爭寵的感覺，好笑之餘也不敢故意逗弄兩人，畢竟人人都知道路鳴一開始到她院子的目的，那可是陳昭頭上結結實實的一頂綠帽子啊。

趙真咳嗽一聲，避開兩人，看向後面的付凝萱，「萱萱，勞妳過來餵表姨喝粥。」

付凝萱可以唸故事給小表姨聽，但是餵粥就算了，她沒耐心，但還是有點眼力道：「我不會餵，我現在去叫丫鬟過來！」

於是這粥最後是丫鬟餵趙真吃的，陳昭和路鳴兩人全程看著，看得趙真都要消化不良了，看也被看飽了。

趙真喝完粥，齊國公那邊也叫陳昭他們過去用晚膳了，趙真把外孫和外孫女都趕走了，陳昭也不好特意留下。而路鳴說自己吃過了，要留下看護她，趙真沒趕他走，陳昭走的時候臉色便很不好……

趙真只留下路鳴，路鳴心裡喜悅萬分，湊上前道：「小姐吃飽了嗎？要不要我再去拿些？小姐渴了嗎？喝水嗎？」

趙真有點精神不濟的樣子道：「給我拿杯水吧。」

路鳴立刻去斟水遞給她，趙真喝了一口才道：「路鳴啊，你的忠心我已經知道，便不瞞著你了，陳助教本是我的青梅竹馬，我與他已私定終身，以後他在我身邊，你不必太過戒備。」

路鳴聞言，臉上的笑意一僵，但很快掩飾過去，「原來如此啊，怪不得我總覺得陳助教對我有敵意，原是這層關係……」

趙真輕蹙眉頭，「他可是為難你了？」

路鳴似是才反應過來，忙擺手道：「沒有沒有！陳助教為人師表，怎麼會為難我一個小小的下人呢？」話似是向著陳昭，卻讓人覺得內涵深意。

趙真倒是能理解陳昭會為難路鳴，畢竟他也知道路鳴一開始是來當她的上門女婿的，肯定會對路鳴不悅，這很正常。但路鳴是個實誠孩子，為難他就顯得有點小肚雞腸，欺負人了。

趙真對他安撫道：「他以後若是再為難你，你便告訴我，我會為你做主的。」

路鳴露出一副甚是感動的樣子，繼而隱忍的搖頭，「陳助教真的沒為難我，我又如何能在小姐面前說三道四？路鳴願小姐與陳助教長長久久，百年好合。」這話說得極其善解人意。

趙真內心嘆了口氣：唉，路鳴是個懂事的孩子，就是太過耿直了，容易吃虧啊。

趙真對他笑了笑，道：「承你吉言。好了，我要休息一會兒，你回去歇息吧，讓丫鬟進來伺候便好。」

路鳴沒多糾纏，但還是有些不捨道：「雖然我很想留下照顧小姐，但也明白小姐的苦衷，就算我無二心，讓陳助教誤會也不好，我便先退下了，若是小姐餓了，便派人到前院知會我。」

趙真點點頭，「你去吧，你的心意我領了。」

路鳴恭敬退下，換了外面的丫鬟進來伺候。

路鳴走了沒多久，許是因為吃飽了，趙真便昏昏沉沉睡了過去，直到睡夢中聽到「吱呀」一聲，她睜開了眼睛，外面的天色已經黑透了，她屋裡就點了一盞燈燭，昏昏暗暗的，她聽見了腳步聲，但因為迷糊著，分不清是誰。

很快來人便出現在她眼前，穿著繁複的裙裝，妝容明豔，見到她時揚起一抹甜甜的笑意。

趙真半支起身子，「萱萱，怎麼這麼晚過來了？」

「自然是因為放心不下小表姨了。」

來人話一開口，趙真愣了，她仔仔細細看了看眼前人，有點不可思議道：「陳昭？」

所謂一回生二回熟，這回被她認出來，陳昭倒是沒有那麼薄臉皮了，點點頭自顧自的解釋一番：「深更半夜進妳的屋子畢竟不妥，我便裝作是萱萱的樣子過來了。」

許是白日裡陳昭的招式管用，趙真現下腦子已經清楚了，猜也猜得出他為什麼穿了女裝過來，只是沒想到他若是刻意學，除了身高以外，能與外孫女有八分相像，夜裡視物不清，還真能被他矇混過去，就是這女裝男腔，讓人有點彆扭。

趙真衝他勾勾手指頭，「你過來，我仔細瞧瞧。」

她當這是招貓逗狗呢？陳昭沒理會她，遠遠的坐到榻上，自顧自的說道：「白日裡外孫外孫女在，我沒好問妳，遇刺到底是怎麼回事？可查出什麼了嗎？」雖然沈桀的人將此事壓了下去，瞞而不報，但不妨礙陳昭知道。

趙真見他遠遠坐在榻上，不悅的撇了下嘴。

這可是他不願意過來的，本來她都打算告訴他，她已經向家中的人都坦白了，就算陳昭穿著男裝過來都不會有人阻攔的，但既然他不願意過來她就不說了，他下回就繼續穿女裝吧。

趙真靠在床頭，大致和他說了遇刺的經過，末尾道：「我已經讓子澄全權去查辦了。」

陳昭聞言思琢了片刻：衝著沈桀去的刺客？若是沈桀查，恐怕查不出什麼。

陳昭正襟危坐，道：「朝中一品大臣遇刺是大事，應交由大理寺查辦，妳義弟只是武將，對查案並不精通，若說查案還是大理寺拿手。我明日便以妳之名上報朝廷，估計很快會有大理寺的人到妳義弟那裡索要刺客屍首了。」

其實陳昭說的也有道理，這幾個刺客留下的線索太少，沈桀畢竟沒查過案，恐怕不好查出什麼，還是大理寺去查比較妥當。她點點頭，「那便按你說的辦吧，明日子澄過來的時候，我知會他一聲。」

正經事講完，陳昭才問她道：「好些了嗎？還發燒嗎？」

現在才想起來問她的病？晚了！

趙真拖了拖身上的被子，背過身去躺著，有氣無力道：「我自己發沒發燒我怎麼知道？你若是正經事問完了便走吧，反正也不是誠心來看望我的。」

坐在榻上的陳昭聞言略略一驚，他怎麼感覺趙真是在對他撒嬌呢？她也會撒嬌？

陳昭掏出帕子抹了抹唇上的唇脂，才起身向她走過去。

趙真聽見由遠至近的腳步聲，勾了下唇角，繼而裝模作樣的嘆了口氣道：「唉，真是病來如山倒，病去如抽絲……」

陳昭在她床邊坐下來，伸手摸了摸她的額頭，已經不燒了，道：「看來是大好了，連俗語都會用了。」

趙真轉身迅速攥住他欲抽走的手，一使力把人拉到她身上，眼睛盯著他的臉看——這張和外孫女頗像的臉，突然讓她提不起興致了，以後可不能讓他再學外孫女，這感覺跟亂倫似的。

「我早就想問你了，你這妝容是誰弄的？」

其實陳昭挺不願意讓趙真看他描眉畫目的樣子，他掙了掙她的手，沒掙開，嘆了口氣。

「我自己弄的。」

趙真聞言瞪大眼睛，她都學不會描眉畫目，覺得這事太難了，陳昭竟然會？

她驚訝道：「你還會這個？」

陳昭也不想會這個，但他總不能找丫鬟替他上妝吧？那他真是丟臉丟到家了。

「我會作畫，這事不過是異曲同工之妙罷了，多試幾次便好了。」

其實趙真也不是完全沒有女兒家的心性，她也試著自己偷偷描眉畫目過，結果自然是慘不忍睹，深知這不是多試幾次就能辦成的事，「嘖，真懷疑你是投錯了胎，照我說你該是個女胎才對，做男人都浪費了。」

穿女裝是一回事，說他該做女人便是另一回事了，陳昭咬牙道：「怎麼會浪費呢？我這不是和妳造了個女胎嗎？」

趙真一見他有點生氣了，哄道：「是是是，若不是有你，我閨女也不能長那麼漂亮。」

誰知陳昭這會兒還挺傲嬌，順著她的話把功勞攬了過去：「這是自然，若是隨妳，怕是沒個女人樣子。」

趙真一聽揚揚眉毛，「你說我像男人？」

她手一鬆，陳昭直起身子，「我沒那麼說。」

——可你的表情那麼說了！

趙真哼道：「你就不怕我找別人生個閨女，證明給你看我能不能生漂亮娃娃？」

陳昭語氣中帶著幾分不悅道：「怎麼不信啊，妳院中不是有一個正等著了嗎？到現在都沒見妳讓他搬出去。」他們兩個明明重修舊好了，趙真卻還沒讓路鳴搬出她的院子，這算什麼意思啊？預備軍？

趙真見他這副醋意濃重的樣子，突然想起了路鳴今日和他說的，坐起身問道：「你在軍中是不是為難路鳴了？」

陳昭聞言皺起眉頭，「我為難他？誰說的？」

趙真沒說是路鳴，含糊道：「就有人這麼說的。」

陳昭聽她這話也知道是路鳴說的，原本他覺得路鳴比沈桀還好那麼幾分，卻不想路鳴也喜歡用這種上不得檯面的手段，委實讓人瞧不上。還有趙真這個混女人，路鳴說什麼，那他的話怎麼不信？他沒比路鳴更親近她嗎？

他不耐煩的哼了聲道：「我是不會為難他的，沒必要。」

趙真聞言，端詳他片刻，剛要開口，就聽陳昭繼續道：「我若是看他不順眼，直接就斬草除根了，如何還會讓他有機會到妳面前說三道四？為帝那麼多年，我早就沒了當初的心慈手軟。」若非他當年心慈手軟，她那個義弟能活到現在就怪了。

呃……這話趙真還是信的，可能是路鳴那孩子心思敏感，誤會了陳昭的冷淡是為難吧？畢竟陳昭對人都是冷著臉凶巴巴的。

「路鳴那個孩子心思純淨，你不要和他一般計較，他怎麼樣都是我故人的兒子，我對他多照顧些，沒別的意思。過幾日就讓他從我院中搬出去。」

這話陳昭不愛聽了，「依妳之言，我心思骯髒？」

趙真衝他眨了下眼睛，「對啊，我們豺狼配虎豹嘛！」

陳昭被她的俏皮樣逗笑了，「行了，他在我眼裡也是個孩子，只要他不犯我，我是不會和他計較的。」

趙真點點頭表示相信他，隨即趕他似的說道：「我現下病著，你還是別和我相處太久，回去休息吧。」

陳昭不悅道：「替妳故人之子說完話，就趕我走了？」

趙真伸手扯了扯他的腰帶，調戲道：「你不走便脫衣服伺候我如何？你這麼個大美人在我身邊，我可不能心平氣和的躺著。」

陳昭對她這無賴嘴臉也是無奈了，拍開她的手，起身囑咐道：「行了，我走了，妳好好養病，別瞎鬧騰。」

趙真衝他擺擺手，「囉嗦，走吧。」

陳昭理了理裙子，向門外走去，還有幾步便要出去了，他突地又折返回來，彎腰在趙真的額頭親了一下，那雙黝黑的眸子動情的看著她，「等妳好了我便好好伺候妳，一定要好好養病知道嗎？」

趙真瞧著他這模樣，莫名臉一熱，在他腰腹上掐了一下，「你好好養精蓄銳，等著我！」

兩人相視而笑，陳昭這才真的離去。

※◎※　※◎※　※◎※

沈桀出門之前過來看望趙真，趙真順便把昨夜和陳昭說好的事情說了。

誰知沈桀聽完反應很大，拍案而起，大聲道：「長姐！妳這是信不過我嗎？陳昭讓妳叫大理寺查案，妳便允了？我和他相比便這麼不值得妳信任嗎？」

趙真眉頭皺了皺，「子澄，你誤會了，我只是覺得他說得有道理，查案是大理寺的事，朝中一品官員遇刺，本就該上報朝廷，讓大理寺來查。」

沈桀聽完仍是憤憤，「長姐妳怎這般信他，卻不信我？刺客是要殺我，我還能不盡心嗎？陳昭他現在並非權勢全無，他背後還有丞相，一個區區大理寺還不是拿捏在他手裡？只要他不想查出什麼，或是汙衊些什麼，全憑他一張嘴！」

趙真繼續耐著性子勸道：「子澄，你對他誤會太深了，他對你沒什麼深仇大恨，看在我面子上也不會從中作梗，有機會你該和他好好談談才是。」

和他談？豈不可笑？他們都心知肚明彼此的心思。

沈桀握緊雙拳，神色一凜，決定破釜沉舟，與其他日被陳昭揭穿，還不如先下手為強。

「長姐，妳可知我為何那麼多年不進京，不見妳嗎？」

趙真一怔，問道：「為何？」這可是疑惑她多年的事情。

沈桀重新坐下來，慢慢道：「妳也知道我曾與他多次敵對，他便以為我對妳有不軌之心，想取他而代之，我多番解釋無效，他便對我頒布了一條密令，妳在京中時，我不可踏入京城半步，若是不得已進京，不可見妳一面，否則以謀逆之罪問斬。」

說罷，他聲聲真切道：「長姐，我以性命擔保我對妳並無不軌之心，而他卻早已對我恨之入骨，不過是在妳面前演戲罷了，尋著機會便會將我除之而後快！」他知道此生與她之間已是無望，他的心思將永遠埋在心底，這才敢以性命為擔保。

趙真聞言好一會兒沒回神，回過神後問道：「果真如此？」

沈桀重重點頭，「果真，他當年下的手諭我還留著，不信我去拿給長姐看！」

趙真擺擺手，「不必了……」說罷，她一時間不知道該說些什麼，腦中有些混沌。

沈桀在旁邊繼續道：「長姐，他是不會讓大理寺好好查案的，說不定最後還要汙衊我，汙衊是我自編自演的一場苦肉計，目的是要嫁禍給他，從而博得妳的關心。」

趙真聞言久久沒有說話，似是很疲憊的閉著眼睛。沈桀看著她這般沉默，手心都出了汗，他不知道她在想什麼，又會信他幾分，現下屋中極靜，沈桀也冷靜了下來，方才覺得自己太過衝動，可開弓沒有回頭箭，他只能迎難而上，「長姐……」

沈桀剛叫完這聲「長姐」，趙真霍然睜開眸子看向他，那雙眸子黑如深潭，默默的審視著他，有讓人看不懂的情緒，沈桀突地不敢再繼續開口了。

終於，趙真開口道：「子澄，陳昭過問遇刺之事的時候，還不知道刺客的目標是你，他聽我說完，也沒對你有半分質疑，而讓大理寺查辦是他建議我，最終由我來決定的，並非陳昭一意孤行。且我並未將你懷疑是他行刺你的事告訴他，他根本不知道你懷疑他，你又怎知他以後會誣賴你，說一切是你自編自演去嫁禍他呢？只有他知道你懷疑他行刺你，他才能到我面前說是你自編自導要嫁禍他，不是嗎？」

沈桀聞言心口一縮，怦怦怦急跳了起來，他一時心急，竟沒理好這其中的先後順序，也不知長姐竟沒把他懷疑陳昭的事情告訴陳昭，額上都要冒出汗了。

他暗暗握緊了拳頭，強撐著鎮定的樣子，反駁道：「長姐，我也只是懷疑他以後會這樣，並沒有篤定，我只是站在我的角度猜測！」

趙真眉頭一蹙，神情肅然的看向他，「子澄，這件事情不能有猜測這一說，要講究真憑實據，就如我不會信任你的猜測一樣，我也不會相信陳昭沒有真憑實據就來誣賴你。這件事情交給大理寺是正確的，讓你自己去辦，恐怕也不會查出個所以然來，或者會因你的一面之詞便宜了真正的刺客。」

沈桀已經許久沒有在趙真臉上看到這樣的表情了，有種大勢將去的絕望，「長姐……」

趙真抬手攔住他要說的話，「子澄，陳昭為何下那條密令的原因，我會親自過問他，若這其中確實是你受了委屈，我自會替你討回公道，但有句話我必須告訴你。」她目光定定的看著他，不容抗拒道：「無論是你還是陳昭，我再也不想從你們二人嘴裡聽到詆毀對方的猜測，這是一種無比幼稚而低劣的行為。你放心，若是陳昭以後敢在我面前說你半句壞話，我也不會輕饒他。」

趙真上前拍上沈桀的肩膀，明明不大的力氣，卻彷彿有千金之重。她道：「子澄，下不為例，你去上朝吧。」

沈桀想要辯解，可卻突然不知道該如何替自己辯解了，他看向她堅定且無法撼動的雙眸，最終退了出去。這個時候只會多說多錯，他再踏錯一步，他們的姐弟情便難保了，陳昭在她心裡已經奪得了一塊很重要的位置，他晚了。

沈桀走後，才好轉一些的趙真又開始有種渾身無力的感覺了，扶住額頭坐了好一會兒。

她養了十幾年的義弟會對她有男女之情？她真的從來都沒想過。沈桀雖是她義弟，可在她心裡更像是兒子，他是不可能對她有男女之情的。可若是沒有，陳昭為何會下這道密令？也許是沈桀對她太過親近，讓陳昭誤會了？

她百思不得其解，可能只有下次見陳昭的時候再問他了，她希望是他誤會了。

趙真吃過早膳和藥，又睡了一覺，醒了以後她爹便過來了，手裡還拿著一堆補藥。

趙真奇怪的看了他一眼，「爹，您怎麼拎著堆補藥過來了？我只是略感風寒，不至於吃這麼多補藥。」

齊國公將大大小小的藥材盒子擺在桌上，自顧自的坐到榻上，「不是我買的，豫寧王世子的那個兒子，叫什麼陳啟威的，過來探望妳了，帶了這些補藥來，說妳在長公主的生辰宴上贏了他，早就想來找妳請教，聽聞妳病了，來探望一下妳，妳還在病中，我就先讓他回去了。」

趙真聞言挑挑眉頭。陳啟威？這孩子竟還想著請教她？她還以為他以後都不想見她了。

齊國公呷了口茶，繼續道：「還別說，這皇家的血脈就是好，這個叫陳啟威的孩子，比起太上皇倒是毫不遜色，我瞧著這孩子不僅容貌好，比太上皇顯得更有男子氣概呢。」

趙真聞言奇了，是嗎？雖然陳啟威的容貌是挺周正的，可比起陳昭還差遠了吧？估計是她爹的審美和她不一樣，畢竟她爹一直欣賞五大三粗的漢子，以糙為美。

趙真披了件衣服坐到他對面，自己斟了杯白水，「爹，您過來就是為了和我說這個的？」

齊國公搖了搖頭，有些愁眉苦臉道：「閨女，妳真打算和太上皇重修舊好了？那妳打算再嫁他一次？」

趙真聞言沉默片刻，道：「再說吧，我還沒想好，成不成親於我和他而言都已不重要。」

齊國公表情更苦了，「閨女啊，這事不能不想啊！若是妳將來又有了孩子，這孩子妳如何生下來？又姓誰的姓氏，這都是問題！」

趙真還是一臉的不以為然，道：「我暫時不會有孩子的，若是有了，便生，生了姓趙，陳昭若是不樂意，以後我就不和他來往了。」

齊國公聽完是又氣又無奈，他也不知道該說他女兒是太天真，還是太不把別人放在眼裡，太上皇是說打發就能打發的人嗎？要是那麼好打發，就不會在這麼短的時間內，又讓他女兒改變主意和他重修舊好了。

那是尊佛啊，請來容易，送走難！

齊國公苦口婆心道：「閨女啊！妳不能這麼不把太上皇當回事，妳若只是一時興起，還是和太上皇儘早斷了；若是認真的，便與太上皇好好商量一下，總要名正言順的來往，不能總這般名不正言不順的……」

趙真對她爹管她婚事的耐心已經到了極限，不耐煩的揮揮手，「行了，我知道了，這不是您老要操心的事，我自己有譜，您若是愛操心，先幫自己找個老伴吧！」

齊國公聞言氣瞪了眼睛，他順手抄過鞋拔子要揍她，「妳這個混帳孩子！妳說這話對得起妳的娘嗎！」

趙真伸手擋住，「爹！您還讓不讓我好好養病了！」

父女倆正這麼吵吵著，外面管家急忙來報：「國公爺！大小姐！陛下來了！都進門了！」

兩人聞言俱是一愣，陛下來了？這個時候來應是來看望趙真的吧？

齊國公喃喃道：「雖然陛下還不知道你們是母子，但對妳倒是夠上心的……」他說著好像覺得哪裡有些不對，看向沉著臉的女兒，該不會……

趙真聽說兒子來了頭都大了，她本來就病得不舒服，還要應付他，他獻殷勤就不能挑個別的時候嗎？這孩子真是一如既往的沒眼力，雖然是從她肚子裡出來的，她也想罵他一句蠢。

齊國公大概是明白了一些，但還是再問了一句：「真不見啊？」

她道：「爹，您過去應付他吧，就說我病中不好見駕，恐驚陛下龍體聖安。」

趙真擺擺手，「不見。本來他也不該在人病中的時候過來，他是帝王，若是染了疾，該如何是好啊？您多勸他幾句。」

「那行吧。」齊國公說了一句向外走去，路上還嘆氣道：「這都什麼事啊……」

齊國公走後不久，她院裡來了兩位太醫，受皇命為她診治，她對這兩位太醫也熟，是太醫署的兩把好手，都帶了過來，她這兒子還真是用心。

兩位太醫隔著幔帳道：「小姐的病已無大礙，只須再休養一、兩日即可。」

趙真謝過以後，命丫鬟將兩位太醫送出院子，又給了些賞錢，兩個太醫便回去覆命了。她琢磨著太醫都來過了，兒子應該不會過來了，便吩咐丫鬟去備膳，自己拿了條薄被倚在榻上看書，頭髮也沒梳。

書還沒看幾頁，外面有尖細的聲音喊道：「皇上駕到！」

對方來得太突然，她連梳妝打扮都來不及，披了件披風便出門迎接，心裡是滿腹怨氣。

陳勍走得極快，當趙真到門前時，陳勍已經要進來了，見她要行禮，伸手扶住她，「表妹還在病中，無須多禮，趕緊進屋，別又染上了寒氣。」說罷還順手將她扶進屋中，先將她安頓在椅子上，自己才坐下，「朕聽太醫說表妹已無礙，但還是擔心妳便親自來看看，可是打擾表

妹休息了？」

陳勍看著眼前的少女，她未施粉黛，長髮披散，身上是件繡著竹紋的水綠色披風，比起她舞刀弄槍的時候柔弱了許多。想起眼前的少女可能是自己的親妹妹，陳勍便滿心的彆扭。

他也不想相信這少女是母后的私生女，可他六歲的時候，母后是有一段時間不在宮中的，回來以後清減了許多，後來又總是回齊國公府探親；再看眼前的少女，無論是樣貌還是性子都像極了母后，連年幼的太子都會搞錯兩人，怎麼讓他相信這少女和母后沒關係？他剛才旁敲側擊問外祖父一些問題，外祖父目光躲閃、避重就輕，顯然這事沒那麼單純。

趙真見兒子目不轉睛的看著她，心生不悅，低下頭道：「承蒙陛下關心，陛下能來看望民女，是民女的福分。」

陳勍見她一副惶恐的樣子，收了思緒，溫和笑道：「都說了表妹不要這般客氣。表妹也該知道，朕的父皇是個難得專情的帝王，一生只有朕的母后一人，朕有一個皇姐，卻沒有弟弟妹妹，一直期盼能有個像表妹一般的妹妹。」說完，那眼神無比溫柔親切的看著她。

趙真抬頭看向兒子，他這是在抱怨他父皇沒娶小老婆給他生弟弟妹妹嗎？膽子肥了他啊！

趙真皮笑肉不笑道：「陛下也是位專情的帝王，後宮之中不也只有皇后娘娘一人嗎？」

陳勍聞言摸了一下鼻子，輕咳一聲道：「朕和父皇不能比……」說著，他又擺出一副身不由己的樣子，「哎，實不相瞞，皇后是先帝和先太后為朕選的，她賢淑良德，是個好皇后，只不過……」說罷瞄了她一眼，低聲道：「並非朕心中所想……」

趙真聽完也不知道這是兒子裝的還是真的，他一開始是不想，後來不是挺好的嗎？雖然沒和皇后親親熱熱，但也是相敬如賓，他要是真不樂意，她和他父皇也沒逼他啊！

趙真繼續低頭裝傻，道：「陛下是帝王，後宮興盛是江山社稷之福，陛下為何不擇可心之人入宮呢？」

陳勍擺出一副深情似海的模樣感嘆道：「唉……天下之大，真情卻難尋，朕只是寧缺毋濫罷了。」他說完，用極其富有磁性的聲音喚了一聲：「表妹。」

趙真抬起頭，疑惑的看他。

陳勍對她笑得風情萬種。是的，風情萬種，真有他父皇的風範。

他道：「朕一生最欣賞的女子，便是朕的母后，她巾幗不讓鬚眉，率性又肆意，彷彿只要她想，便無人能阻攔她。母后之後，朕再也未曾見過像她這般的女子，直到……妳出現了。」說罷，眸子一眨不眨的看著她，似是在探究也似是在暗示。

好小子，以她之名調戲小姑娘，他就不怕他親娘夜裡去他夢中揍他嗎！真是不看不知道，一看嚇一跳，她兒子還有這麼欠揍的一面。

陳勍見少女因為他的話而紅了臉，心裡不安之餘，還有點小小的竊喜：媳婦，妳瞧見沒？朕簡直魅力無邊，帥起來連朕的妹妹都把持不住！

他為自己鼓了鼓勁，起身走到趙真面前，滿眼關心道：「表妹，妳的臉怎麼又紅了？可是又發燒了？」說罷掌心放在她的額頭上，探她的體溫，那樣子真是深情極了。

趙真在心裡默默冷笑一聲：呵呵，還不是你娘我想打你不能打，活生生憋紅了臉！

她很想乾脆就揍他一頓，但想到陳昭囑咐的，忍了忍，還是忍了下去，她抬起手握住兒子的手，繼而站了起來，與他四目相對，臉色越加紅了起來——憋的。

她笑不出來，便瞪大了眼睛，裝出一副真心的模樣，「民女願為陛下解憂。」說罷又向他走近一步，仰著臉，似是要任他為所欲為。

——好小子，有膽你就親！

陳勍看著眼前雙頰飛紅、主動湊上來的小姑娘，竊喜變成了驚嚇，手都抖了一下：媳婦，怎麼辦啊！我妹妹她要非禮我！

陳勍終究還是沒膽子，藉著替趙真撥碎髮為由鬆開了她的手，柔情萬分道：「瑾兒，妳還在病中，先把病養好，等妳好了，朕便接妳進宮去看望太子。太子聽聞妳病了，也是擔心得不得了。這孩子十分喜歡妳，對妳比對他母后還要親熱。」

趙真一看兒子收斂了，便也放心了，看來就如陳昭所說，他就是試探，沒膽。

趙真這回心理負擔少多了，笑盈盈對他道：「民女也極為喜歡太子殿下，若是將來能生個像太子殿下這般可人的孩子，民女死而無憾了。」說罷衝陳勍眨眨眼睛，一臉期許。

陳勍對上少女明亮的眸子，默默吞了下口水，心虛道：「會的。那……朕便先回宮了，知道妳沒事，朕便放心了。」說完退開身子，與她保持幾步的距離。

趙真暗自在心中譏笑了一聲兒子沒出息，裝作渾然不知的樣子湊上去，踮腳在兒子臉頰上親了一下，含羞帶怯道：「陛下，民女等你。」

——你小子多長臉啊，你娘我在你父皇面前都沒裝得這麼嬌羞過！

——媳婦，我被非禮啦！清白不保了！

陳勍摸上自已被親的臉，瞪大眼睛，顯然是被嚇到了，心中哭天喊地，但面上還是要保持微笑，道：「瑾兒好好養病。」然後帶著外面候著的人逃似的走了。

趙真看著兒子落荒而逃的樣子，嗤笑一聲：看你下次還敢不敢來！

第四章 這是我替你打下的江山

趙真痊癒後雖然很想進宮去看小心肝，但神龍衛的訓練畢竟也耽誤了許久，她向來以公事為重，便先回了神龍衛。

歸隊之後，外孫女先對她來了個大大的擁抱，「小表姨妳終於回來了！」

蘭花也開心的湊上來，「瑾兒，看妳面色恢復紅潤我就放心了，之前妳病得臉色發白，可真是嚇人。」

趙真聞言，摸摸自己的臉：真的嗎？我病的時候有那麼頹廢嗎？怎麼沒人告訴我啊！

神龍衛的眾人紛紛對她表示關心。一片關心問候聲中，唯有一人顯得格格不入，他冷言冷語道：「有些人啊就是金貴，染個風寒便要歇個四、五日，也不知道將來到了戰場上，敵軍會不會因為她染了風寒便歇戰幾日過後再戰。」

趙真聞聲看過去，說話的人是許良，她已多次察覺到許良對她的敵意了，可她記得自己明明沒得罪過他。

她走過去道：「許良，你若是對我有不滿便直說，何必這般指桑罵槐呢？」

許良嗤笑一聲，「我哪敢對妳不滿啊，堂堂齊國公府小姐，我這等升斗小民哪招惹得起？」

趙真聞言眉頭一蹙，她雖身分如此，卻從未仗勢欺人過，除了那次出營買避孕的藥草，更是未用身分之便為自己謀過一絲一毫的便利，他為何要這麼說？

正想與他理論一番，教頭便過來了，眾人頓時一哄而散，各歸各位，趙真也只得先回去。

休息幾日重回軍中，她已落下許多，加之一場病耗費了些元氣，一日訓練下來竟有些精疲力盡，早就將許良拋之腦後了。

捧著書本坐在學堂裡，趙真大大的鬆了口氣，她真的從未如現在這般這麼期盼陳昭的課，因為只有到了他的課，她才能坐下好好休息。

趙真又尋了最後的位置坐下，把書立起來，偷偷摸摸的托腮打瞌睡。

走進學堂的陳昭一眼望去便能尋到躲起來的趙真，看她將腦袋藏在書後，便知道她又開始偷懶了。陳昭遠遠瞪了她一眼，這個沒良心的女人，他們已是多日未見，終於相見她還沒等他來便自顧自的睡上了，心裡到底有沒有他？

陳昭也沒叫醒她，直到他講完了整堂課，趙真都沒抬頭看一眼，可謂冷漠到極致啊。學生漸漸散去，付凝萱和蘭花打算叫醒她，陳昭上前噓了一聲，讓她們先行離去。付凝萱已經知曉了他與小表姨的關係，自是心領神會的拉著蘭花走了。

陳昭扯了個墊子在趙真對面坐下，伸出手指敲了敲她的桌子。

熟睡的趙真一下子坐了起來，立著的書便登時倒了，露出她那張睡意朦朧的臉，她乍一看到戴著面具的陳昭嚇了一跳，後來想到這是自己男人才鬆了口氣，打哈欠道：「你講完了？」

陳昭不悅的聲音響起：「不然呢？需不需要我再多講一會兒讓妳繼續睡？」

趙真知道他不高興了，擺擺手哄道：「不是你講得無趣，是我太累了。」說完又打了個大大的哈欠。

陳昭瞧她這副無精打采的樣子，面具後蹙了下眉頭，「休養了這麼多日還沒休養好嗎？」

趙真雙手搓了搓臉醒神，回道：「生病哪裡叫休養啊，比練功還累。」

陳昭見她是真的疲憊，便不和她計較了，道了聲：「戌時四刻之後，到南門與我相見。」說罷便站起身離去。

趙真一聽，隨著他站了起來，追上去道：「什麼事啊，非要夜裡見？」

陳昭聞言頓住腳步回頭看她，隔著面具都能感受到他的戾氣，「沒事便不用見了？見我就讓妳這麼不耐煩了？」

趙真頓時明白過來，忙道：「見見見！耍什麼脾氣啊，正好我也有事問你呢。」

陳昭沒再理會她，快步走了。

趙真在後面嗤了一聲：小心眼的男人。

趙真回到軍帳裡，帳中只剩外孫女一人，蘭花不知道去哪裡了。

「大花呢？」

正例行敷臉的付凝萱含著黃瓜片回道：「去伙房了，說是約好和妳府中那個下人學做飯，回來以後洗了把臉就去了。」

趙真聞言點了一下頭，對此不大關心，躺到床上舒服的喟嘆了一聲：「萱萱，我睡一會兒覺，一會兒吃晚膳不必叫我了，戌時三刻的時候叫我起來，給我留個饅頭便行。切記，戌時三刻一定要叫我起來。」

付凝萱「哦」了一聲，見她面帶倦色，問道：「小表姨，妳病還沒好嗎？」

「好了，只是累罷了。」趙真說完翻了個身背對著她，擺明不想和她閒聊了。

付凝萱也沒理會，自己繼續敷臉。

戌時三刻，趙真被外孫女叫了起來，蘭花也回來了，把留的饅頭和一碗粥端到她床邊。趙真先洗了把臉醒神，再將粥一口氣喝了下去，叼著饅頭往帳外走。

付凝萱見她要走，笑嘻嘻湊上去，「小表姨是不是去見陳助教？」

趙真瞥她一眼，遞了個明知故問的眼神，聳了聳肩把她甩開，叼著饅頭沒說話，大步流星的離開了。

付凝萱瞄了眼她衣服上的褶子：見情郎都那麼不講究，果然是小表姨。

※◎※　※◎※　※◎※

等趙真到南門的時候，陳昭已經早早候在那裡了，雖然臉上仍戴著面具，但衣服已換了一套，是套款式雅致的男裝，穿在身材勻稱的他身上有種說不出的好看。

趙真遠遠看著他感嘆了一句：幾日不見，他好像長高了。

而陳昭遠遠看著趙真過來，見她身上還是白日裡的那套衣服，連換都沒換，皺起眉頭，等她走到近前，他更是看到了她身上沒撐平的褶子，真是半點都不經心，可見她來見他，是懷著一顆多麼平常的心，虧得他還沐浴焚香好好準備了一番呢。

走近以後趙真嗅了嗅，聞到陳昭身上好聞的氣味，便知道他沐浴過了，不正經的攬上他的肩道：「去哪啊？」

陳昭沒說話，直接引她出了南門，提著燈籠向南門外的矮山走去。

趙真一見他要上山，驚訝道：「大半夜上山啊？」

陳昭帶著她來到一條小道前，是一條壘好的石板小路，蜿蜒而上，看不到邊，「給妳的驚喜在山上。」

趙真這才想起陳昭當初說回神龍衛給她驚喜的事情，頓時有了幾分期待，但她看看黑洞洞

的小道，不禁奇怪這深更半夜的荒山上能有什麼驚喜啊？

山不高，很快兩人便登到了山頂。

在山頂上，有一間木板建的小屋，所有的木板都還是新的，顯然是剛建好不久，她隨陳昭進去，裡面日常的家具一應俱全，像個過日子的小屋。

趙真四下環顧一圈，看到做工最為精良的木床後望向陳昭，「你的驚喜便是這個？你該不會特意準備了這裡，打算以後日日約我到此廝混吧？」

陳昭取下面具放在桌上，拉著她到榻前，「脫鞋上榻。」

趙真瞄了正在脫鞋的陳昭一眼，一來便叫她上榻，他也太猴急了吧？不過她覺得那張床更好，怎麼不去床上啊？

很快趙真便知道為什麼了，陳昭將窗子上的竹簾捲起來，頓時視線豁然開朗。

原來這屋子建在了山崖上，從窗子望出去，便能看到燈火輝煌的京城，夜幕下的京城被籠罩在萬家燈火下，遠遠望去璀璨如星河，委實壯觀。

趙真趴在窗臺上，驚喜的看著眼前的美景，道：「你是怎麼發現這地方的？原來夜裡的京城如此美麗壯闊。」

陳昭上前摟住她的腰，將她攬進自己懷中，說道：「偶然發現的，便想與妳共賞此景。這便是妳征戰多年所捍衛下來的美景，若非有妳，它不會如此繁華美麗。」他看向她，真摯而動情道：「無論是曾經還是現在，我都對此心懷感激，感激妳為我做的一切。」

趙真靜靜聽著，突地抬頭看他，笑嘻嘻道：「原來這便是我替你打下的江山。」

陳昭一笑，在她額上吻了一下，「現在是妳兒子的江山了。」

趙真聞言沉默了一會兒，突然坐直身子對他道：「可我的兒子姓陳啊。陳昭，我有件事想和你商量。」

陳昭見她突然嚴肅了，也正正經經的看向她，「怎麼了？」

趙真輕咳一聲，還是有些底氣不足道：「我以後若是再有了身孕，我想孩子能姓趙，為趙家延續血脈……」她說完後小心翼翼看他，陳昭再怎麼說都是皇帝，皇家血脈姓趙，他不同意也是理所當然的。

陳昭聽完倒是沒什麼明顯的反應，他其實自齊國公為趙真招婿以來，便知道齊國公打的什麼主意了，無非是因為趙家子嗣單薄，趙真好不容易回來，他想延續趙家血脈，這無可厚非。

陳昭很大度道：「可以啊，無論兒子女兒，都可以姓趙。」不過是一個姓氏罷了，只要是他們的兒女，姓陳還是姓趙又有什麼關係？那都是他們的血脈。

趙真見他答應得如此爽快，一下子雀躍了，頓時把他撲倒在榻上狠狠親了一口，「真是我的好爺們！」

陳昭對上她明亮的雙眸，此時她眼中的光比外面璀璨的京城都要美，這才是他最想要擁有的光輝和美麗，「我這麼好，有沒有什麼回報？」

趙真聞言，瞇起眼睛邪邪一笑，「當然有了，如此盛景，唯有春宵方不負良辰啊！」

陳昭聞言一愣，算他的書沒白教，她這個混女人也學會那麼一、兩句詞了，只是仍舊那麼簡單粗暴！

良辰美景之下，趙真開始動手了。

陳昭抓住她扯他腰帶的手，勾脣笑道：「我教妳一首詩如何？」

趙真急切的甩開他的手，「這個時候學什麼詩啊！」

陳昭翻身壓住她，靈活的五指解著她的衣衫，唇瓣覆在在她耳邊，帶著一絲誘惑的聲音說道：「邸深人靜快春宵，心絮紛紛骨盡消。」

趙真覺得這詩有點怪，但還沒想清楚，身上一涼，已如剝了皮的花生。

他繼續吟道：「花吐曾將花蕊破，柳垂複把柳枝搖。」

趙真好奇道：「這什麼意思啊？」

陳昭輕啄一下她的唇，「我教妳。」而後他身體力行教了她這首詩的意思。

這首詩的後面還有一段：金槍鏖戰三千陣，銀燭光臨七八嬌。不礙兩身肌骨阻，更祛一捲去雲橋。

好好感受了幾次極為香豔的詩詞教學，趙真枕在陳昭的胸膛上，聽著他仍怦怦亂跳的心跳聲，輕笑了一聲道：「你以後若都這般教我，我定能一字不差的都背下來。」

陳昭無力的翻了個白眼，按住她在自己身上亂動的手指頭，嘆道：「都是些豔曲淫詞，不用我教，妳也能背得飛快。」說罷，他擁著她起身，將衣服替她披上，「穿好衣服下山吧，我們不能在山上過夜。」

夜越深，風越涼，突地出了暖烘烘的被窩，趙真冷得抖了一下，聽話的將衣物往身上穿。肚兜帶子繫不上，她便轉過身去，對陳昭道：「幫我繫上帶子。」都老夫老妻幾十年了，她是沒半點顧忌。

白肚兜的帶子襯著光滑無痕的肌膚，陳昭突然又有些熱了起來。

這帶子他曾經也幫她繫過，不過他記得她從前這般年紀的時候並不喜歡穿肚兜，好像是她生過孩子之後才開始穿的，他邊繫邊問道：「妳小時候不是嫌這個麻煩，不喜歡穿嗎？」

等他繫好帶子，趙真又將褻衣穿上，回道：「別以為裝過女人便真懂女人了。我以前不喜歡穿是因為我那時候沒胸，穿不穿都無所謂。你沒發現我現在胸大了很多嗎？若是不穿肚兜，跑起來會一墜一墜的疼，可難受了。」說罷還毫不顧忌的用手托了一下，一副沉甸甸的模樣。

陳昭瞧見這等風光，忙移開視線，低頭穿衣服，「行了，快穿衣服吧。」

趙真抬眸看著他，瞧見他還未用衣服遮擋起來的某處又有了反應，笑了一聲，「其實我很好奇，你那東西平時騎馬不會被壓到嗎？跑步的時候會不會甩來甩去啊？甩來甩去的時候會不會疼啊？」

陳昭被她問得臉色越加漲紅起來，扯了衣服下床穿好，「這有什麼好問的，妳還能不能穿上衣服了？」

趙真癟了一下嘴，低頭穿衣服，嘟囔道：「瞧你這樣子，又不是什麼黃花大小子，有什麼好遮遮掩掩的？就你身上那幾兩肉誰沒見過啊～」

她倒是會用詞，陳昭回身瞥她一眼，「誰也沒見過，就妳見過。」

趙真愣了片刻旋即哈哈一笑，蹬上鞋勾住他手臂，「你告訴我嘛～」撒嬌似的搖了搖。

陳昭被她鬧得沒辦法，回道：「我此生最疼的時候，便是和妳洞房花燭夜那次，其餘的時候都不叫事，明白了嗎？」

趙真聞言好奇的眨眨眼睛，「為什麼啊？」

她哪那麼多為什麼啊？陳昭不再說話了，推開她的手往外走。

趙真窮追不捨的跟上去，「你要是不和我說，我就去問子澄了！」

陳昭聞言回身瞪她，「妳問妳義弟這個？妳那個義弟不過是比妳小了十幾歲，現在也是個不惑之年的男人了，妳與他在一起的時候能不能顧及一些？」

趙真聽完一拍腦門，要不說美色誤事呢，她都把子澄的事情拋之腦後了。

「我剛才就是逗逗你，怎麼可能真去問他這種事。」說罷她拉住他，認真問道：「不過，陳昭，你曾經是不是對他下過一條密令，不許他進京見我？」

陳昭聞言頓下腳步，轉正身子看她，「沈桀跟妳說了？」

趙真點點頭，「你為什麼對他下這道密令？」

陳昭不答反問道：「他和妳說了什麼？」

趙真蹙眉道：「你別問他和我說什麼，你就說你為什麼就好了。」

陳昭冷哼一聲，「妳不說我也知道他說了什麼，妳那混帳義弟曾經做過什麼妳也知道，他無非說我對他懷恨在心，汙衊他對妳有不軌之心，才令他不許見妳。」

趙真不說是，也不說不是，而是繼續道：「那你到底是為什麼？」

外面畢竟風涼，趙真的病才剛好，他拉她進屋，拿了件披風替她披上，才道：「事情過去這麼久，我也沒有真憑實據給妳，就算有，妳若信它便是證據，妳若不信便都是我偽造的。我這麼說吧，妳也知道我的手段，我本來能乾乾淨淨的把他除了，不過是看在妳的面子上才留了他一命。不讓他見妳，是救了他，若是放任他見妳，他早晚要闖出禍端來，不會饒過他的那個人反而不是我。」而是妳。

趙真聞言不語，只是眉心蹙著，手指有一下沒一下敲著桌子。

陳昭繼續道：「我比沈桀更明白他這個義弟對妳的重要性，所以我才未下殺手，也沒在妳面前說過他的不是。他是妳養大的孩子，無論他怎麼樣，妳都不會相信他是不好的，這都無可厚非，我能理解，我能做的也只是替妳維護這段姐弟情誼罷了。」

他說罷，握住趙真的手，不過是一會兒的工夫便有些冰冷了，「而妳不必擔心我會對他不利，我若想，早就沒了他的今日。何況他也根本不需要我下手，他若是心術不正，遲早也會把自己搭進去。」

其實陳昭說得沒錯，就算陳昭把條條證據列在她面前，只要她不願意相信，便能為沈桀列出條條藉口，而他現在這麼說，她反倒無話質問陳昭，質問他為何會懷疑沈桀，畢竟也如他所說，他若是想，沈桀就不會有今日呢。

陳昭把她的雙手攏在掌心裡搓了搓，又呵了口熱氣，眼中滿是縱容的情緒，「事已至此，妳若是覺得我處事不公，想為他討回公道，我也隨妳，但若因此與我隔閡，我便不依了。」

冰涼的手漸漸回了暖，她私心裡還是依戀陳昭身上這份溫暖的，說道：「事已至此，還有什麼討不討回公道的。他年少時性子衝動，確實也做過不少錯事，你罰他，也是理所應當，往後便看他自己造化吧。」

陳昭聽完明白了，她既不相信他，也不相信沈桀，這事便就此揭過，再也不會追溯下去。其實在趙真心裡，除非沈桀踏到她的底線，否則她會一直維護他，即便是他，也無法撼動他們之間的姐弟情誼。然而陳昭也不想撼動，只要沈桀不會再胡來，他也不屑與他計較，他根本不是他的對手。

陳昭起身問道：「下山嗎？」

趙真點點頭隨他起身，「下山吧，我也累了。」

陳昭熄了燈燭，提了燈籠，牽著趙真的手往山下走。

兩人這般手牽著手走在山間，竟有種歲月靜好之感。其實她一直所求不多，看慣了生生死死和大起大落，她想要的也不過是這份平靜和安穩罷了。

趙真脣邊露出笑意，扯了扯他的手和他閒聊道：「對了，我把你的兒子嚇跑了，他可能不會再來了。」

陳昭聞言，轉頭看她一眼，「哦？妳怎麼嚇唬他的？」

趙真將那日的事繪聲繪色的講了一番，末了感嘆道：「要不我們告訴他算了？那孩子的傻樣我都不忍心看了。」

陳昭看著腳下的路，燈籠中的火光在他眼中跳動，他道：「不可，現在不是時機，他還不會放棄，妳繼續嚇唬他就是，待時機到了，我便告訴妳。」

趙真有些不解，總覺得陳昭又在算計什麼，「這還要時機？什麼時機啊？」

陳昭沒正面回她，「別急，妳兒子不是那麼好打發的人，他想從妳身上得到妳我的線索，便不會這麼輕易放棄的。」

趙真嘆了口氣，突然有點感傷，「你說這孩子是真的想我了？還是編來騙騙小姑娘的？他雖然看著傻裡傻氣的，但是心思卻敏感得很，有時候看著他就覺得特別可憐。比起他姐，我是更擔心他。」

陳昭對身為儲君的兒子有諸多不滿，從前便對他教導嚴苛了些，但趙真知道以後總是擼了袖子來和他吵架，那小子可會討饒了，常常躲到母后身後哭喊知道錯了，其實什麼也不知道就是怕挨揍罷了，害得他沒能把兒子教好。

現下他才不想附和趙真呢，現在的可憐也是他們母子自己造成的──少壯不努力，老大徒傷悲。

趙真沒等到他回答，又自顧自的說道：「哎，你說兒子是不是真的不喜歡如嫣啊？如果他身邊能有個活潑熱情些的妻子，可能就好很多了吧？」

陳昭回道：「妳就別操這個心了，咱們兒子為了兒媳，連對咱們倆都敢陽奉陰違的。」

趙真正想問他為什麼，突地察覺到林中有動靜，「有人！」她鬆了陳昭的手追過去。

陳昭忙提了燈籠跟上去，喊道：「別追了！這林中危險，容易迷路！」

趙真聞聲停了下來，她不是怕危險或者迷路，是不放心陳昭一個人，萬一是調虎離山呢？她走回陳昭身邊，蹙眉道：「到底是誰跟著我們……」

陳昭替她理了理披風，道：「妳看清楚是人了嗎？也許是野獸呢。山下我留了人把守，不太可能有人上來。」

趙真覺得氣息像人，但又不敢確定，「我們離開以後，保守起見，還是讓你的人在山下守一會兒再離開吧。」

陳昭點頭應下，思琢片刻，道：「我數次去妳府中，也沒見妳身邊有個得力的人，天工山莊莊主邵成鵬妳還記得嗎？他有個女弟子，武藝尚可，懂些醫術，讓她到妳身邊伺候如何？」

趙真挑眉看他，「想在我身邊安排人？」

陳昭堂堂正正道：「不過是我一番心意罷了，妳可以先見見，可心便留下，不可心我也不強求妳，全看妳自己的意思。人再厲害也有精力有限的時候，身邊多個人終究保險些。」

趙真對上他關切的眸子，想了想也沒拒絕，「行吧。歇息那日，我上午進宮看序兒，回來

後去找你，你把人帶給我看看。」說完她突然想起什麼，調笑道：「你還要不要一起進宮？」

陳昭才不會繼續冒這個險了，搖搖頭道：「不去了，妳自己萬事小心，即便是面對兒子和兒媳也不可懈怠。」

趙真不以為然，「知道，不用你囑咐。」

臨到山口，陳昭頓下腳步，拉過趙真，低頭在她脣上輕觸了一下，「別再親妳兒子了，就算他是妳兒子，如今也是個正當年的男人。」

趙真聞言笑出了聲，「你該不會連兒子的醋都要吃吧？」

陳昭擁住她，抱了一會兒，在她耳邊道：「那混小子現在可不把妳當娘，他該慶幸是我兒子，如若不然，他這樣的，來一個我便收拾一個。」

趙真推開他，捏了捏他的臉，道：「長得這般貌美，不要總是打打殺殺的，我喜歡你美得像尊佛的樣子。」

陳昭吻住她的脣，纏綿一會兒，望著她的眼睛道：「佛也有墮佛，我便是。」

對上他那雙即便在夜裡也美得似琉璃的眼睛，趙真發現自己越來越捨不得陳昭了，那種初見時便想把他娶回家好好看的心情，又湧了上來。

趙真有點戀戀不捨的摸了摸他的臉，「好了，我回去了。」

陳昭提好燈籠，牽上她的手，同是不捨的揉了揉，「我再送妳一段。」

※◎※　※◎※　※◎※

到了回國公府歇息的日子，趙真前腳踏進國公府，後腳便收到宮裡傳來的消息：明日，她兒子陳勍要帶著小心肝序兒出宮，與她一道去岷山踏青賞玩。

趙真立刻將這個消息送去外孫女那裡，外孫女知道了，陳昭必然也會知道。

到了踏青這日，趙真這次歇息正好趕上陳勍休沐，不必早朝，父子倆便提早到齊國公府，陳序這個小傢伙在馬車上的時候還昏昏欲睡，一到國公府便精神百倍了，蹬了蹬腿從父皇懷中下來，自己先往國公府的大門裡跑。

明明說了巳時才會到，突然來得這麼早，齊國公和趙真等人只好匆匆忙忙來接駕，遠遠便見到小太子正手腳並用的爬門檻。國公府的門檻高，都過了小太子的腰了。

齊國公見了忙大步跑過來，「你們眼都瞎了嗎?怎麼都不扶太子一把?」

下人們皆低著頭不敢說話：都是皇上不讓扶的啊……

這會兒小太子已經爬過去了，腳沒站穩摔了一下，但很快自己就爬了起來，拍了拍身上的土，繞過了要抱他的齊國公，撲進了趙真懷裡，仰著頭甜甜道：「有沒有想小心肝啊?」

被無視的齊國公收回張開的手：好尷尬啊。

趙真把陳序抱起來，捏了捏他的小鼻子道：「外曾祖父要抱你呢。」

小太子陳序一臉的天真無邪，好像在說：我不知道啊。然後他象徵性的向外曾祖父伸伸手：給你抱。

齊國公才不會不識趣的和女兒搶，先摸了摸小太子的頭，再去找外孫說話了：「陛下。」

陳勍瞧見表妹的注意力沒在他身上，悄悄的鬆了口氣，對齊國公道：「外祖父，朕和太子是過來蹭早膳的，外祖父應該還沒吃吧?」

齊國公一聽，立刻打發管家去準備，「自然沒有，來，陛下請。」

齊國公知道皇帝是帶著太子來找趙真的，也不想讓趙煥那院的人打擾他們祖孫團聚，便都打發走了，桌上只有齊國公、趙真和皇帝父子。

飯菜端上來，趙真把小心肝抱在懷裡餵，她餵什麼他便吃什麼，真是乖巧的招人疼。

陳勍在旁邊看著，心裡有點不平衡，他兩歲的時候父皇和母后便讓他自己吃飯了，父皇在的時候對陳序也是那麼教導的，只是母后偏心眼，總會親自餵陳序，早早就學會自己吃飯的陳序一到了母后那裡便張著嘴要母后餵，他不是懶，是耍賤，別的人要餵他還不讓餵呢。

陳勍現在看著他們就像是在看偏心眼的母后在餵陳序。

「序兒，你自己吃吧，飯菜都要涼了，你小表姑還沒吃呢。」

陳序聞言，要張開的小嘴一閉，糯糯道：「小表姑吃飯吧，序兒自己吃。」

趙真親了口懂事的孫子道：「小表姑不餓，來，小心肝，再吃一口。」說著又舀了一勺肉粥吹了吹餵給他，完全沒理會陳勍。

陳序還是想黏著皇祖母，也無視了瞪著他的父皇，依偎在皇祖母懷裡吃飯。反正皇祖母最厲害了，父皇敢罵他，就讓皇祖母打他！

陳勍看著無視他的表妹和兒子，瞪了瞪眼睛：哎！那個表妹！說好的替我解憂呢？說好的喜歡我呢？妳這麼無視我，喜歡我兒子算什麼啊？？？

早膳吃過之後，公主府那邊的人來了，來的是付允珩，不是付凝萱。付凝萱今日身子不舒服，便不和他們一起去踏青了，於是陳昭理所當然的跟在了後面。

陳序人雖小，記憶力卻好，早就記住了皇祖父的面具，從小也知道討好皇祖父，一見他來了便蹬蹬蹬跑過去，抱住了皇祖父的大腿，趙真連攔都沒來得及攔。

還好陳昭反應快，彎腰抱起了小孫子，及時阻止了他要脫口而出的「皇祖父」，從懷中掏出準備好的九連環給他，「殿下，這是答應做給殿下的新九連環。」說罷，他小聲的在孫子耳邊說道：「殿下還記得秘密嗎？」

陳序拿到新玩具，開心的點點頭，抱了陳昭一下以示歡喜，沒把那句「皇祖父」叫出口。陳勍還記得此人，陳清塵，上次就給了太子一串九連環，他這個兒子果然是對玩的東西記性最好，隨他。

趙真過去把孫子抱回來，還好陳序更喜歡皇祖母，沒硬黏著皇祖父，坐在皇祖母懷裡繼續玩九連環。

人都到齊了，便該啟程了，陳序和趙真都是病剛好，便沒騎馬，坐進了馬車裡，陳勍也坐了進去。

陳序拉著皇祖母坐到了自己身邊，那裡有他的枕頭和薄被，還有他的老虎娃娃。這老虎娃娃做工粗糙，樣子有些醜，因為經常被抱著，顏色也褪了一些，不像是太子該有的東西。

因為這是趙真做的。

趙真不會做針線活，但因為疼愛孫子，在孫子滿月的時候和嬤嬤學著做了這麼個老虎娃娃送給孫子，雖然醜，但孫子卻十分喜歡，每日睡覺的時候都要抱在懷裡，從滿月陪他到現在。

陳序拿起自己的老虎娃娃給她看，「皇祖母妳看！」

趙真瞧見小孫子時時刻刻帶著這個娃娃，滿心的感動，一時之間都沒注意到他的稱呼，抱著寶貝孫子親了一口，問道：「怎麼今兒個還帶著它呢？」

陳序寶貝似的將老虎娃娃抱在懷裡，噘噘嘴道：「序兒早上還在睡覺的時候，父皇就把序兒叫起來了，序兒睏睏的，要抱著小老虎睡覺～」說罷小臉在老虎娃娃身上蹭了蹭，閉著眼睛裝出睡覺的樣子。

趙真將他抱上軟榻，讓他枕在自己腿上，替他扯了薄被蓋上，「那小心肝再睡會兒，等到了再叫你起來。」

陳序對她甜甜一笑，乖巧的閉上眼睛，「序兒睡著了！」說完便抱緊老虎娃娃，發出假睡的呼呼聲。

趙真忍不住笑出聲，在他小鼻上點了一下，「小心肝真的睡著了嗎？」

陳序長長的眼睫毛不安分的動了動，緊閉著眼睛嘻嘻笑了幾聲，把小臉埋了起來，甕聲回道：「睡著了！」

趙真看著他，心都化成了水，她真是愛死這個小東西了。離開皇宮，她最想念的便是這個小孫子，真是每次見了都捨不得離開他，就想這麼時時刻刻都看著他。

坐在正中的陳勍眼睛一眨不眨的看著兩人，趙真眼中對陳序的疼愛是真真切切的，那看著陳序的眼神簡直像極了母后的眼神，這一瞬間他竟覺得眼前坐著的人就是母后，只是個變年輕了的母后！

他方才又聽到了兒子叫她皇祖母，這次她竟然應下了，有一瞬間，他有一個大膽的想法，眼前這個少女是不是母后變年輕回來了？是不是他的母后沒有死，而是變成了眼前這般少女的模樣？

陳勍不是一個思想刻板的人，他小時候總會偷拿母后藏起來的傳奇和遊記看，心思天馬行空，他越想越覺得自己這個想法大有可能，看著趙真的眼神便越來越熱烈了，越看越像母后。

陳序漸漸的真的睡著了，陳勍喚了聲：「瑾兒。」

一直看著陳序的趙真這才抬起頭，對上陳勍熱烈的目光，她才想起馬車裡還有她兒子在，她剛才有沒有說漏什麼話？

陳勍瞧見她嚇到了的眼神，笑得越加溫柔和熱情，道：「瑾兒，多日未見，我十分想妳，妳過來，陪我聊聊天可好？」說罷挪了下身子，拍了拍他旁邊的位置。

趙真面對兒子突如其來的變化，愣了一下，明明他方才還有些不敢和她對視，怎麼一轉眼又這麼……

她有些不知該如何應對，結巴道：「陛……陛下……」

陳勍又拍了拍自己旁邊，有些撒嬌似的口味道：「過來嘛，難道妳不想我嗎？」

趙真的內心在咆哮：我想打死你啊！我的傻兒子！

趙真不知道兒子為何又膽大了，但又不能拒絕他，只能拿了枕頭墊在小心肝腦袋下面，坐到了兒子那邊去，和他之間隔著半個人的距離。

陳勍嫌她坐得遠，自己挪了過去，緊緊挨著她，把她的手拉過去握在了掌心裡，手指在她手上亂摸，摸到她比常人要平滑的一處骨頭，心中一喜，扣緊她的手指說道：「瑾兒，我好想妳，妳想我嗎？」說罷眨著眼，一臉的情深意切。

——陳昭！你告訴我！我要怎麼才能抑制住打死咱們兒子的衝動！

趙真憋得漲紅了臉，低下頭掩飾臉上的情緒，繼續結巴道：「想你……」

陳勍聽著聲音也像母后了，眼眶一紅，伸手把她摟進懷裡，緊緊的摟著，「我就知道妳想

我，不會忘了我……」

陳勍聽說趙瑾雖然有一段可以追溯的身世，但是她失憶過，並不記得小時候的事情，所以他母后一定也是失憶了，所以才不回宮和他相見，不然她有什麼理由拋棄他這個兒子和她的寶貝孫子呢？

外祖父實在是太過分了！找回了母后，卻不告訴她真相，讓她回宮和他們團聚，自己私藏了起來！幸好母后雖然失去了記憶，但她的心裡仍有他和陳序的印象，對他們的愛是不變的，才讓機智的他發現了端倪！

陳勍有點愁，不知道該怎麼把這個真相告訴母后，母后又會不會相信，畢竟太過於匪夷所思了，她怎麼會相信她有個這麼大的兒子呢？

「瑾兒，我聽說妳失憶過，是什麼時候失憶的？」

正安慰自己不要打死親生兒子的趙真聞言一警，她按著之前編好的回道：「回國公府之前不久吧，我那時候和師父行走江湖，不小心被仇家暗算，傷了腦袋，就失憶了，記不清小時候的事情。」那套編出來的身世太過傳奇，她畢竟沒有真的經歷過，為了預防萬一，趙真便和齊國公商量好了以後有人問起來就說失憶。

陳勍聽完，更篤定自己的猜測了：嘤嘤嘤，我把母后找回來了！開心！不過……父皇在哪呢？母后還在，父皇是不是也變年輕了？算了，父皇愛在哪就在哪，反正我不想他回來……

「瑾兒，我以後會保護好妳的。」陳勍抱著母后，心中是滿滿的幸福，但還是稍稍有些不踏實，萬一父皇以後回來了，知道他明明知曉父皇還在，卻不去找他，父皇會不會打爛他的手掌心？想想就好可怕。

這時，陳勍突然想起之前見過的那個丫鬟，鬆開趙真道：「瑾兒啊，我聽說妳之前從萱萱那裡要走了一個丫鬟，那個丫鬟呢？怎麼沒見她在妳身邊伺候啊？」

趙真一聽兒子問起陳昭，連打死他的心情都顧不上了，心中警鈴大作。要知道，之前皇后兒媳是想把陳昭要進宮的，皇后把貌美的丫鬟要進宮能做什麼啊？十之八九是給皇帝兒子做小老婆！

她佯裝生氣道：「陛下突然問她做甚？莫不是因為喜歡那個丫鬟才接近我的？」

陳勍聽到她這句類似吃醋的質問，心中糾結萬分：都怪我魅力太大，母后都已愛我至深，還吃醋了，看來不能問了啊……

陳勍馬上哄她道：「怎麼會？我心裡只有妳，只是問問罷了，別生氣，我不問了。」說完握著她的手，討好的笑。

趙真面對著兒子賤兮兮的臉，都要抑制不住想打死他的衝動了！

——陳昭，你出的這是什麼餿主意啊！！！

馬車外的陳昭自然不知道馬車內的水深火熱了，但他心裡還是隱隱不安的，時不時慢下來到馬車附近，卻聽不見裡面有任何動靜。

要是兩人真的安安靜靜坐著還好，就怕兩人正嘰嘰喳喳說不停，要知道這兩人都不是什麼省油的燈，是糊弄起別人來能把自己都糊弄進去的主。

現在的馬車裡還真是安安靜靜的。

趙真坐回了孫子那裡，輕拍著孫子哄他睡覺，時不時抬頭瞄兒子一眼。她這兒子不知道是不是吃錯藥了，從剛才開始就一直衝著她傻笑，她一看他，他就呵呵笑出聲，一臉蠢樣。好在

的是，他不再問陳昭了。

陳勍雖然想問清楚，但現下是真不敢問，他母后現在把對他的母子之情當成了男女之情，要是他繼續追問別的女子，她肯定要生氣了，說不定以後要脾氣要遠著他呢！要知道，就他父皇那般守身如玉的人只是和她吵幾句嘴，她都能好幾天不見父皇，他可不敢重複父皇的老路。

眼下他要先和母后搞好關係，以後慢慢引導她走向正確的路線。

都不說話終究有點兒尷尬，陳勍突地想到自己還有件重要的事沒說，於是主動開口：「瑾兒啊，我聽說妳前幾日與沈將軍在岷山腳下遇刺，因而沒能好好賞玩一番，這次是特意帶妳再來一次的。我還做太子的時候，偶爾也會和三五好友到這裡踏青的，一會兒帶妳去溪裡捉魚，可有意思了。」

哦，原來他所說的出宮拜訪恩師，都拜訪到這裡來了，果然是她的好兒子。

趙真摸著孫子軟軟的髮絲道：「陛下，其實上次沒玩成，民女倒是不在意，只是刺客一直未抓到，民女心中不安。」

陳勍立刻保證道：「妳放心，我已經下旨讓大理寺嚴查此事，一定將幕後的主使揪出來，給妳和沈將軍一個交代的。」

趙真規規矩矩道：「多謝陛下。」

陳勍見她這般有些疏離的樣子，對她殷勤的笑了笑，道：「瑾兒啊，私下裡妳也別叫我陛下了，怪生分的，叫我續華便可，這是我的小字。」

趙真早就注意到兒子從方才開始便一直自稱「我」了，這個小字更是只有她和他父皇會這麼叫他，原來兒子平日就是這麼哄女孩子的？連皇帝的威嚴都不要了？真該讓他父皇好好的教訓教訓他！

不過轉念一想，陳昭好像也不在她面前自稱朕，而且還總被她連名帶姓的叫……但是兒子哪裡能和老子比嘛！該訓！

趙真婉拒道：「陛下，這不合禮數吧。」

陳勍特別不拘小節的大力一揮手，豪邁道：「妳我之間何須講究這些禮數？叫我續華吧，我喜歡聽。」說罷衝她傻裡傻氣的一笑，期待道：「妳現在叫一聲我聽聽。」

趙真強忍著翻白眼的衝動，低下頭，牙縫裡擠出一聲：「續華。」

陳勍聽完心頭一顫，眼眶霎時就熱了：又聽見母后叫我的小字了，原以為此生再無今日，沒想到……

他一時感動，捂著嘴別過了頭，把打轉的眼淚憋回去，他就是這麼一個多愁善感、心思柔軟的帝王。

趙真聽見奇怪的嗚咽聲，抬頭看向兒子，見他捂著嘴別過臉，肩膀一抖一抖的，簡直像個神經病。

——這孩子到底怎麼了？

趙真沒理會他，瞧著差不多要到岷山了，把熟睡的孫子叫了起來：「小心肝？醒醒了，要到了，先醒醒，免得一會兒出去著涼了。」

陳序迷迷糊糊張開眼睛，看見皇祖母的臉，嘛嘛小嘴，撒嬌道：「皇祖母親親才起來～」

趙真趕緊看向兒子，見他正給自己倒水喝，好像並未聽到，連看都沒看這邊，稍稍放下心來，低頭親了口孫子，把他抱起來，替他理了理睡亂了的頭髮。小傢伙頭髮軟軟的，真是怎麼摸都摸不夠。

趙真抱著孫子逗弄了好一會兒，直到孫子完全醒了，才替他把衣服也理好，讓他坐在自己身邊。

小傢伙醒了便不閒著了，小嘴巴拉巴拉道：「父皇說要帶我捉魚，捉好大好大的魚！」說著兩隻小手比劃著好大的樣子，大眼睛也睜得大大的，滿臉的期待。

趙真故作驚訝道：「這麼大啊！小表姑都沒見過這麼大的魚，真的有這麼大的魚嗎？」

陳序煞有其事的點點頭，「有的！父皇說的！」說罷，他看向父皇，張著手道：「父皇！是不是有這麼大的魚啊！」

世間極樂也不過如此，陳勍含笑點頭，滿臉幸福，「有，一定有。」

趙真真想抽兒子一頓，他自己蠢，能不能不要帶壞序兒？她野釣那麼多年，也沒釣過那麼大的魚，這小子是夢裡見過嗎？

就這麼你一言我一語的到了岷山，馬車停下，陳勍先一步下了馬車，而後回過身親手把陳序抱了下去，繼而又向正要下馬車的趙真伸出手，笑得一臉柔情，「朕扶妳。」

趙真此刻很想狠瞪一眼出餿主意的陳昭，但又怕暴露了他，便只能垂下眸子，把手放在兒子手裡，被他笨拙的扶下馬車，心裡暗自腹誹著：不會伺候人就不要瞎伺候，還不如不扶呢！

陳勍身邊的太監王忠一瞧皇帝情深意切的樣子，大大的吃了一驚，心想：恐怕宮裡馬上要多一位娘娘了！他們這位帝王，除了過世的太后娘娘和中宮的皇后娘娘，可從來沒對女子這般好的。

趙真站穩了便抽回自己的手，生怕兒子抓著不放。

陳勍也沒強行牽著她，倒是陳序看見漫山遍野的紅楓葉興奮了一會兒，便轉頭拉住趙真的手，隨即他看見父皇站在一旁，尋思著不能厚此薄彼冷待了父皇，免得父皇下次不帶自己出來玩了，便另一隻手又拉上父皇，三個人手牽手往山中走。

這若是以前，是和諧的祖孫三代，但現下任誰看去都像是一家三口。可那是皇帝和太子，誰也不敢說一句不是。

連付允珩都看出了不妥，湊到外祖父身旁，「您看這……是不是不太好啊？」

陳昭沒說話，就是面具後的眉頭皺得有點緊，從兒子現在的神色和舉動來看，他上馬車之前和下馬車之後完全不一樣了，方才在馬車上到底發生了什麼事？以至於他兒子完全換了一種態度？

除了在前面開路的侍衛，其餘的人都走在皇帝的後面。

小太子人小還不能爬山，便由陳勍抱著，趙真走在父子倆的旁邊，時不時撿葉子逗弄小孫子，小傢伙被逗得咯咯笑，一會兒縮進父皇懷裡，一會兒又突然冒出來衝趙真扮鬼臉，三個人的長相又有種莫名的相像，看著就是其樂融融的一家人。

陳昭越看越覺得不妥，拉過外孫道：「回去以後，叫你府中跟來的人不要亂說話，切莫把今日的事情傳出去。」

付允珩心領神會，這事要不提前扼制住，肯定會被今日看到的人傳出去了，不日便會有傳言說國公府的小姐要嫁入宮中了。別人不知道，他和外祖父可知道，那是母子啊！親生的！

——外祖母這是怎麼了？好似一點也不避諱呢……

很快到了半山腰的小溪，陳勍興致極高，脫了鞋襪、挽了褲腿，削了根棍子，帶著幾名侍衛親自去溪流中央捕魚。

這裡畢竟都是外男，趙真作為國公府的小姐不好脫鞋下水，便領著小孫子在溪邊看。

陳序蹲在溪水邊，看著裡面的小魚游來遊去，時不時發出「哇」的聲音，驚奇的模樣可愛極了，他拉拉趙真的褲腿，道：「快看快看！小魚寶寶！」說完想伸手摸摸，但是手剛一碰到水面，魚便跑了。

趙真蹲到孫子身邊，等水波平靜，小魚又來了，她伸手一抓，便抓了隻小魚上來，捏住尾巴給孫子看，「摸摸牠。」

被捏住尾巴的魚離了水就不停的撲騰，陳序被甩了一臉的水，怕怕的縮在趙真胳膊後面，但又忍不住伸出手指頭摸了摸扭動的小魚，驚奇的瞪大眼睛，「滑溜溜的哇！」

趙真被小孫子的模樣逗得一樂，「張開手，拿在手裡玩。」

陳序現下倒是不怕了，乖順的張開手，只是趙真剛把小魚放進他手心裡，小魚撲騰一下便跑了。

陳序想去抓，往前一撲差點掉進溪裡，還好趙真抓好了他，他失望道：「跑了……」

趙真摸摸他的頭，「沒關係，可以再抓一隻，放進罐子裡給你玩。」說罷讓下人把備好的裝魚的罐子拿來，抓了兩隻小魚給孫子逗著玩。

付允珩孩子氣的蹲到小太子身旁一起看魚，跟著他的陳昭便也順勢走了過來，與趙真四目相對。

趙真沒好氣的瞪他一眼，用口型道：都是你幹的好事！

陳昭一看，果然是捅出婁子了，只是眼下沒辦法和趙真細說。

這時，陳勍又了一條活蹦亂跳的大魚上岸，「序兒，過來看，父皇給你抓了條大魚。」

陳序一聽立刻蹬蹬蹬跑了過去，仰著脖子看父皇抓到的魚，雖然沒有想像中的那麼大，但還是特別懂事的誇讚父皇道：「哇！父皇好厲害！」

陳勍一臉驕傲，又瞄了眼母后：母后，妳瞧！妳兒子是不是很厲害！

趙真慢慢騰騰的跟過來，看了眼兒子捉到的魚，半點佩服的表情都沒有：這麼久才抓到一條，還好意思顯擺？

陳勍沒得到母后讚賞的目光，心裡有點小失望，便拿魚去逗弄兒子。

這魚大，還流著血，一靠近陳序，陳序立刻被嚇得哇哇大叫，往皇祖母身後躲。

壓抑了那麼多日的情緒，在得知母后以另一種方式歸來後，陳勍一下子就解壓了，玩心大起，舉著魚追著兒子跑，兩個人便圍繞著趙真開始了一場你追我跑之戰。

趙真被孫子拉著褲腿走，面前是一臉幼稚的兒子，心裡既無奈又欣慰，其實她又何嘗不盼著能有今日呢？兒子、孫子圍繞膝前，一家人快快樂樂的。

正鬧著，趙真突地瞄到兒子身後的樹上有條毒蛇，而且已有攻擊之勢，她心頭一跳，忙把兒子拉過來，自己抬胳膊擋了上去，那蛇撲上來咬住了她的袖子，她迅速捏住蛇的七寸，奮力甩了出去，侍衛立刻反應過來，拔劍將蛇砍成兩半，總算有驚無險。

陳勍被母后這麼一拉嚇了一跳，當看見地上還在扭動的毒蛇才知道發生了什麼事，心口一跳，忙慌慌張張的擼起母后袖子查看，手都有些抖了起來，「快！快給我看看咬到哪了？」

趙真看著兒子吵吵鬧鬧的樣子，默默翻了個白眼，「陛下別急，沒被咬到，只是咬到了袖

子，陛下小心碰到毒液。」

趙真話音剛落，陳勍一把摟住了她，將臉埋在她的頸間，聲音發顫道：「幸好妳沒事……幸好妳沒事……」這不是他的母后是誰啊？唯有母后才會用性命去保護他……

趙真一愣，察覺到頸間的濡溼，心頭一酸，抬手拍上他的背，輕聲安慰道：「乖，我這不是沒事嗎？」

周圍的人見此立刻都轉過身去，站遠了些不敢看，唯有陳昭原地不動，看著他們母子。

原本眾人都以為出了這件事情，皇帝該擺駕回宮了，卻不想趙真不僅什麼事都沒有，還拉著皇帝把蛇去毒剝皮烤了，其嫻熟的手法讓手起刀落從不猶豫的侍衛都瞠目結舌。

趙真撒上佐料，把蛇肉烤得噴香遞給兒子，雖然她對兒子被蛇嚇哭的事情很不滿，但畢竟是自己的兒子，不能讓兒子留下心理陰影啊，哄他道：「陛下，來，嚐嚐，蛇沒什麼好怕的，烤熟了也是人間美味。」

陳勍剛才趴在母后肩頭掉眼淚是挺丟人的，但是被母后以為他怕蛇就更丟人了！只是他雖然不怕蛇，但是真的怕吃蛇啊！看著那條被母后串在樹枝上烤得有些焦黑的蛇，他有點作嘔，這可真是親母后，蛇都能被她烤了吃。

陳勍一臉拒絕的擺擺手。

趙真皺皺眉頭，把蛇肉又遞過去一些，哄道：「就先嚐一口，真的很好吃。」

陳勍緊閉著嘴搖頭。

這一刻他無比想念父皇，父皇平日最看不慣的便是母后讓他瞎吃東西了，父皇若是在，一定會替她阻攔母后的。

他母后真是一朵奇女子，還記得小時候宮裡的老宮殿拆了，牆裡有好些蠍子，母后聽說了以後過去捉了一大罐回來，讓御膳房炸好了給他和父皇吃，那一盤炸蠍子簡直要把他嚇哭了，還好父皇和他一樣不亂吃東西，沒讓母后強逼他吃。

——嚶嚶嚶，父皇你在哪啊！

父皇此時就在他身後。陳昭面具後一臉拒絕的表情和陳勍一模一樣，他無比慶幸自己現在不是陳勍的父皇，不然也要被逼著嚐這個了。

最有膽識的還是初生牛犢，陳序看著皇祖母手裡香噴噴的東西在眼前晃來晃去，張開小嘴嗷嗚就咬了一口，嚼吧嚼吧嚥了下去，然後皺起小眉頭，「不好次！」

陳勍：兒子，我佩服你是條漢子！

趙真一聽「啊？」了一聲，自己吃了一口，原來是烤得有些老了，佐料也放多了，嘆了口氣道：「哎，糟蹋了，好久不烤，手藝退步了。」說完把蛇肉扔進火堆裡，又拿了隻魚烤。

陳勍大大的鬆了口氣，摸了摸兒子的腦袋：真是父皇的好兒子。

吃飽喝足後，按著陳勍的原計畫是在山裡再看看便該回去了，但知道趙瑾是自己的母后，他便臨時興起，想帶她到山頂的臥龍寺故地重遊，也許能讓她想起點什麼呢？而且母后從臥龍寺的天壇上消失，又變年輕回來，他突然好奇那座天壇到底有什麼神奇的地方了。

帝王的決定，無人敢反駁，一行人便往山上去。

自太上皇與太上皇后消失在臥龍寺的天壇之後，臥龍寺的僧人便皆被遣散了，只剩下兩個老和尚打掃寺院，短短數月，臥龍寺的輝煌已不復昨日。

趙真看到曾經香火旺盛的寺院變成如今這般慘澹的境地，大為驚訝：「陛下，這裡……」

陳勍當她是不記得，解釋道：「先帝與先太后失蹤於此，朕將這寺院的僧人都遣散了，所以看著有些冷清。」說罷邁進寺中，衝她招招手。

——明知寺廟被荒廢，卻還要帶我來看，兒子這是什麼意思啊？

趙真心裡隱隱有些不安，牽著孫子的手隨他進去。

陳勍先領著她在寺中隨意逛了逛，臥龍寺雖荒廢了，卻還沒到破敗的地步，很多地方仍可見其往日輝煌。

終於他還是帶她到了天壇，這裡的圜丘臺並不大，卻顯得格外的高。

陳勍道：「來，隨朕上去看看。」

趙真看著高聳的圜丘臺，莫名有些抗拒，道：「陛下，此乃陛下祭天之處，民女上去似乎不太合乎禮數……」

陳勍搖頭道：「都已荒廢了，無妨。」說罷抱起小太子，領著趙真登上石階，讓其餘的人都在下面等著，這其中也包括陳昭。

陳昭仰頭看向往上走的兒子，竟然有些不明白他的套路了，他突然帶趙真到天壇來，該不會真的只是簡單的看風景吧？

爬了些工夫，趙真才隨兒子登頂，這一看嚇了一跳，圜丘臺上原本平坦的天心石，不知何時變得坑窪不平了，有些地方還長出了青苔，竟像是荒廢了數十年的光景。

事情發生之後，陳勍也親自來過這裡，那時候這裡還不是這般模樣，短短數月竟荒廢如此？果然有怪異。

他回頭看向趙瑾，趙瑾正四下張望，也是一臉的震驚，他可以斷定趙瑾就是他的母后了，可母后為何會突然重拾韶華？而這建了不久的圜丘臺又為何會變成這樣？那就真的是十分值得考究了……

「朕幾個月前來，這裡還不是這般模樣，真是奇怪。」

趙真也覺得稀奇得很，道：「這圜丘臺像是荒廢了許多年的樣子，確實蹊蹺，陛下還是令工部的人過來看看為好。」

陳勍點點頭，他自然會重新讓人再查一遍這裡，有必要的話，拆了都無妨。

「下去吧，這裡已經沒什麼好看的了。」陳勍不敢帶著趙真在圜丘臺上久留，他可承受不了母后再消失一次，這地方真是邪門得很。

※◎※　※◎※　※◎※

從臥龍寺出來，一行人便回了齊國公府。陳勍到了國公府也賴著不走，要留下來蹭晚膳，付允珩明日還要當差，卻不得不回公主府了。付允珩走了，陳昭自然沒理由留下來，想問趙真的話只能留到下一次見面了。

趙真對陳昭出的餿主意十分生氣，害她如今進退兩難，他走的時候她看都沒看他一眼，兩人連個眼神都沒傳遞。

而兒子賴著不走，趙真又不想給他機會動手動腳，便一直留在齊國公這裡，等沈桀和沈明洲回來了，更是拉著他們兩個一起坐下聊。

陳勍逮不到機會和母后獨處，見天色不早，只得擺駕回宮了。臨走時，他抱著小太子對趙真道：「表妹，還記得朕之前和妳說的狩獵的事情嗎？過兩日朕便去圍場狩獵，到時候去神龍衛接妳，妳和朕一同前去。」

趙真還未說話，陳序一聽要去玩，立刻搶道：「父皇！父皇！序兒也去！」

陳勍看了眼歡欣雀躍的兒子，知道母后最喜歡他，點頭道：「好好好，帶你去！」

陳序滿足一笑，又加上一句：「還有母后！也帶母后去！」

陳勍聞言，神色微微變了一下，沒說答應也沒說不答應，只說道：「回宮問你母后願不願意吧。」

趙真想起兒媳，像是抓住了救命稻草一般，馬上接口道：「皇后娘娘久居宮中，終究冷清了些，有機會也要多出來散散心才是，陛下要多勸著些。」

陳勍看了她一會兒，點了點頭，「自然會的。表妹今日也累了，早些進去休息吧。」

趙真點頭應下，目送他的馬車離開才回了府。這一天，真是累死她了！心累！

第五章 換妳替我瞞著可好？

陳序在馬車裡就睡著了，是由嬤嬤抱回了中宮，秦如嫣看見花貓一般的兒子嘆了口氣，親手幫他擦洗乾淨又換了身衣服，才問宮人道：「陛下呢？可是回寢殿歇息了？」

宮人回道：「回娘娘，陛下回宮以後便去了御書房，到現在還沒歇息。」

玩了一天還沒去休息，卻先去了御書房，這不是他的風格啊？秦如嫣淨了淨手，換了套宮裝，說道：「隨本宮過去看看陛下。」

一行人浩浩蕩蕩到了御書房。

太監尖著嗓子道：「皇后娘娘到。」

秦如嫣讓宮人守在外面，自己走進御書房，陳勍正在一張鋪開的卷軸上作畫，連她進來都沒有理會，心無旁鶩的模樣十分專注。她走到他身邊，看向桌案上的畫卷，那上面畫的是個人像，而且是女人，是他以前從不畫的。

陳勍在作畫方面是隨了太上皇的，頗有天賦，無論是畫物還是畫別的，都能畫出其精髓，所以秦如嫣一眼便看出，這畫上的女子是他的小表妹趙瑾。

他怎麼畫起趙瑾來了？

她看向他的側臉，他脣邊的笑意透露出他的好心情，她忍不住問道：「陛下今日可有什麼收穫？」

陳勍聞聲沒回話，作畫的神色仍是十分專注，筆下如走遊龍，將畫中人脣邊的神韻勾勒好才放下筆，他看向秦如嫣，臉上光彩照人，笑得燦爛道：「皇后，我要將她接進宮來。」

一般只有說正事的時候，他才會叫她皇后。

秦如嫣委實沒想到他第一句是這個，對上他笑意燦爛的眉眼，愣了一下才回道：「陛下說的可是趙瑾？」

陳勍點點頭，笑著對她道：「皇后那麼聰明怎麼還用問呢？朕要接她進宮，皇后以為如何？」

秦如嫣看著眼前人竟有些糊塗了，他這副春風滿面的樣子，不像是發現了自己父皇頭上多了頂綠帽子該有的神情啊！

「陛下可是發現了什麼？她是陛下的妹妹嗎？」

陳勍搖搖頭，笑意越來越濃，臉上是抑制不住的好心情，「不是，她不是朕的妹妹，但朕要接她進宮，妳是這後宮的主人，朕把她接進來，還是要先過問妳才行。」

她是後宮的主人，所以他要接進宮的女人是要入住後宮嗎？那便是要成為他枕邊的女人？他是認真的嗎？

陳勍也不是第一次說要納某個女人進後宮了，但他每次說的時候，都是一副期盼從她臉上看出吃醋的孩子氣模樣，過後總會跟她說記不得了，算不得數。可這次，他臉上卻是認真的，還有能把自己心愛之人接進宮的歡喜，這短短一日到底發生了什麼？

不，其實從上一次回來，他便有些心不在焉了，卻並未跟她說到底發生了什麼。

秦如嫣突然看不懂眼前的男人了，但仍如每一次的回答般應道：「臣妾自然沒有意見。」說完，像是故意要表現自己的大度，周全道：「只是陛下孝期未過，不好大張旗鼓操辦喜事，恐怕要委屈了瑾兒妹妹。」

陳勍點點頭，沒跟她解釋其中原因，只是說道：「無妨，她不會在意這些的，朕也不打算以齊國公府小姐的身分把她接進宮，她的性子不會受制於宮中，而朕也不希望她從此拘泥於宮中，妳隨便替她擬個別的身分接進宮，只要讓她在這宮中有一席之地，能光明正大陪在朕左右便可。」

本來還有些不信的秦如嫣，這次是徹底的信了，他能替趙瑾考慮周全，必然是認真的。她對陳勍再熟悉不過，陳勍從未對一個女子如此上心過，連她都沒有，所以他一旦上心，必定是真心。

秦如嫣原本以為到了這一日，她能坦然接受的，可現下，她心底卻湧出了一種讓她不舒服的感覺，彷彿此刻才知，她一直以來的坦然處之不過是私心裡總覺得這一日不會有，但它卻突如其來的到了……

秦如嫣垂下眼簾道：「陛下要給瑾兒妹妹什麼封號？」

陳勍低頭看著她，她姿容端莊，是一個皇后該有的威儀，卻不像是一個愛他的妻子該有的樣子，他脣邊的笑意微微有些苦澀，「妳定吧，朕相信妳會辦好的。」

秦如嫣不自覺的握緊了袖下的雙手，繼續道：「不知陛下想什麼時候接瑾兒妹妹進宮？」

陳勍重新將筆拿起來，勾勒了幾下道：「不急，再過一段時間，她還有些不願意，朕要再勸勸她，妳先去籌備一下便是，挑間大些的宮殿先收拾收拾。」

秦如嫣應下：「那臣妾先告退了。」

陳勍點點頭，沒再抬頭看她。

秦如嫣走出幾步回頭看他，他曾追逐著她的目光此刻落在了那張畫上，彷彿那幅畫上的人深深的吸引著他，她從未像此刻一般覺得眼前的人如此遙遠過……

※◎※　※◎※　※◎※

付允珩和陳昭回到了公主府。付允珩一進府就覺得今日有些異常的安靜，他問管家：「母親呢？」

管家倒是一如往昔，笑容可掬道：「回世子，殿下在小姐院中照顧小姐呢。」

付允珩聞言嘖了一聲，他這個妹妹有點小痛小病就要母親陪著，來個月事肚子疼都要弄得人盡皆知，也不嫌害臊。

他問道：「府中用過晚膳了嗎？」

管家回答道：「侯爺還未回來，殿下陪小姐用了一些粥。世子用過晚膳了嗎？需不需要廚房去備膳？」

付允珩點點頭，「去吧，我都要餓死了，做好了送到我院中即可。」說完便與外祖父往自己院子走。

不知為何他越走越覺得今日的府中有些不一樣，卻又說不出哪裡不一樣，等他走到自己的院子，繞過照壁，他便知道哪裡不一樣了……

此時，他院中站了足有四排之多的護衛，身披鎧甲，神情異常肅穆；院子中央還捆了兩個人，不知道是暈了還是嚇傻了，蜷在地上一動不動，讓付允珩有種被抄家的錯覺。

他瞠目結舌道：「這……這是怎麼了？」

一直在出神的陳昭也回過神來，看到院中被捆的人，心頭咯登一下：壞事了……

付允珩愣愣的往院中走，他正房的門是關著的，門外站著母親身邊伺候的嬤嬤和丫鬟。

嬤嬤見他回來迎了上來，平日親切慈祥的臉上此時也是肅穆的，她行禮道：「世子，公主殿下在屋中等您呢，您請進吧。」說罷又看向他身後的陳昭，「這位公子也請。」

門口的兩個丫鬟將門打開，那兩扇被打開的朱漆大門此刻像是猛獸張開了血盆大口，付允珩突然有些害怕進自己的屋子了……

陳昭見此，幾不可聞的嘆了口氣，將畏懼的孫子一同拉了進去。

他們一進去，門便關上了，屋中窗子也是關上的，加之日頭西斜，又沒有點燈，屋中的光線有些暗，但付允珩還是能看清正中央坐著的母親，和她右下方坐著的妹妹。這兩個平日裡和他最親近的人，此刻皆黑著一張臉，有點嚇人。

付允珩戰戰兢兢道：「母親……」

陳瑜低喝一聲：「跪下！」

付允珩廢話都不敢說就跪下了，跪得筆直筆直的，生怕不直就挨抽。

陳昭站著未動，看到桌上被撬開的鐵盒便都明白了，果然是女兒的作風，打不開就撬開，只有她不想辦的事，沒有她辦不到的事。

陳瑜目不轉睛的看著站著的面具男子，神情中滿是探究。她從這男子房中的鐵盒裡翻出數十本摺子，這些摺子本該出現在皇帝的桌案上，卻在他這裡，她一直在猜測他到底是誰，似乎有了答案，但又似乎沒有……其實也不是沒有，只是她不敢信……

陳昭將臉上的面具取下，年少而絕色的面容沉靜如水。

陳瑜一下子站了起來，幾步走到他面前，「你到底是誰！」

陳昭看著此時比他年紀還要大的女兒，輕嘆了口氣：「小魚兒，連父皇都不認得了嗎？」

一個乳臭未乾的小子，在她面前自稱父皇，明明可笑得很，陳瑜卻笑不出來。她比陳勍大了很多，而且自小就跟著父皇長大，她記事的時候，父皇才二十出頭，和此時的模樣差不了多少，他真的和她的父皇長得一模一樣。而且那摺子上的字跡她也再熟悉不過，那是父皇的字，父皇自她小時候就教她寫字，她自己的字都頗像父皇，是絕不會認錯的。

但……怎麼會呢？父皇怎麼會變成年少的模樣了？

她百思不得其解，「父皇？」

陳昭點點頭，對她笑道：「我沒有死，而是重拾韶華，變成了現在的模樣。我還在昏迷的時候，是丞相向儒將我找到的，妳若不信可以問他。」

陳瑜愣愣的看著他的臉，然後伸出手捏了捏，確認是活生生、軟乎乎的父皇，她捂著臉蹲下身，哇的一下就哭了。

陳昭被女兒的反應嚇了一跳，付允珩和付凝萱也被母親嚇了一跳，三個人齊齊蹲在她面前輪番哄。

陳昭看著女兒哭，是又無奈又自責，「小魚兒，快別哭了，妳的兩個孩子都在，當娘的臉面還要不要了？」

陳瑜哭哭啼啼吼道：「不要了！臉面頂個屁用！」

這孩子還耍性子了，陳昭沉下臉呵斥道：「陳瑜！」

陳瑜被父皇呵斥了一聲，這才吸吸鼻子收斂了，瞧見兒女擔心的模樣，頓覺丟臉，然後手腳並用的把付允珩狠狠打了一頓，打得付允珩左臉都腫了。

「混帳小子！居然敢瞞著你親娘！」

付允珩捂著臉委屈極了，「娘，妳打我做什麼啊！是外祖父要我瞞著的！」

陳瑜白他一眼：廢話！我能不知道是你外祖父要瞞著的嗎？但是我能打我親爹嗎？只能打親兒子出氣了。

付凝萱也氣呼呼給了哥哥一拳，「外祖父和哥哥太過分了！居然瞞著我和娘親！」

付允珩一臉生無可戀：我招誰惹誰了！為什麼受傷的只有我！

陳昭嚴肅的呵斥道：「先都坐下再說吧，哭哭啼啼打打鬧鬧，像什麼樣子？」說罷他十分自然的坐到了上首的位置，將被翻亂的摺子重新擺了擺，對野蠻的親女兒道：「這些摺子都是晚上要準時送到丞相府的，被妳這麼一折騰，全都耽誤了。」

陳瑜板著臉沒說話，出去吩咐下人重新找了個能上鎖的盒子過來給他。

陳昭無奈的看著女兒，「鑰匙都在妳這裡，盒子送去丞相府，丞相怎麼打開？」

陳瑜理所當然道：「撬開啊。」

人人都能撬開，上鎖還有什麼用？陳昭也是服了女兒，他這鐵盒子明明造得很結實，鎖眼也非同一般，是無法輕易就撬開的，竟還被她撬開了，這野蠻勁真是隨了她親娘。

盒子的事情先放一邊，陳昭抬頭問她：「妳是怎麼發現的？」

陳瑜回道：「之前萱萱進宮，我不是撥給她兩個丫鬟嗎？今日想讓那兩個丫鬟代我陪萱萱的，萱萱卻說上次不是這兩人，我們這麼細說起來，問了兩個丫鬟，兩個丫鬟才敢說是允珩命她們兩人留在府中，換了別人同萱萱入宮的。我覺得蹊蹺，便到這裡搜人來了，搜到了外面那兩個可疑的人和這個盒子。」

外面那兩人是陳昭從丞相府帶來的，專門替他傳遞消息給向儒，其貌不揚，平日在這院中做些雜役，卻還能被女兒揪出來，他女兒也是厲害。

陳瑜彷彿看出了他心中在想什麼，說道：「父皇，女兒我雖然很少管事，但兩個孩子院中的事，我心裡還是有數的，多了誰、少了誰，都在我心裡放著。」

陳昭道：「行行行，妳最有數，事已至此也沒什麼可瞞妳了，妳母后……」

陳昭話沒說完，陳瑜便搶話道：「母后是不是趙瑾？」

陳昭點點頭，「是她，不然她怎麼會知道妳喜歡貓，還特意送了妳一隻馴好的。」

陳瑜了然的點頭。果然是，怪不得兒子這些日子總去國公府看外祖父，原來是替她父皇跑腿呢，好讓他們夫妻倆藉機見面。這麼一想，她兒子也挺可憐的。

付凝萱一聽震驚了，「小表姨果然是外祖母！我命不久矣……」其實她剛才在屋裡坐著的時候還不知道發生了什麼事，外祖父自己承認，她才反應過來面具軍師原來是外祖父，那他的相好小表姨當然就有可能是她外祖母了！可怕，她在外祖母面前沒大沒小了那麼久……

陳昭皺皺眉頭，訓斥了外孫女：「別瞎說，妳外祖母不會和妳計較的，什麼命不久矣，小小年紀不要說這麼不吉利的話。」

付凝萱撇撇嘴坐好，不敢再吭聲了。

陳瑜插嘴道：「父皇，這到底怎麼回事？」

這事不能在小輩面前說，陳昭揮揮手讓外孫和外孫女先迴避，然後把他和趙真變年輕後發生的事和女兒大致說了一遍。當然，他如何步步為營、奪回媳婦的心這種事沒細說。

陳瑜聽完蹙著眉頭，「所以起初是母后不願告訴我們的？皇上他也還一點都不知道嗎？」

陳昭點點頭，「我與妳母后的事情，妳知道的比妳皇弟多，妳母后不願回宮，妳也該理解她的心情。何況我們如今的樣子，妳和妳皇弟能信，旁人如何信？」他說到這停頓一下，然後繼續道：「妳以後也繼續裝作不知吧，畢竟以我們兩人現在的樣子也回不到從前的位置上。」

陳瑜沉默片刻，問道：「那皇弟呢？父皇打算什麼時候告訴他？」

陳昭思琢片刻，道：「其實這些日子，我用不同的身分站在不同的角度去看世事，發現了很多以前沒發現的事情。妳應該也知道，我與妳母后消失後，朝堂上雖然表面風平浪靜，但有些人已經開始蠢蠢欲動了。妳皇弟那裡，我打算暫時不跟他說，有些事情我要先確認清楚，再找個合適的時機跟他說。現下敵在明，我在暗，才是最有利的。」

陳瑜一聽，凝重道：「難道父皇……也發現了？」

父女倆四目相對，同時道：「秦家。」

這個秦家，便是如今的皇后——秦如嫣的母家，秦太師府。除了這，還有什麼事是暫時不能和皇帝說的？

※◎※　※◎※　※◎※

翌日，陳昭的晚課結束後，趙真直接和陳昭去了他的軍帳，一進去便將書摔在了他的桌子上，發脾氣道：「瞧你出的這餿主意！現下好了，兒子他當真了，你要我怎麼辦？還真進宮當他的妃子不成？」

陳昭聽完，靜靜的看著她，淡定道：「那我去廢了他。」

本來火冒三丈的趙真一聽，又瞧見他不像是開玩笑的神情，登時就傻眼了，不多時又回過神來，指著他道：「你敢！你敢碰他一根手指頭試試！」

陳昭嘆了口氣，將她按坐在椅子上，「所以妳先冷靜下來，和我好好說行不行？」若是發脾氣能解決問題，那這世間便沒有問題了。

趙真聞言哼了一聲，瞪他道：「你說，我倒要看看你怎麼說。」

陳昭拉了椅子到她面前坐下，「妳先跟我說說，上了馬車以後發生了什麼事，兒子對妳說了什麼，又做了什麼，一定要詳細，細節都不可放過。」

趙真姑且耐下性子回憶了一番，把能想起來的都跟陳昭說了。

陳昭聽完後似是仔仔細細想了一會兒，才道：「所以他對妳只是摸了手，抱了妳一下，沒有更進一步的舉動？」

趙真一聽這話，瞪起眼睛，「怎麼？這你還嫌不夠啊？」

陳昭搖搖頭，「不，我只是想說，他若真的對妳有所企圖，是不會只做這兩件事的。」他們兩人的兒子不是這般矜持內斂的人。

趙真聽完送了個白眼給他，奚落他道：「你以為兒子是你啊！直接強吻才算是有所圖？」

陳昭嘆了口氣，覺得跟她是解釋不清了，又道：「妳說他問了妳失憶的事，又問了我扮的丫鬟的下落，後來還讓妳叫他的小字？」

趙真點點頭，「對，沒錯。你是沒看到他當初那個樣子和那個眼神，簡直……」她抖了一下身上的雞皮疙瘩，終究還是沒形容出來，接著說道：「後來你也看到了他是怎麼對我的，都這樣了，你覺得他還能是半點心思都沒有嗎？」雖然她覺得兒子的舉動有些突如其來，但那種表現真的不像沒有半分心思的模樣。

陳昭道：「我倒覺得應該另有隱情。依我之見，妳此時還是按兵不動為好，很快便能知道他的目的了。」

趙真聽完又氣急了，「你說得輕巧，若是他要納我進宮我該怎麼辦？難不成違抗皇命？」

陳昭安撫她道：「別急，即便如此，仍有一計可以化解。」

趙真挑眉道：「什麼計？你倒是說說看看！」

其實此計為下下之策，但願不會用到為好，他看向趙真，盡量用柔和一些的語氣道：「到時候把妳說成是他同母異父的妹妹就好了，他自然不會再強要妳進宮去，想要追究，人都不在了，他也沒辦法。」

趙真聞言，不可思議的眨了眨眼睛，「你倒是豁得出去！你豁出去了，我不行，我不能讓兒子覺得他母后是個不忠不義之人。不如乾脆告訴他我是他母后好了，事到如今也沒什麼好瞞的了。」

之前她不想回宮，是因為不想因身分的關係再和陳昭牽扯不清，這才瞞著兒子和女兒。如今她和陳昭已經冰釋前嫌，也沒必要瞞著了，不如就直接說清楚，她自己生的兒子，自然有千萬種方法讓他相信。

陳昭攔她道：「不，妳還是要瞞著。」他頓了一下，認真道：「之前是我替妳瞞著，這次換妳替我瞞著可好？」

趙真聞言皺起眉頭，「為什麼？你倒是說出個理由來。」

陳昭與她坐近了一些，認認真真道：「妳也知道，我現在雖已不在帝位上，卻仍藉丞相之手插手朝堂之上的事宜，近日來有許多事情令我憂心，勍兒終究年紀尚青，易被他人所左右，很多事情還不能做到穩妥。」

趙真聽完不解了，道：「那我們不是更要承認了？只有承認了，你回到宮中去，才更方便你幫他啊。」

陳昭搖搖頭，「妳不懂，已經坐到帝位上，即便是父子也會生出隔閡。皇權已在他手中，我是無法左右他的，若我強行插手他的事情，父子反目也未嘗不可能。」

趙真卻是不贊同，「你也太過杞人憂天了，勍兒不是這樣的孩子。我們都還在的時候，他不是事事都聽你的話嗎？諸事都會先過問你然後再決定，怎會和你反目呢？」

陳昭不得不點破道：「那是因為沒涉及到他自己所在意的人和事。」

趙真一愣，他這話便很值得深思了，她遲疑道：「你說的莫非是皇后？」

說起來兒子和她還算是貼心的，很多話都會對她這個母后說，沒有什麼避諱，唯獨他和皇后之間的事，他總是不願跟她多講，趙真也不想插手小倆口的事情，便不多問。而陳昭這麼一說，她只能想到事關皇后了。

陳昭沒點頭也沒搖頭，繼續說道：「事情尚未明朗，我還無法斷定。從前妳我都覺得如嫣是個好兒媳，聰慧機敏萬事周全，所以她插手政事，妳我也從未管過。妳上次也見到了，我們不在之後，勍兒諸事仍會和她商討，我們不在宮中，也不知道有哪些是皇后替他做的決定，但自古後宮不干政都是有道理的，我不是說兒媳如何，只是她背後畢竟還有另一個家族……」

話說到這裡也不必再多說了，趙真自是明白了一二，「是秦家有什麼動作了嗎？」

趙真對秦家也是知曉的，先帝在位之時，秦氏一族是鼎盛時期，秦家的族長是丞相，秦氏一族的人占了接近半個朝堂，後來秦丞相暗中扶持三皇子黨，與太子黨鬥爭。皇權鬥爭本就是

瞬息萬變的，最後太子與三皇子皆被廢除，秦丞相便辭官還鄉，不久就病逝了，雖免於全族覆滅，但從此秦氏一族便一蹶不振，不得重用。

陳昭即位後，朝堂正是動亂之時，能用的人才寥寥無幾，便召當時的秦家族長秦玉回京，留在他身邊輔佐政事，秦玉感恩，一直忠心耿耿，也從未開口替族中人索要過一官半職。後來陳勍出生，委任他為太子太傅，秦家雖說權勢不大，卻算是風光無限。

據趙真所知，秦玉是個很有才華的人，為人品性也有文人的清高，與他父親不同，他對權勢似是沒那麼大的野心，只喜歡在學問上斤斤計較。難道這些都是他裝的不成？她和陳昭這麼一離開，他便按捺不住了？

陳昭搖搖頭，「近日來朝堂上的變動很多，也不止是秦家的權勢在壯大，但兒子想提拔秦家的用意已經很明顯了。這其中有很多事，我一時半會兒也沒辦法和妳理清楚，但我想妳繼續瞞著兒子，我用現在的身分去做事不容易引起旁人的注意，處理很多事情也方便許多。」

陳昭從來不要求後宮不可干政，但皇后對皇帝的思想干預太多，他便不能坐視不管了。他的兒子性情如何，他很瞭解，試探趙真的主意一定是皇后出的，兒子不願卻仍言聽計從到這種地步，這就是很大的事情了。陳勍作為一個皇帝，他的思想絕不定能被女子所左右，他必須要知道自己在做什麼。

趙真聽完，半晌沒有說話，陳昭拉了一下她的手，她才道：「陳昭，近日來我對你算是言聽計從了，你讓我做什麼，我便做什麼，但這並非代表著我傻，可以任你為所欲為，我之所以聽你的，不過是因為我還寵著你！這次便聽你最後一次，再有下次，我就不和你廢話了。」

其實陳昭也明白，趙真的性子就是這樣，只要她想，無論對錯她都願意聽，但是只要她不想，誰也別想動搖她半分。

陳昭臉上露出笑意，恭敬道：「為夫多謝夫人恩典。」

趙真沒理會他這招，揉揉肚子起身道：「餓死了，不和你說了，我回去吃飯了。」說罷便向外走。

陳昭從抽屜裡拿出一個食盒，攔她道：「等一下，妳把這個帶回去嚐嚐。」

趙真接過來，好奇道：「這什麼啊？」

陳昭輕咳一聲，面上有幾分不自然，「奶糕，今日終於做出了一份好的，給妳嚐嚐。」

趙真聞言驚奇了，正要打開看看，陳昭按住她的手，「妳回去再嚐吧。」

嘖，還不好意思呢。行吧，她便回去再嚐。

趙真收回了手，湊過去在他的脣上親了一下，「繼續努力，再多學點，你便能頂替路鳴的位置了。」說罷瀟灑走人了。

陳昭摸了一下溫熱的脣，無奈的搖搖頭，她真當他那麼清閒啊？不過她說的也對，是要找個人頂替路鳴的位置他才能放心。

陳昭正想收拾收拾也去吃飯，突地想起女兒的事還沒和趙真說呢。他趕忙追了出去，但趙真早不見人影了，看來只能等明日再說了。

趙真在回去的路上便把食盒打開了，裡面整整齊齊擺放著乳白色的糕點，她拿了一塊放進嘴裡，奶香便四散開來，甜滋滋的味道融化在口中，十分好吃，感覺比路鳴做的還甜。她不禁美滋滋的笑了起來，但眼瞅著離軍帳不遠了，想到蘭花那個大胃王，她默默把食盒藏進懷裡，

這個她捨不得分給別人吃，幸好外孫女今日沒來，就一個蘭花還好矇騙一些。

她大步往軍帳走，一名雜役小兵從她身旁匆匆而過，她看了眼沒理會，逕直走回自己的軍帳，正要撩起門帳進去，突地聽到裡頭有奇怪的聲音，像是……男女交合時會發出的聲音……

——怎麼回事？

趙真以為是自己聽錯了，站在帳外愣了一會兒，可是越聽越像，便站不住了。若這是別的地方，她可能轉身就走了，可這裡是她的軍帳，裡面住的都是還未婚嫁的姑娘，她外孫女今日請了假，在家休養，那裡面的便是……蘭花？

她撩了門帳進去，那曖昧的氣味便撲鼻而來，還夾著飯菜的味道。

她先看到的是撒了一地的飯菜，再看向蘭花床上交疊的兩個人，他們的衣服都沒有盡數脫下去，上衣還穿在身上；上面的是蘭花，下面的人被擋住了臉，她看不清是誰。

虧她是個孩子都生了兩個的老婦人，若是個不更事的姑娘瞧見這場景，怕是早就嚇跑了。

蘭花就算再愁嫁，也不該是個會胡來的孩子，她覺得蹊蹺，喝道：「蘭花！」

蘭花似是沉浸在了歡愛之中沒有聽到，口中都是令人羞赧的呻吟聲。反倒她身下的人突地喊道：「小姐！」

這聲音是……

「路鳴？」

蘭花身下的路鳴開始使勁的推著她，似是力量懸殊，被蘭花死死的壓著，他的聲音裡帶著哭腔道：「小姐！小姐！救我！」

趙真聞聲立刻上前，點了蘭花的睡穴，將她撥到一邊，這才看到她臉上異常的紅暈，她不敢看路鳴，背過身道：「先把衣服穿好！」

後面傳來窸窸窣窣的穿衣聲，還有路鳴抽氣的聲音，想必是身上受了傷，碰到了傷處。

——是蘭花強了他嗎？真是……了不得啊……

她當年對陳昭雖然也是半強迫，但後來好歹是陳昭他自己願意了，回應了她，她才敢繼續下去，蘭花這個情況怎麼也不像是路鳴願意的，要不然也不會讓她救了。

後面傳來下地的聲音，繼而路鳴有些一瘸一拐的走到她面前，清雋的臉上滿是淚痕，衣衫襤褸，顯然是遭受了慘烈的凌辱，看著很可憐。他撲通一聲跪下，「小姐……我……請小姐為我討回公道！」

趙真一聽，扶他起來，「起來慢慢說，到底怎麼回事啊？蘭花是被下了藥嗎？」

路鳴有些站不穩，趙真便扶著他坐下，斟了杯水給他，「你先坐。」說罷走向蘭花。那床上血跡斑斑的，看著有些嚇人，趙真將昏睡的蘭花抱到了自己的床上，先替她蓋上被子，摸了摸她的額頭，體溫高得很明顯，確實有被下藥的跡象。

她重新走回路鳴那裡，路鳴伏在桌上抽泣，像是受了莫大的委屈，這種事情趙真也不知道該怎麼安慰他，在他肩上拍了拍，道：「這到底是怎麼回事？」

路鳴抬起頭，眼中夾雜著怒意和恨意，將前因後果一一道來。

路鳴今日照常過來送飯給她們，見她不在本來要走的，但被蘭花拉住了說話，便乾脆多等一會兒，等她回來說幾句話再走。這期間，蘭花肚子有些餓，瞧見他額外帶的點心，便拿起來吃了幾塊，吃著吃著便說他今日做的點心味道怪，路鳴聽了便也拿起一塊嚐了嚐，還沒嚐出什麼，蘭花便出現了異樣，臉色變得漲紅起來，看他的眼神都變了，他覺得不好，便想走，卻來不及了，走到門口就被蘭花拉了回去，然後他自己也被藥效侵襲，才發生了這種事。

趙真聽完，看向地上灑落的點心，好巧不巧正是奶糕。

路鳴啜泣道：「小姐，今日的點心是我與陳助教一起做的……點心的原料只有我們兩人碰過，做完便放進盒子裡，誰也沒再去拿……可這點心卻被摻了藥……我怎麼會害小姐，又害了自己呢？」

趙真皺皺眉頭，所以他這是懷疑藥是陳昭下的？

趙真將懷中自己的那一盒拿了出來，「這是陳助教方才給我的，我已經吃了好幾塊，吃完以後並沒有任何事情，若是和你的一樣，這盒也應該有問題才是。」

路鳴看著她手中的點心，悲涼道：「小姐，路鳴人微命賤，不敢亂說什麼，做點心的時候只有我和陳助教兩人，原料都是一樣的，點心是各做各的，然後從同一個鍋裡拿出來，做好之後放在相同的盒子裡，這期間不免會有拿錯，或是別的什麼，路鳴不敢斷定，但路鳴絕無害人之心！」說罷，神情越加悲憤起來。

趙真安撫的拍了拍他，「我當然知道你不會害人，但陳助教也不會，他是不會害我的，更不會用這樣的方式害我，這其中一定有什麼人從中作梗。你放心，我定會將此事查清楚，還你一個公道的。」

「小姐為何如此信任陳助教？路鳴卻覺得他處處都在算計小姐……」

趙真蹙眉打斷他：「路鳴！我知道你此刻很憤怒，但也不可妄下定論，陳助教此人我再瞭解不過，而且不瞞你說，我與他已有夫妻之實，他用不著如此陷害我。我說會還你一個公道，便會還你一個公道的！」

路鳴聞言一震，神色越加淒涼起來，伏在桌上沒再說話。

趙真嘆了口氣，「我先帶你到軍醫那裡看看，若是因此影響了以後便不好了。剩下的事我會與沈大將軍商議，儘早查出事情的真相。有人敢在神龍衛作梗，我自然不會輕易放過他。」她突地想起了方才碰到的那個小兵，可惜沒看清楚面容，只記得大概的身形。

趙真見他失魂落魄，又坐過去安慰幾句：「這人本是要害我的，卻不想被你和蘭花誤食，你們兩人因我而遭遇此不測，我以後定不會虧待你們的。」

路鳴雙眼無神道：「小姐……事情變成了這樣，妳是不是要讓我娶她為妻了？」

趙真猶豫半晌，「這……不該是我替你們決定的，蘭花她……她是個清清白白的好姑娘，你……」她不知道這事該怎麼勸，說到這裡沒說下去，扶了扶他道：「先不說這個了，我帶你去軍醫那裡。」

真是可憐了蘭花這麼個好姑娘，她本來想培養一下，說媒給沈桀的。

之後路鳴便如個木偶一般，一句話也不說的被她帶到軍醫那裡，他身上有些挫傷和撞傷，私處有撕裂，好好休養倒不會有什麼大問題。趙真又安慰了他幾句，再去沈桀那裡，這其中牽扯到陳昭，交由外孫處理，一定不會令路鳴安心的，所以只能交給沈桀。

沈桀此時正和幾位將軍處理軍務，見趙真來了，且面色不大好的樣子，便先讓幾位將軍回去。待到人都走了，他問道：「長姐怎麼來了？可是出了什麼事情？」

趙真將事情細細與他說了一遍，最後說道：「這其中牽連了陳昭，但歹人要害的人是我，我希望你能秉公辦理，將幕後的歹人揪出來。」

沈桀聽完，一掌拍在桌上，「簡直找死！竟在軍中為非作歹！到底是有幾個膽子？長姐放

心，事關長姐，我一定會將此事辦妥，絕對不會放過作歹之人！」說罷，他起身出去吩咐副將立刻徹查此事。

趙真囑咐道：「事關女子的聲譽，此事一定要暗中調查，切莫張揚。」

副將應下退去。

趙真有些不放心還在昏睡的蘭花，「我回去看看蘭花，你派人去找尋女大夫到我那裡，要儘快。」

沈桀點點頭，「長姐放心，我會立刻叫人去辦的。」說罷，不放心的安慰她一句：「長姐也不要愧疚，說不定是一樁好姻緣呢。」

難得他細心還安慰她一句，趙真對他一笑，「我沒事，只是辛苦你了。」

沈桀搖搖頭，「長姐與我何出此言？長姐先回去吧，我一會兒叫幾個丫鬟過去，妳那裡肯定需要人收拾。」

趙真點點頭，從沈桀這裡離開，回了軍帳。

蘭花還未醒，趙真替她查看了一下，她身上倒還好，除了私處，其他並沒有任何傷處。只是她再強悍，也是個女孩子，失了清白，不知道醒來以後會怎麼樣。

伺候的丫鬟很快就來了，將帳中的髒物都收拾了出去，替蘭花擦洗了一番。女大夫過來查看傷處時，蘭花才醒了過來，看到有人看她那裡，頓時漲紅了臉：「妳、妳……我、我……」

趙真安撫她道：「這位是女大夫，在替妳查看傷處，妳不要動。」

蘭花聞言愣愣的看著她，似乎突地想起發生了什麼事，臉上一陣紅一陣白，問道：「路、路鳴呢？」

趙真回道：「他在軍醫那裡，有幾處傷需要醫治。」

蘭花聞言一臉懊悔，「都怪我，是我害了他……我……」

趙真拍了拍她的手，「不怪妳，妳也是被人下了藥。」說罷，她遲疑了一下，問道：「大花，妳覺得路鳴怎麼樣？」

蘭花聞言，臉色更為漲紅，支支吾吾道：「他……他很好……可、可我知道他不怎麼喜歡我……」

她在軍中這些日子見過最好的男子便是路鳴，上次在國公府看路鳴煲粥，她說想學，路鳴還很好心的教她，一點也不嫌棄她的粗笨，對她耐心又仔細，真的是她見過最好的男子了。可她知道路鳴並不喜歡她，每次他問她最多的，都是小姐如何如何，她也不傻，當然知道他喜歡誰了，她和趙瑾比起來，簡直雲泥之別。

趙真瞧著她失落的樣子，安慰道：「沒關係，感情都是可以培養的，妳是個好姑娘，路鳴以後一定會知道的。」

蘭花搖搖頭，揚起臉來堅定道：「瑾兒，我蘭花不是個強人所難的人，這件事也不能怪路鳴，我不能因此強逼著他娶我。妳是他的小姐，雖然能替他做主，但是我卻不希望妳為難他，這事……這事就當沒發生過吧！」

蘭花此話一出，趙真對她更是心疼，這般好的姑娘若是做弟媳多好，也不知道沈桀能不能接受……應該不能吧，男人對女子的貞潔都是很看重的。

趙真嘆息道：「可是妳的清白……」

蘭花爽朗一笑，「沒事，反正我也嫁不出去，以後我爹就死心了，不會再催我嫁人了！」

趙真還記得，蘭花當初也是這麼爽朗的一笑，說：「實不相瞞，我來神龍衛其實是想相看爺們的！」

後來她和外孫女努力學著如何變美，又怎麼會不想嫁人為妻呢？

趙真握住她的手，「大花，不要灰心，妳這麼好的姑娘會找到如意郎君的。」

蘭花笑了笑，眼中還是有掩飾不住的落寞，「誰知道呢……」說完，她揉揉肚子，「好餓啊，瑾兒，我還沒吃飯呢。」

趙真聞言起身道：「妳等著，我去拿些吃的。我也還沒吃，和妳一起吃。」

※◎※　※◎※　※◎※

事情發生的第二天，火頭兵的軍帳中有人服毒自殺，屍體被發現在水塘邊，經過細緻的搜查，他的床板下藏著和奶糕裡一樣的春藥。

睡在他兩側的人被叫來問話，其中一個小兵道：「他這兩天一直有些不對勁，我們和他說話，他總是一驚一乍，昨晚更是奇怪，一直坐在那裡自言自語，我們問他話，他也不回。」

沈桀看了眼正親自查看屍體的趙真，問眼前的小兵道：「他在軍中可有與人結怨？」

小兵想了想，回道：「他是我們這個帳子裡的什長，性子隨和，對我們都很好，不過近日他對那個叫路鳴的很不滿，那是我們火頭營新來的小兵，但他好像有個什麼大靠山，誰也惹不起，什長對他多有怨言，前幾天好像還和他吵了幾句。」

另一個小兵道：「對了，那個路鳴，我們已經兩天沒看到他了！」

沈桀令兩人先退下，走到趙真身邊道：「我已經派人仔細勘察了現場，並無打鬥的痕跡，那水塘邊都是泥地，走過就會留下腳印，但只有他一人的腳印，他手上還有這個瓶子。」他把瓶子遞給她，「裡面就是他服下的毒藥。」

趙真接過瓶子看了看，又繞到屍體的腳邊，他腳上是一雙普通的薄底布鞋，腳面上都是乾了的泥土，可他的襪子和褲腿卻乾乾淨淨的，趙真皺了下眉頭，說道：「帶我去發現屍體的地方看看。」

沈桀聞言，帶她去了發現屍體的水塘。這個水塘是專門用來養魚的，裡面還有些蓮藕，水塘邊上都是泥，屍體被發現以後，除了發現屍體的那兩個人，沒有人再來過這個水塘。

沈桀指著其中一串腳印道：「這是他的腳印，那邊的腳印是發現屍體的那兩人的。」

趙真蹲下身在腳印邊看了良久，沈桀也蹲在她身旁，道：「應該是自殺無疑了，我已問過好幾人，他近日確實與路鳴結怨，路鳴出事後，我沒讓軍中任何人知道，但是每個帳子都派人搜了一遍，別人不知道發生了什麼事，大概只有他作賊心虛，怕被查出來所以自殺了。」

趙真搖了搖頭，「不是，是他殺，你看這個腳印。」那腳印明顯比另兩人的腳印深，且前腳掌的位置比後腳掌的位置更深，說明鞋不合腳，走路時前腳掌更用力，「我剛才看過那人的鞋，泥已經到了腳面上，可他的褲腿和襪子卻是一乾二淨的，說明鞋是後來有人替他穿上的。且此人身材瘦小，即便走在泥地上也不可能留下這麼深的腳印，說明是有人穿著他的鞋，揹著他到那裡，所以才會留下這麼深的腳印。」

沈桀再仔細看了看腳印，確實如趙真所說，道：「還是長姐觀察入微。」

趙真繼續說道：「我在屍體的下顎處，發現了兩個圓印，大概是人的手指印，應該是他活

著的時候被人捏住了下顎，逼著將毒藥喝了下去。你一會兒去請一位仵作來，將屍體好好查驗一番，看一看還有沒有什麼不易察覺的內傷。」

沈棨此時也是臉色凝重，「既然已經成了凶殺案，是否要上報京兆尹來處理？」

趙真搖搖頭，附在他耳邊道：「暫且以自殺結案，不要打草驚蛇，你暗中將此事知會京兆尹，請他找個查案經驗豐富的人來查辦此事。」說罷，她神色認真道：「能將人揹到水塘邊，卻能不留腳印的離開，說明此人武功高強，背後必定有大人物指使。」

沈棨點頭應下，正要說話，他的副將前來稟報：「將軍，陛下已經快到了。」

趙真拍了拍手上的泥土站起來，「你先去迎接陛下吧，我去洗個手。」

沈棨看了眼趙真離去的背影，有些許的疑惑：似乎近日來長姐與陛下來往甚密，難道要準備回宮去了嗎？若是長姐回宮，我們以後怕是見面都難了……

第六章 甜蜜的煩惱

陳勍這次來，果然帶著太子和皇后一起。

趙真看到牽著孫子的兒媳時大大鬆了口氣，這蠢兒子應該不敢當著兒媳的面對她動手動腳了吧？

有母后牽著，小太子陳序看到皇祖母時沒能跑過去抱她，但還是奮力的揮舞著小手向趙真打招呼。

趙真看到衝她奮力揮小手的孫子不禁笑出來，連這幾日縈繞在心頭的陰霾都散去了。這個小傢伙，就是她的小太陽！可當她看到旁邊也衝她傻笑的兒子，她又覺得陰霾了，她從來沒有像現在這樣如此嫌棄過自己兒子的蠢，真恨不得把他塞回肚子裡重造。

好在的是，現下都是人，陳勍也不好過來和她單獨說話，端著帝王的威嚴，先查驗了一番神龍衛的訓練成果，只是遲遲沒說啟程去圍場。

這時有人報：「長公主到！明夏侯到！」

——閨女也來了？

趙真探頭去看，便見她寶貝女兒穿著一身俐落的騎裝，騎在馬上翩翩而來，到了校場的周邊她翻身下馬，動作英姿颯爽，頗有她當年的風範。趙真欣慰點頭：還是閨女瞧著順眼。

陳勍對皇姐是半點架子也沒有，起身從高臺上走下來，親自去迎皇姐，「皇姐，朕還以為妳不來了呢。」

陳瑜欠身道：「讓陛下久等了，路上出了點岔子，便晚了。」

陳勍關心道：「可有大礙？皇姐好不容易出來一趟，可不要因此掃了興致才是。」

陳瑜端莊的搖頭道：「無礙，只是小事，陛下無須擔心。」

付淵在旁邊腹誹道：能有什麼大礙，就是半路上看見隻肥碩的兔子，非要捉回去烤了吃。

陳瑜彷彿能聽見丈夫的心聲，轉頭看了他一眼，付淵神色一凜，不敢再亂想，對陳勍恭敬行禮，「陛下。」

陳勍對姐夫就沒那麼和善了，輕飄飄一句：「免禮吧。」然後熱絡拉著皇姐又說了幾句。人到齊了，陳勍這才下令啟程，一行人浩浩蕩蕩往圍場去。

陳勍和陳瑜姐弟倆在最前面，兩人有說有笑，感情融洽，趙真和他們隔了些距離，看著兒子和女兒的背影，她高興之餘又有些感嘆。

過去那些年她因為和陳昭嘔氣都錯過了些什麼？

兒子曾不止一次建議他們一家人一起去狩獵，她不願意和陳昭一起，每每都是拒絕的。其實這樣多好，一家人拋卻所有煩惱，在一起說說笑笑，多麼難能可貴。

趙真轉頭看了眼陳昭，他與她之間也隔著幾人，但似乎能察覺到她的視線，她一看他，他便轉過頭來，然後對旁邊的外孫講了幾句話，外孫便策馬過來，到了她身旁。

付允珩一副沒大沒小的模樣，自然的伸手搭上她的肩，「小表姨，一會兒到了獵場，可要好好和我比試一番，看看咱們兩個誰獵到的多！」說罷，衝她擠了一下眼睛。

趙真側頭看向他搭在她肩上的手，瞧見他掌心裡壓著一張折好的紙條，抬起手以拂去他手的動作為掩飾，將紙條攥緊在手裡，「說話就說話，別這麼沒大沒小的，我可是你小表姨。」

付允珩笑嘻嘻道：「是是是，是表外甥無禮了！」他功成身退，回到外祖父那邊去了。

趙真的另一側是沈明洲，和她挨得很近，她不好現在把紙條打開來看，便先藏進了袖中。

圍場離神龍衛本就不遠，他們平日裡還會到圍場裡訓練，即便慢慢悠悠也很快到了。

陳勍站到高臺之上，說了幾句勉勵的話，便令他們各自準備，一會兒一同前去獵場圍獵。

趙真被女兒身邊的人叫了過去，剛走近便聽到女兒對女婿道：「你去做什麼，平日裡練兵還不夠嗎？你留在這裡把兔肉烤了吧，我回來要吃，不要烤得太老，睜大眼睛盯好了。」

付淵蔫蔫的把弓箭扔給副將，囑咐媳婦：「妳許久沒出來騎馬了，進了獵場要小心一些，不要將侍衛甩丟了。」

陳勍瞥了一眼姐夫，道：「駙馬放心吧，有朕在，皇姐不會有危險的。」說罷，衝皇姐興高采烈道：「朕與皇姐已經許久沒有一同狩獵了，今日一定要好好比試一番！朕若是贏了，皇姐的烤兔肉便要分朕一半！」

陳瑜笑著抱起肉嘟嘟的皇姪子，說道：「序兒親親皇姑姑，皇姑姑便把最肥的兔腿給序兒吃，好不好啊？」

陳序聽到了，伸手拉了拉皇姑姑的袖子，「序兒也要吃！」

陳序聽完立刻親了一口，吧唧一聲可響了，「皇姑姑最好了！」

陳勍不悅道：「皇姐可不能厚此薄彼啊！」

陳瑜拿這個和自己兒子搶兔肉的弟弟沒辦法，瞥了付淵一眼，說道：「聽到了沒？你任務艱巨，叫你的副將去多獵幾隻兔子回來，不然可不夠分的。」

付淵聽話的吩咐了副將立刻去獵兔子，自己也取了弓箭，「我也去，獵幾隻肥碩的回來，烤給陛下和殿下。」說完人便走了。

趙真瞧著這其樂融融的一幕，眼眶都有些熱了，果然是年紀大了多愁善感，她現在都恨不得馬上承認自己的身分，坐享如此天倫之樂。

陳瑜這時瞧見了她，對她笑道：「瑾兒來了，快過來。」多奇妙啊，眼前的小姑娘居然是她的母后，她母后年輕以後變化還是比較大的，皮膚白皙了不少，五官也精緻柔和了許多，怪不得她一開始沒認出來。

趙真走過去見禮：「陛下，皇后娘娘，長公主殿下。」

陳瑜可不敢受母親這一禮，側了身子躲開，抱著陳序過去。陳序一看到皇祖母，立刻伸出小手求抱抱。

趙真看了一眼女兒，女兒伸手將陳序遞給了她，她這才把寶貝孫子抱過來，「殿下，想小表姑了嗎？」

陳序嘛著小嘴在她臉上親了一下，「想了！小表姑什麼時候能每天都到宮裡陪序兒啊？序兒看不見妳，好好好好想妳的！」

陳勍聽完暗叫：好兒子！你父皇我馬上就可以把你皇祖母接進宮了！

秦如嫣看著對趙瑾格外親暱的陳序，一向平靜無波的心中竟有些妒忌，陳序有些怕她這個母后，在她面前向來都是乖巧懂事的，唯有在皇祖母和皇姑姑面前才會撒嬌，而現在卻多了一個趙瑾。

她轉頭看向一旁的陳勍，他正滿臉笑意的看著那親暱的兩人，眼神之中所含的滿足和幸福一覽無遺。她心想，這個趙瑾到底有怎樣的魅力，竟將她人生中最重要的兩人都改變了……

眾人準備就緒，陳序見父皇、皇祖母和皇姑姑都騎馬要走了，他掙脫了母后的手跑過去，伸手抓住父皇的衣襬，「父皇，序兒也要和父皇騎大馬！」他人小，又是第一次和父皇來狩獵場，還不懂狩獵是什麼意思，只知道是來玩的。

陳勍彎腰耐心哄他：「序兒乖，父皇是去狩獵，沒辦法帶你，序兒耐心等著，父皇獵隻狐狸回來給你玩好不好？」

陳序對狐狸不感興趣，他只想和父皇去玩，噘著小嘴道：「序兒要和父皇一起去！」

秦如嫣走過來，將陳序抱起，對馬上的陳勍道：「陛下，不如臣妾騎馬帶著序兒和陛下一道，我們就在旁邊看，不會打擾到陛下狩獵的。」

陳勍聞言愣了一下，看著她的眼神有些不可思議。秦如嫣對這種事情向來沒什麼熱情的，怎麼突然要和他一起去了？要放在以前他肯定樂意之至，能在媳婦面前展現雄威的機會怎麼可以錯過？可他今日特意邀皇姐一同前來，就是想尋個時機和皇姐單獨說話，而且他還有些話要對母后說，自然不能當著媳婦的面。

陳勍正了下神色，坐直了身子，顯得有些居高臨下，「皇后，圍場裡有猛獸出沒，妳又騎術不精，帶著太子太危險，還要一堆侍衛跟著，不方便，就在這裡帶著太子烤些野味吧。」說罷他沒再逗留，顯得有些冷漠的夾了下馬肚走了。

秦如嫣望著他的背影，抱著陳序的手不禁緊了一下，陳序吃痛，奮力蹬蹬小腿要從母后懷裡出來，「母后，放我下來！」

秦如嫣見此，有些心不在焉的將他放到地上，陳序便撒著丫子跑向了趙真，抓住了趙真的馬尾巴。

幸好趙真的注意力一直在小孫子身上，見他跑過來就已經勒住了馬，等他抓住馬尾巴，她便從馬上下來，趕緊讓他鬆了手，將小傢伙抱起來，瞪著眼睛教訓道：「殿下，不可以抓馬尾巴！你若是抓疼了牠，牠會踢你的，踢在身上你會受傷，很多天都不能下地玩。」

陳序一聽不能下地玩，小臉立刻變成一副怕怕的表情，抱著趙真的脖子撒嬌道：「序兒乖乖，以後再也不抓了！」

趙真見此自然是沒脾氣了，摸了摸他的小腦袋哄道：「殿下，獵場裡都是猛獸，專門吃小孩，你若是進去，會被吃掉的，那就再也看不到父皇、母后還有小表姑了，殿下想這樣嗎？」

陳序趕緊搖搖頭，緊緊抱著她道：「序兒不要！」

趙真微微一笑，抱著他走向兒媳，「皇后娘娘，圍場周邊這一塊是沒有猛獸的，您若是想帶著太子殿下騎馬，可以在侍衛的保護下遛一遛。」她又看向懷裡的陳序，「殿下要乖，聽母后的話，小表姑一會兒獵好東西回來給你，但若是殿下不乖，小表姑以後就不和殿下玩了。」

陳序聞言立刻保證道：「序兒會乖乖聽母后的話！」

趙真欣慰的親了下小孫子，將他遞給兒媳。

趙真畢竟不是真正的「趙瑾」，也不清楚「趙瑾」這個身分到底該怎麼做才是妥當，她現下雖然語氣謙恭，但說話的方式難免帶著些她從前的風格，因此她的話聽在秦如嫣耳裡，便有些反客為主的意思了。

明明她才是陳序的母后，是他最親近的人，可趙真這麼一說，卻顯得她與陳序更親近了，偏偏現下看來，確實陳序更聽她的話。秦如嫣並不是小肚雞腸之人，可現下心頭卻仍有些不舒服，但她面上還是溫和說道：「本宮知道了，瑾兒快去吧，陛下還等著妳呢。」說罷，從她手中將陳序抱了過來。

趙真看著兒媳溫和漂亮的面容，是怎麼都討厭不起來的，不管秦家如何，她這個兒媳一向都是好的，她還是願意相信兒媳是忠於兒子的。

趙真重新上馬，衝小孫子眨了下眼睛才夾了馬肚，飛奔進獵場裡。

待人離開，秦如嫣看向懷中的兒子，他看著趙瑾離去的背影還有些戀戀不捨，真讓人難以理解，明明相處了並不久，為何兒子如此貪戀趙瑾？

「序兒，你怎麼這麼喜歡小表姑啊？」

陳序聽見母后的話回了神，黑亮的小眼珠轉了轉，「因為小表姑好啊！」皇祖母說了，不能告訴父皇和母后的。

秦如嫣看著兒子機靈鬼似的樣子，又繼續問道：「那序兒喜歡母后還是喜歡小表姑？」

陳序嘻嘻一笑，清脆道：「都喜歡！」誰也不得罪。

兒子向來聰慧，秦如嫣也知道問不出來什麼了，便帶著他去烤野味了。

※◎※　※◎※　※◎※

趙真一進獵場便跑了，生怕兒子追過來。

陳勍有話要先和皇姐說，便沒跟過去，只是派侍衛跟著她，隨時關注她的動向。

陳勍看向前方的皇姐，她揹著弓箭行在前面，顯得很有興致，實在是難得。

其實他這個皇姐從前是個很愛外出遊玩的人，可自打父皇和母后過世，她便很久不出公主府了，上次生辰宴也沒有從前那麼開心，他知道皇姐還在傷心。其實同為子女，陳勍知道父皇和母后更疼愛皇姐，從小也教育他要尊敬和愛護皇姐，他不懂事時還妒忌過，但皇姐對他也很好，他便漸漸的不妒忌皇姐了。

父皇和母后的突然過世對她的打擊很大，一時半會兒是無法釋懷的。不過現在好了，母后還活著，皇姐若是知道了一定很高興。

陳勍一直跟著陳瑜，陳瑜見弟弟在後面跟著，便知他有話要說，到了人跡罕至之處，她令護衛待在原處，和陳勍並駕齊驅行了一會兒，「陛下可是有話同我說？」

陳勍笑盈盈湊到她跟前，「還是皇姐懂我。皇姐，我要告訴妳一件天大的好事！」

四下無人的時候，陳勍總是不對她自稱朕，而是自稱我，以示姐弟間的親暱。陳瑜糾正過他，他卻不改，後來便隨他去了，其實一個稱呼也不會動搖他們親姐弟的情誼。

陳瑜轉頭看他，「哦？什麼天大的好事啊？」

陳勍又向她湊了湊，幾乎是要緊挨著了，「皇姐，趙瑾她是我們的……」母后這兩個字他沒說出聲，是用口型告訴她。

陳瑜聞言大為驚訝，她當然是驚訝陳勍怎麼會知道，父皇和母后不是說好了先暫且瞞著他嗎？那他是如何知道的？

陳瑜裝作不知的樣子，「這怎麼可能呢？」

陳勍繼續道：「雖然這有些不可思議，但我認為她就是！」說罷細數了她身上幾處疑點，而後道：「雖然這種事情有些天馬行空，可我的感覺是不會錯的，她一定是！」

陳瑜似是深思熟慮過後，蹙眉問道：「所以你覺得她是失憶了，暫且想不起來？」

陳勍點點頭，「對，我找太醫問過了，一個人若是失憶，對她熟悉的人還是會有感覺的，若是想恢復記憶，便需要讓她多多接觸從前熟悉的環境和人，所以我想接她進宮，以嬪妃的身分，雖然荒唐，但我也別無他法。我和皇后說好了，替她捏造個身分，以捏造的身分接進宮，並不以現在的身分進宮。」

陳瑜聽完，覺得過去的二十多年她都低估了這個弟弟，他這胡思亂想的本事也不是一點用都沒有，「皇后也知道了嗎？」

陳勍聞言垂下眼簾，搖了搖頭，「她不知道，我不打算告訴她，所以皇姐也要替我瞞著，她現在以為我是喜歡趙瑾呢。」

陳瑜聞言有些奇了，他和皇后的感情不是一直很親厚嗎？還揚言要如父皇、母后那般，一生一世一雙人對皇后專情，現在變了？

就算親弟弟是皇帝，陳瑜也沒什麼避諱的，直接問道：「為什麼？可是皇后哪些地方做得不好了，你與她生了芥蒂？」

陳勍沒有正面回答，抬頭看向遠方，目光有些幽遠道：「皇姐，妳說，是不是自古帝后難有真情？雖然父皇和母后之間沒有第三人，可妳我都知道他們是貌合神離，心中不知道有多討厭對方。連父皇和母后都是如此，我是不是也做不到……」

陳瑜靜靜的看了一會兒弟弟，她這個弟弟雖然看著有些沒心沒肺，但其實是個心思敏感又柔軟，會多愁善感的人。小時候，他們經常可以看到父皇和母后吵架，弟弟那時候年紀小，每次都被嚇到哭鼻子，那個時候他便會在她懷裡哭哭啼啼說：「皇姐，我以後娶了太子妃，一定會好好對她，不和她吵架，不要像父皇和母后這樣……」

如今，他也做到了。而秦如嫣確實是個知書達理的大家閨秀，不會和陳勍吵架，只是性子有些冷，加之她身後的秦家，其實和陳勍很難做到心貼心，何況她也一直覺得秦如嫣不夠適合弟弟。但這些話不該是她這個做姐姐的說的，她不能挑撥他們夫妻間的關係，他們夫妻間的問題還是要他們自己解決，但她永遠會站在弟弟這邊，若是秦如嫣有半分不忠，她自是不會坐視不管。

她輕聲道：「續華，你不懂，父皇和母后雖然總是爭吵，但他們並非心中沒有彼此，正是因為有彼此，即便吵得不開交，也不願與對方分開，而要互相折磨。其實有很多人的愛是不自知的，他們自己可能並不知道愛了對方有多深，但卻要互相傷害，就算痛也要一起痛吧。」她說著，對他一笑，「可我相信，若是父皇和母后現在還活著，一定會懂得珍惜彼此的。」

陳勍不知道父皇和母后會不會如此，就像他不知道他和皇后還有沒有機會到心靈相通的那一天。他現在有點累了，朝堂之上的事本就讓他疲憊不堪，皇后的心他也快沒有耐心去猜去爭了。若有一日，她終究背棄了他，他可能就不會顧念今日的情義了。

陳勍看向她，癟癟嘴，有些可憐道：「皇姐，我有時候真羨慕妳和姐夫。」

提到付淵，陳瑜嗤了一聲，「你姐夫是蠢，如果不是我，他不知道被誰矇騙去了！要不是看在他忠心耿耿的分上，我早一腳踹了他，坐擁三千面首，不比日日替他這個傻瓜操心強嗎？我都覺得自從嫁給了他，起碼老了有十歲！」她說著擺擺手，「算了，不說他了，續華，你找到父皇了嗎？」

陳勍失望的搖搖頭，「沒找到，京中我派人都找遍了，正打算去城外找。之前我倒是看到一個像父皇的丫鬟，但父皇總不會變成女子了吧？」

陳瑜也是佩服她的父皇，為了母后竟能拋下帝王的顏面穿女子的衣服跟去，只可惜她沒能

看到父皇女裝的樣子，以父皇的樣貌一定美若天仙。

「肯定不可能。那你再繼續找吧，我也派人去找找，若是有了消息，我們姐弟之間互相通氣。」希望真相大白那一日，弟弟不會太生氣……

陳勍點點頭，調轉了馬頭，「皇姐，我就是想和妳說這件事，我去找母后了。想接母后進宮，我還要和母后重新培養一下感情，她和我多相處，應該能多想起來一些。」

陳瑜看著眼前的蠢弟弟，真是千百個不忍心，趕緊揮手讓他走，「去吧。」

陳勍又囑咐一句：「皇姐注意安全，別讓侍衛跟丟了。」說完了才走。

陳瑜暗自嘆了口氣，幸好弟弟提前把他的計策和她說了，她也好和父皇母后去說，商議對策，雖然很對不起弟弟，但他們這也是善意的謊言。

狩獵對於行軍多年的趙真來說並沒有什麼難度，沒多久她便獵了一堆獵物，其中還包括一隻成年雄鹿。這圍場裡並沒有什麼凶猛的野獸，稍微厲害一些的就是狐狸，體型最大的是鹿，只是狐狸很少，不太容易碰到，而鹿雖然龐大，但輕巧靈活，並不好獵。

趙真也不打算獵狐狸，覺得差不多了，便往回走，還能有些工夫陪孫子烤野味什麼的。

突地，後面有人喊道：「瑾兒！」

這聲音於她來說熟到不能再熟，她第一個念頭便是裝作聽不見立刻跑路，可現下兒子畢竟是皇帝，想不理都不能不理，她只得停下來，調轉馬頭，恭敬道：「陛下。」

陳勍騎在高頭大馬之上，身著狩獵所穿的胡服，揹著把金燦燦的弓，瞧著威風八面，倒是很有帝王的威嚴，但對趙真來說沒什麼吸引力。

他款款而來，身後的侍衛站在遠處未動，「好巧，原來妳在這裡。」

趙真暗自腹誹：一點也不巧，你當我不知道那些遠遠跟著我的侍衛嗎？若說他們不是你的哨兵，我可不信。

趙真扯了下嘴角，笑道：「是啊，好巧，偌大的圍場還能遇見陛下。」

陳勍沒聽出來她語氣中的暗諷，笑瞇起眼睛，「是呢，這說明我與瑾兒有緣，兜兜轉轉總能遇見。」說罷他從馬上翻身下來，牽著馬繩走到她面前。

皇帝都下馬了，趙真哪裡還能繼續坐在上面，只能隨他一起下馬，但不想和他繼續這般肉麻的話題了，扯開話題道：「陛下已經獵到狐狸了嗎？」

陳勍哪需要自己親自狩獵，早有人獵好了獵物用來粉飾他帝王的威嚴。他點點頭，「獵好了，所以想趁此機會多和瑾兒說幾句話，朕在宮中，妳在宮外，即便朕想念妳也無能為力。」他的目光緊緊黏在她的身上，「瑾兒可有想朕？」

——當然想了，時時刻刻都想打死你！

趙真別開臉，難以直視兒子的目光，「瑾兒與陛下同心。」

陳勍當她是害羞，鬆了馬繩站到她的面前，「瑾兒，妳抬頭看看朕，好好看一看。」

趙真不想看，她怕她看了會忍不住一巴掌呼上去，但眼瞅著兒子要伸手碰她的臉，她微微一躲，抬頭看向他，「陛下讓我看什麼？」

陳勍哄女孩的把戲是為了皇后學的，只是在皇后那裡不管用，便荒廢了，如今重拾起來他其實有些不好意思呢，輕咳一聲道：「妳就好好看看朕，將朕的容貌記進心裡去，朕要妳時時刻刻都想著朕。」

趙真聽完差點一口老血噴出來，她終於明白為何兒媳始終與他不親熱了，有個這麼肉麻的夫君，不吐都是給他面子。

趙真強忍著心緒，背過身去，「陛下早已在我心中。」

——你小時候抱著老娘大腿哭得鼻涕眼淚的樣子，還歷歷在目！

陳勍見她害羞不看有點失望，他想讓母后多看看他，或許就能想起來了，可是母后好像很容易害羞，可是她以前在父皇面前不是挺威武的嗎？難道是因為他比父皇魅力更大？嗯，一定是這個原因。

謎之自信的陳勍又湊上去說了幾句肉麻的話，趙真捏緊了手指骨才忍住了沒把巴掌呼上親兒子，她默默安慰自己：自己生的，自己生的，自己生的……

陳勍瞧見趙真泛紅的面頰，覺得差不多了，拉上她的手，深情道：「瑾兒，朕見不到妳，會食不知味，夜不能寐，卻又不忍心妳將來被禁錮在宮闈之中，像妳這樣該翱翔九天的女子，朕不忍心折斷妳的翅膀，便想了個絕妙的主意，不知道妳願不願意……」

趙真聽完猛地抬起頭，眨了眨眼睛，「什麼？？？」她耳朵沒壞吧？

陳勍對她笑了笑，說道：「妳也知道，朕尚在孝期，不能大張旗鼓迎妳進宮，但朕又想與妳朝夕相處，便想為妳另外捏造一個身分，將妳納進宮中，妳便能光明正大的留在朕身邊，也能與太子多多相處。朕也不拘著妳，妳想出宮便出宮，繼續以趙瑾的身分在外走動。」

他瞧見她震驚的模樣，繼續道：「妳放心，在沒給妳名分之前，妳雖然以別的身分留宿宮中，但朕不會對妳無禮，一定會等到大婚之日再……妳懂的……」最後的話，他對著母后，實在是說不出口。

她不懂！趙真看著眼前的兒子，有些瞠目結舌，她兒子的腦子裡到底裝的是什麼？他是怎麼想到這種「絕妙」的主意的？！

陳勍也知道自己此舉有些荒唐，見她被嚇到了，柔聲道：「妳也不用急著回答朕，妳回去好好考慮，朕等著妳。」

趙真腦中有點混沌，不知道是想揍兒子一頓，還是揍陳昭一頓了。良久，她說道：「陛下請容民女想一想……」

好失望哦，他還以為母后會立刻答應呢，畢竟他是那麼體貼深情又有魅力的兒子呢。

陳勍對站在遠處的侍中招招手，侍中抱著一個沉重的木盒子走過來，送到趙真面前，「瑾兒，這是送妳的，朕一看到它，便覺得十分適合妳。」

他一抬手，侍中將木盒打開，趙真一下子就被驚到了，熊熊怒火直衝腦頂：這不是我的佩刀鳴威寶刀嗎！這個死小子居然敢拿來送人！！是不是活膩了！！！

趙真咬牙切齒道：「陛下，這刀一看便知貴重非常，恐怕不妥吧？」

陳勍見她死死的盯著鳴威寶刀，便知道她一定對這把刀有記憶，有點雀躍道：「這有什麼不妥的？好刀配佳人，總好過留在朕那裡落灰強。」

趙真深吸一口氣，再深吸一口氣，伸手把刀取了出來，緊緊握在手中，「多謝陛下賞賜。陛下，已經耽擱許久了，該回去了。」

陳勍見她面色有些不對，更覺得她是回想起來一些了，據太醫說回憶起來的過程是有些痛苦的，便不急於一時了，他道：「好，回去吧。」

趙真仍是低著頭道：「民女現下的身分與陛下一起回去委實不妥，請陛下先行。」

陳勍有些不放心她，但她所言並非全無道理，然而他現下不想敗壞母后的名聲，點了點頭道：「好，朕先行，妳路上小心。」

趙真抱拳道：「恭送陛下。」

陳勍翻身上馬，臨走還不忘囑咐她一句：「瑾兒，妳好好想一想今日朕同妳說的，朕等妳的好消息。」說完人才走了。

待到人都走光，趙真刷的一下將刀抽出，凌厲的招式四散開來，直接把一棵有些年歲的樹木劈成了兩半。她……她忍不了了！

「啪啪啪。」

突地傳來一陣擊掌的聲音，趙真迅速回頭看去，許良居然晃晃悠悠騎馬過來，不知之前一直躲在何處，他嘴角帶著嘲諷的笑意，「陛下賞賜的刀，果然是把好刀，真真是削鐵如泥。」

都怪兒子一時亂了她的心神，害她沒發現許良的靠近，她危險的瞇起眼睛，盯著許良。

許良翻身下馬，走到她面前，諷刺道：「真想不到妳有這麼大的本事，軍營之中和陳助教不清不楚，這邊還敢和陛下幽會，好大的魅力啊。」

想來他方才多多少少看到了一些什麼，這麼被人暗中盯著，趙真有些惱羞成怒，提刀指向他道：「你休要胡言亂語！」

許良伸出兩指夾住她的刀，憤慨道：「胡言亂語？妳當我不知道妳和陳助教夜夜幽會嗎？每次答策，他都寫好了答案給妳，妳敢說妳和他沒有私情？妳和他有私情便罷了，如今又攀上了陛下，我從未見過像妳這般城府之深的女子。」

看來他已經盯她不止一天半天了，現在冒出來必然是有所企圖。

趙真鎮定下來，道：「你想怎麼樣？」

許良嘲諷一笑：「我不想怎樣，我只想妳退出神龍衛！妳之所以能排在前十，不過是因為陳助教在答策上替妳作弊，就是因此我才一直被妳壓在第十一位。妳我皆知，只有最後的前十位，他日才能被委以重任。反正妳已經攀上了陛下，神龍衛對妳來說也無所謂了吧？只要妳退出，我重回前十也是實至名歸。」

原來是因為這個，這個許良實在是不夠聰明，明知道她有「攀高枝」的本事，還敢以此威脅她，如果她真是個心機頗深又陰險狠毒的人，可以立刻殺他滅口。當然，她並不是這種人，且也確實如他所說，她在答策上作弊，若非陳昭，名次應該會更靠後一些。但他言語中的瞧不起，趙真可就不承認了。

趙真嗤笑一聲，「你覺得我不如你？」

許良倨傲的點點頭，「妳自己也該明白。」

趙真冷冷一笑，舉起刀來，「我不明白，請賜教吧。」

許良冷哼一聲，抽劍而出，「待我贏了妳，希望妳能識相一些。」

趙真沒說話，直接提刀砍上去，她雖然還未與許良交過手，但她看過他的本事，對付他還是有足夠的心性。

一時間刀光劍影，許良也確實不是個草包，趙真使了全力與他纏鬥了大概一盞茶的工夫，才將他砍倒在地，刀尖刺進了他的肩膀。

趙真冷聲道：「我承認我在答策的時候作弊，從今以後我會公明正大與你爭奪前十名的排位。而今日你所看到的事，我希望你嘴巴緊一些，否則別怪我不客氣。」說罷，刀又刺進了幾分，「我不會殺了你，只會廢了你的武功。你也知道，對於學武之人來說，廢了武功比丟了性命還令人生不如死，如你所說，我可是個很有『本事』的人。」

許良捂住肩膀，痛得欲要咬碎銀牙，他完全沒想到趙真居然如此厲害，竟能迅速的將他擊敗，原來她之前都在保留實力嗎？他臉上一片灰敗，抬起頭來，「是我技不如人，甘拜下風，今日的事我不會說出去半句，但我也奉勸妳一句，多行不義必自斃，男人並非全部都是傻子，妳小心翻了船。」

趙真聞言，抽了刀，「多謝你的提醒，只是事情並非你想的那樣，我也不屑於和你解釋，希望你信守你的承諾，平日裡不要總盯著我這些小事，多花些功夫在練武上，你也不會進不去前十位。」

和趙瑾交手，他才知道自己之前是大錯特錯，他一直以為她是靠家世和男人混進神龍衛，卻不想她本事居然了得，今日的事他也只是一時意氣，看不過眼，現下他則輸得心服口服，便沒有太大的怨言了。

許良咬牙站起來，「我自會以真本事贏了妳！妳等著！」說罷他重新上馬，轉身離去。

趙真搖了搖頭，「沒戲。」

※◎※　※◎※　※◎※

回去的路上，趙真好好反思了一番，她確實不該倚靠陳昭在答策上作弊，這是對其他人的不公，所以她決定找義弟和外孫好好談談，將答策的分數在總排名分數中的比重降低！

他們是武將，自然要以武學為主，答策的分數在總排名的分數比重中占了將近三成，所以她才會被拉低那麼多的名次，否則她位居前三名不在話下！當然，她以後也會好好學文，爭取早日勝過未來的外孫女婿。

說起來，許良這個人也是心術不正，見她是女子便覺得她名次得的不磊落，特意盯著她，若她是個男子，他就不會這麼盯著了。嘖，是條漢子就應該和榜首的魏雲軒一爭高下嘛！和她這個第九名爭算什麼？

等趙真回來時，眾人都已經回來的七七八八了。清點獵物以後，趙真榮登榜首，又從兒子那裡得了一次賞賜，就是他那把金燦燦的弓，她拿在手裡試了試，浮誇而不務實，也就能擺著看，她就不信他能用這把弓獵到獵物！

該賞的都賞過了，神龍衛的人離開後，沈桀也先行離開辦事去了，只剩下他們一大家子，加一個沈明洲。

這個圍場已經經歷了數代帝王，為了便於帝王狩獵後烤製野味，專門蓋了座長亭，首位單置一張桌子，是帝王的御座，兩側分別有兩條長桌，中間擺著數個烤製野味的大架子，趙真獵的那隻鹿正被烤著。

陳勍落坐以後，興致勃勃的招呼眾人坐下，長公主與皇后分坐在他兩側，身為男子的明夏侯和付允珩他們坐在長公主那一側，趙真便坐在皇后這一側。她一坐下，皇后懷中的陳序便跑過來賴進了她懷裡，要她餵這餵那，親暱得很。

趙真看了眼兒媳，她並未理會，正慢條斯理的分切著兔肉，完全沒有管陳序的意思。

其實同為人母和人妻，趙真若是看見自己親生兒子如此親近馬上要做他丈夫小妾的女人，心裡一定會氣得厲害，面上早就不客氣了。可是兒媳卻如此寬容大度，她也不知道該說她是賢后，還是說她對她兒子的感情不深。

雖說皇后這樣的身分，兒媳這種性子才是最為合適的，可趙真還是希望兒媳能有些尋常女兒家的樣子，好歹妒忌一下，才能顯得她對他兒子感情深厚啊。

趙真抬眸看了眼遠遠站在外孫身後的陳昭。若是陳昭當初弄個妃子入宮，兒子與他妃子這般親近，她一定能徒手撕了他們父子！好在陳昭識時務，對她忠心不二。這麼一想，再看上首的兒子：真不是個東西！

陳勍察覺到母后的目光，嚼著肉的動作一頓，鼓著腮幫子對她微微一笑，自覺風流無邊，帥出天際。

趙真卻想手撕了這個傻兒子，別開眼睛低頭餵孫子吃兔肉，「好吃嗎？」

陳序嚼著兔肉點了點頭，腮幫子鼓鼓的樣子可愛極了。趙真心頭一暖，還是看著孫子心情舒暢。

陳勍眨了眨眼睛，他怎麼感覺母后好像瞥了他一眼，他沒做什麼啊？

這時，旁邊默不作聲的秦如嫣將自己切好的兔肉放到了陳勍面前，拿了他那盤沒切好的繼續切。

陳勍有點愣愣的看向她，秦如嫣察覺到他的目光，轉過頭來對他微微一笑，平日裡冷漠的臉都顯得生動明豔多了，「陛下看臣妾做甚？吃啊。」說罷繼續切著兔肉，神色坦然自若。

陳勍低頭夾了一塊切成小丁的兔肉，噴香的味道在嘴中四散開來，幸福來得有些突然啊！媳婦怎麼突然對他這麼好了？切兔肉給他，還對他笑！

他看了看媳婦，又看了看母后，突地恍然大悟：原來這就是傳說中的「妻妾」爭寵！是書中所述的那種「甜蜜的煩惱」！

此刻他無比感嘆幸好母后重拾韶華，他才有這樣的機會，能既不愧對皇后的夫妻之情，又可感受一番「妻妾」爭寵所得的樂趣，只是希望他日真相大白之時，不會產生惱人的「婆媳關係」就好。

如果此刻的陳昭知道兒子平日裡偷看了這些不正經的話本，他一定會忍不住當眾打爛他的手心的……

當然，在座的人都不知道皇帝此刻如脫韁野馬般的心緒，唯有他一人，一會兒看看母后，一會兒看看媳婦，感覺她們看他的每個眼神都包含著深刻的含義，讓他被籠罩在這種「甜蜜的煩惱」之中。

陳序是小孩子，吃飽了便坐不住，硬拉著趙真陪他去外面騎大馬。

趙真看向上首的兒子，陳勍心情愉悅的揮揮手，「去吧去吧！」

趙真又看了兒媳一眼，秦如嫣對她微微一笑，她心中卻有種不知名的情緒湧動起來，對她行了禮，抱起孫子去外面陪他騎馬了。

待他們那邊吃飽喝足，秦如嫣過來帶陳序回宮。她接過陳序的時候，沒急著先走，對趙真說道：「瑾兒，不久以後便是自家姐妹了，妳到宮中來，便如回到自己的家，切莫拘著，本宮與陛下都會好好待妳的。」

趙真看著眼前寬容大度的兒媳，突然知道那種不知名的情緒是什麼了——是一種不滿，是兒媳對她兒子不夠深情的不滿，也是對她不爭不搶的不滿。誰說男子三妻四妾，而妻子寬容大

度才叫賢德了？讓男人只對自己專情，是女人的本事！

趙真曾經雖然也為陳昭張羅過妃子，那是因為她當時與陳昭夫妻不和，若是現在，陳昭敢拈花惹草，她一定活剝了他！也許是她想法太過霸道，但她覺得若是真愛一個男人，她肯定不會容忍他有第二個人。

而兒媳這種包容的態度，到底是不愛還是賢德，這就很值得探究了……

第七章 悲慘的婚後生活

送走了兒子一家，趙真正要和女兒一家告別，女兒卻對她招了招手，「瑾兒，來，萱萱這幾日十分想妳，盼著妳過去看她呢，正好本宮也有幾句話要跟妳講。」

趙真一聽女兒有話要跟她說，想了想覺得可能和貓有關，便隨她登上馬車，規矩坐下，但有點不敢看女兒的眼睛，怕露出什麼馬腳，畢竟女兒比兒子要機警一些。

馬車緩緩行駛起來，陳瑜卻只是看著她不說話，趙真有點坐不住了，轉頭看向女兒，便見女兒雙眸溼潤，神情頗為動容，她怔了一下道：「殿下……」

陳瑜突地坐過來，一把抱住她，在她耳邊哽咽喚道：「母后！」

趙真一下子僵住了，「妳說……什麼……」

陳瑜鬆開她，雙目朦朧的望著她，「母后，知道妳還活著，女兒實在太高興了，母后……」

趙真愣愣的眨了一下眼睛，「妳都知道了？」

陳瑜點點頭，抹去眼角的濡溼，有些疑惑道：「父皇沒和妳說嗎？我和駙馬都知道了，萱萱和允珩也知道了，只有陛下和皇后娘娘還不知道。」

趙真突然想起了外孫塞給她的紙條，拿出來拆開一看，上面寫著：魚已知。

——寫這張破紙條誰有工夫看！

趙真揉了紙條看向女兒，「魚兒，妳什麼時候知道的？」

陳瑜如實回道：「不久，也就前幾天，是父皇和母后您一道去遊玩那天，我翻了父皇的東西知道的，父皇還沒來得及告訴您吧？」

趙真一聽瞪起眼睛，這都好幾天了，中間她和陳昭還見過一次面，他居然都不告訴她女兒知道了，臨時寫這麼張破紙條告訴她，什麼意思啊？！

陳瑜見母后面色不善，小心喚了一聲：「母后？」

趙真看向女兒有些小心翼翼的樣子，緩了緩神色，道：「妳父皇怎麼同妳說的？」

陳瑜聞言如實向母后道來，末了把今日從弟弟那裡得知的事情也告訴了母后。

趙真聽完如遭雷擊，愣了好一會兒，這陳家男人，心思就是多，老子那麼讓人不省心，兒子也是如此！原來兒子早就懷疑了她，做的這些事情都是要喚回她的記憶！她都不知道該說這個兒子是傻還是精了。但因此她也大大鬆了口氣，知道兒子對她沒那個意思，她就放心了，只是接下來要如何應對呢……

陳瑜也問她道：「母后，既然如此，您要不要隨皇弟入宮？女兒看他思慮如此周全，是鐵了心的想把您接進去呢。」

趙真本來是千百個不願意，正想著法子如何拒絕他，但知道了兒子對她沒意思，不會對她胡來，便又放下心來，倒是想進宮去了。反正進了宮，兒子也允她來去自如，於她來說沒什麼損失，不僅能多看看孫子，還能試探一下兒媳……

她慎重道：「到了妳府中之後，我與妳父皇商議後再說吧。」說罷便沒再繼續這個話題，握著女兒手愧疚道：「魚兒啊，其實母后看著妳消瘦成現在這個樣子，心中也是不忍，本來想告訴妳的，只是……」

陳瑜攔她道：「母后不必說了，母后的苦衷女兒都知道，只要母后現下回來了，女兒比什麼都開心，過幾天便又胖回來了。」

果然還是女兒乖巧懂事，趙真欣慰一笑，拉著女兒問她這些日子過得怎麼樣，又說了些家常、回憶一下曾經，她突地就想到一件事，「對了，魚兒，有件事情母后想問問妳。」

陳瑜看著母后，歡心道：「什麼事啊？」

趙真的表情卻有些嚴肅了，「魚兒，妳父皇說，妳小時候，我去妳院中看妳，妳都是假裝在看書，書皮裡包的都是閒書，可有此事？」

陳瑜聞言神色一滯，心中哀號：父皇！不帶你這麼坑女兒的！

陳瑜自小慣會看父母臉色，對母后的脾氣更是摸得透透的，母后不惱他們調皮搗蛋，卻最不喜歡他們說謊騙人，矢口否認自然是行不通的。

她親親熱熱挽上母后的臂彎，解釋道：「母后，您也知道，讀書乏味，我偶爾的時候便會看些閒書調劑一下心情，也沒有故意矇騙您的意思。再者說，您也沒問過我在看什麼書啊？您若是問了，魚兒自然會如實告訴您的，您又不像父皇，處處約束我，不許我看這看那的，我又何必瞞著您呢？」

趙真側頭看她，女兒對她討好一笑，彷彿又變成了幼時那個會賣乖討人歡心的小丫頭，她輕嘆一聲，摸摸她如今染上些許霜白的髮絲，「妳呀慣是能說會道，黑的都被妳說成白的。」

陳瑜撇撇嘴，不滿道：「女兒說的都是實話。」

趙真拿她也是沒辦法，拍了拍她的手道：「好好好，都是實話。」

陳瑜反握住母后的手，親親熱熱倚靠在她肩上，失而復得，何其珍貴。如今父母和睦，夫妻恩愛，兒女健康，她也別無他求了。

想著，她覺得應該讓父母更和睦一些，也不能被父皇白白坑她這麼一下子，便抬起頭對母后道：「母后，您還記得我幼時隔三差五便生病嗎？」

趙真點了點頭，「可不是嘛……我懷妳的時候不得休養，妳生下來後便體弱，隔三差五就要生病，七、八歲的時候也還是如此，又總是夜裡犯病，我一聽妳病了，在哪都要趕回來陪著妳，萱萱生病要人陪的毛病就是跟妳學的。」

陳瑜擺出一副歉疚的模樣，老實巴交道：「母后，其實我有時候並不是真的生病……您那個時候事務繁忙鮮少歸家，好不容易能休沐了，又總會和軍中之人喝酒應酬，父皇見妳遲遲不歸，便會讓我裝病騙您回來……」

趙真一聽恍然大悟，好你個陳昭，怪不得她好幾次剛踏進酒樓的大門，府中就有人來報魚兒生病了，原來都是陳昭的計謀！他真是一刻不算計她便閒得難受啊！

趙真伸手點了一下女兒的額頭，「妳這個鬼丫頭，真是一點虧也不吃，妳父皇告妳一狀，妳也要告妳父皇一狀，你們父女倆，沒一個讓人省心的！」

陳瑜晃了晃她的手臂道：「魚兒哪裡是告父皇的狀啊！魚兒是替父皇告訴母后，父皇有多在乎您。您可不知道呢，您每次回來晚了，父皇都會坐立不安，時不時要伸長了脖子去看，讓下人去打聽您在哪了，有沒有喝多，生怕您在外面有什麼事情……」

趙真聞言瞇了一下眼睛，是嗎？她可記得每次回去，陳昭不是氣定神閒的看書，便是已經上床睡覺了，哪像是在意她去了哪裡的人啊？

陳瑜繼續道：「小時候我很不理解父皇，明明如此在意您，卻為何還要裝作毫不在意。後來父皇跟我說，您不喜歡旁人管您太多，他怕您厭煩，讓我不許跟您說這些的。」

趙真是挺不喜歡旁人管她太多事情的，但陳昭要是多管一些，她倒是不會反感，或許也不會和他那麼疏遠……但以她當時的心態，陳昭若是真管多了，她說不定還會懷疑他不懷好意。感情這種事，有時候真的是說不清楚。

陳瑜坐直了身子，握住她的雙手道：「母后，我聽父皇說你們已經重修舊好，是打心眼裡替你們開心，更願你們能夠這麼長長久久下去。你們本該是天造地設的一對，只因有太多的身不由己才會蹉跎至今，如今心結已經解開了，您便放下心來，好好與父皇在一起吧。」

趙真聽著，覺得自己似乎是虧欠了陳昭許多，有多少人能夠從頭再來，她和陳昭能有這次機會，說不定還是陳昭精誠所至呢。

趙真不想繼續和女兒說這種肉麻的事情了，她總不能說「我知道了，我會和妳父皇恩恩愛愛的，好好補償妳父皇的」，那多肉麻啊！

她輕咳一聲道：「妳還知道我和妳父皇有過舊好？天造地設一對？妳知道的夠多的。」

陳瑜點點頭，「可不是嘛～您又不是不知道我聰明，我趁父皇喝醉的時候套的話！他把你們以前的事都告訴我了！」

趙真眉頭一揚，「妳父皇還喝醉過？」

陳瑜憤憤道：「您可不知道，您不在的時候，外祖父可壞了，明知父皇酒量不濟，還要拉著他喝酒，次次都要灌醉了才作罷！」

哦，這倒像是她父親的作風。

趙真裝作隨意的樣子道：「哦，那妳父皇喝醉了和妳說過什麼了？」

陳瑜瞧著母后的樣子，在心底偷偷一笑，道：「父皇說，您曾經對他可好了，在所有人都輕視他的時候，唯有您處處維護他，更為了他訓斥三軍，那是一個威風凜凜、情深似海，他說您那一刻便是他生命中的太陽，照亮了他灰暗的人生，反正說得可詩情畫意了，原話我不記得了，大概就是這個意思。」

趙真聞言有點牙疼：還太陽呢，陳昭也太能胡扯了，這都是什麼詞啊……

她蹙了下眉頭，擺擺手，「行了行了，妳不用說了，能看出來妳是妳父皇的親生女兒了，真會為妳父皇說話。」

語氣中是嫌棄，可是陳瑜卻看見母后勾起的唇角了。其實啊，女人都愛聽男人如何在意她的話，父皇在夫妻感情這方面太傻，完全不懂得如何表現自己，幸好他重來一次開竅了，又將母后的心收入囊中。

趙真從馬車上下來的時候，是心情舒暢又愉悅，看著戴著面具的陳昭都覺得賞心悅目了。女兒和兒子就是有差別的，他們小時候，趙真也是看見女兒便順心，看見兒子就糟心，兩個孩子長大了以後，還是這樣。如果再生一個，她還希望是個女兒，只是父親那邊不好交代，唉！

陳昭也看出來趙真心情好了，不禁瞟了眼女兒，她說了什麼把她母后哄歡心了，剛才在圍場她不還是一籌莫展的模樣嗎？

陳瑜也瞟了眼父皇：您可要犒勞我這個親閨女，您在背後說我壞話，可我卻在母后面前說盡您的好話，這可是教科書式的以德報怨啊！

到了公主府，一切便沒有什麼隱藏的必要了，一家人都已經知根知底。付淵又好好拜見了一番岳母，說了幾句討人歡心的話，趙真心情更愉悅了。陳瑜做主，送信給國公府，讓趙真在公主府歇息一夜，好讓一家人團聚。趙真也沒什麼意見，便允了。

陳瑜樂呵呵道：「母后，自打女兒知道您與父皇歸來後，便一直想著母后能在女兒這裡長住幾日，早早便為您和父皇備好了一間院子。您從圍場回來也累了，去院中洗漱小憩一會兒，

晚上咱們一家人吃團圓飯。」

趙真點點頭誇了女兒幾句，「妳也累了，也去歇息吧。」

陳瑜應下，笑咪咪道：「嗯。父皇知道院子在哪，那就讓父皇帶您過去了。」夫妻團聚，肯定有許多私房話要說，她連地方都準備好了。

趙真看了眼旁邊的陳昭，輕咳一聲：「好。」

陳昭便帶著趙真往女兒打點出來的院子走，路上問道：「我給妳的紙條妳看見了嗎？小魚兒在馬車上同妳說了什麼？」

本來趙真還想質問一下陳昭為何不及時告訴她女兒知道了，但現在她也不想和他計較了，得過且過吧。

「沒說什麼，就是告訴我她都知道了。」之後也沒說女兒跟她告密的那些事情，那話說出來多讓陳昭難為情啊，她就替他保留著顏面吧，大家心裡明白就得了，看她多善解人意吶！

陳昭有點狐疑，女兒知道了，她就高興成這樣？他繼續追問：「沒說別的嗎？」

趙真皺皺眉頭，「你怎麼什麼都想知道啊？我們母女說的話，你一個老爺們打聽什麼？」數落完了，她才繼續道：「是還有點別的事，進屋再說。」

陳昭見此便閉了嘴：趙真這脾氣太糟了，多問幾句就發火。

兩人走進院中將門關上，趙真發現這院中有許多平日裡練武用的器具，她隨手拿了個負重器具掂了掂，「怎麼還有這些啊？」

陳昭面上有幾分不自然，解釋道：「是我平日強身健體用的……」還不是趙真嫌棄他不如那一夜御四女的武將厲害？他畢竟是個男人，在這方面還是要強的，現在日日強身健體，一日不敢荒廢，倒是真漲了不少力氣。

趙真一聽回過味來，看著他的表情都變了，變成了不懷好意起來，「呦，這麼勤快呢，來來來，讓我查驗一下成果！」說完就摟著陳昭的腰把他往屋裡拖。嗯，這腰是結實一些了。

老夫老妻了，陳昭知道她想幹嘛，有些羞惱道：「趙真！」

還沒來得及進臥房，趙真直接把他壓在榻上，嘴裡敷衍道：「在呢在呢！」手下脫著他衣服，手指比剝葡萄皮還俐落。

陳昭看著眼前猴急的女人，有時真覺得她是投胎投錯了，應該是個男胎才對。他攥住自己腰帶，「白日宣淫，不可取！」

趙真嗤了一聲：「說得好像以前沒白日宣過一樣。」說完伸手勾住他的下巴吻上去，手下繼續剝皮。

門都沒關她便這般胡來了，陳昭有些意亂情迷卻又強撐著理智，推搡她道：「一會兒熱水就送來了，洗完再說……妳身上都是塵土味……」

趙真聞言一挑眉，「嫌棄我？那我就把你身上弄得都是我的味道！」說罷，人就貼得更緊了，在他身上四處留味。

趙真正按捺不住進入主題，院外突地傳來叩門的聲音，一聲比一聲大，陳昭趁機撤回衣服蓋住自己，「水來了。」

趙真聞言嘟囔一句「掃興」，便整了整自己衣物出去開門，臨出門囑咐陳昭一句：「你先到被窩去，水好了我叫你過去洗。」

陳昭披上衣服點點頭，「知道了。」

趙真這才去外面開院門，管事恭恭敬敬向她行禮，後面四個小廝抬著好大一個浴桶，足夠兩個人一起洗，趙真心頭一悅：這閨女真是不白養，想得周全啊！

她命人將浴桶抬進西廂房，又等小廝們將浴桶倒滿熱水，才插上門栓叫陳昭一起過來洗。屋裡的陳昭早就穿戴整齊了，跟沒被脫過一樣，「妳先去洗吧，妳洗完以後我再洗。」

趙真不勸他，直接給他兩個選擇，「是我抱你過來，還是你自己過來？」

陳昭聞言臉色通紅，論力氣，他怎麼練都比不過趙真，她想抱絕對能把他抱過去，可他一個大老爺們，怎麼能被媳婦抱著走？只能漲紅著臉站起身，「我自己過去。」

於是兩人便一起洗了個鴛鴦浴，趙真自然不可能老老實實的洗，纏著陳昭先在浴桶中滿足了自己一把才放過他，等兩人洗完的時候水都差不多要涼了。

兩人回了屋，陳昭替她擦頭髮，趙真晃著腳丫子誇讚他：「你這強身健體還是有效果的，持久了不少啊，不過力度還是要加強……」

陳昭沐浴之後本來有些泛粉的臉頓時粉紅起來，「閉嘴！妳能不能少說點混話？哪個女人像妳這樣！」

趙真不以為然的說：「就是因為沒人像我，才顯得與眾不同嘛～」說罷轉身摟住他的腰，嬉笑道：「再來一次～」

陳昭伸手推開她，嚴肅道：「別只顧著胡鬧了，晚上夜還長著呢，妳正事還沒跟我說，妳剛才說要回屋說的事，是什麼事？」

還真是，一時性急，她把正事都忘了，這春宵一刻值千金的事便晚上再說吧。

趙真坐正了身子，攏了攏還有些濡溼的頭髮，「狩獵的時候，兒子和我說，他要替我捏造一個身分，然後納我進宮。」

陳昭聽完頓時瞪圓了眼睛，揚高聲音道：「什麼？！」

趙真勾脣一笑，彷彿被他的表情取悅到了，繼續道：「小魚兒跟我說，兒子已經知道我是她母后了。」

陳昭一下子就混沌了，這都什麼跟什麼啊？兒子知道趙真是他母后了，卻要納母后進宮，他這是……想造反啊！

就算是陳昭這種聰明到全身上下都是心眼的人，卻也難以理解陳勍這種不按常理出牌的兒子。他這兒子是不算聰明，可平日裡處事卻很乖張，做的事情往往會讓人搞不明白他到底想幹什麼。

他百思不得其解，便問趙真道：「他這是要做什麼？明知妳是他母后，還要納妳進宮？」

趙真欣賞夠了他不得其解的表情，她回道：「他呀，以為我不回宮是失憶了，聽太醫說失憶的人身處曾經熟悉的環境便容易回想起來，所以才要藉此接我進宮，讓我早日恢復記憶。」

陳昭聽完，對兒子也是佩服了，依他看，兒子不該當皇帝，該寫書，挺會為自己加戲的。

他不贊同道：「荒唐！就算旁人不知你們是母子，可他明知妳是他母后，卻還要娶妳，簡直兒戲！難道他就不想想我這個父皇若是知道了會如何嗎？」

趙真輕描淡寫道：「要我說，這沒什麼，他這也不算娶，不過是把我接進宮去，以別人的身分給個封號罷了。至於你這個父皇，我看他都沒用心找，要不然那麼容易發現我是他母后，卻無法發現你是他父皇呢？序兒可是好幾次把你帶到他面前去了。」

那個荒唐兒子有沒有用心找他，不是他現下在意的，他現下在意的是：「那妳打算隨他進

宮？妳不是不願意回後宮嗎？兒子的後宮妳就願意去了？」那滿眼的質問和不悅，實在是太明顯了。

趙真轉過身來，伸手捏了一下他白皙的面頰：「想什麼呢你？你們父子倆的後宮，我哪個都不想去！我只是有些擔心兒子，你之前不是跟我說過懷疑秦家的事嗎？」

趙真這麼一說，陳昭才從兒子要納他母后進宮這件驚世駭俗的事上回過神，蹙眉道：「對了，皇后知不知道這件事情？」

趙真坐近他一些，露出一臉憂色，道：「你猜怎麼了？平日裡對兒媳知無不言、言無不盡的兒子，在這件事情上居然瞞著兒媳了，你說兒子這是什麼意思？他現下是不是也有些戒備兒媳了？是不是發現了什麼？」

陳昭聞言沉默了片刻，沒有立刻對此下定論，而是反問道：「妳因此便想入宮？是想試探一下兒媳嗎？」

趙真點點頭，盤起腿來認真道：「你說，是我醋性大，還是兒媳太寬容大度了？兒子要納我進宮，兒媳居然特意過來跟我說會好好待我！我看她那模樣也像是真心實意的，並非是到我面前來嚇唬我。」

她說著，對上陳昭眼睛道：「同樣的事要是放在我身上，你想納個女人進宮，她能平安踏進宮門都算她運氣好！你說我這樣是不是才算正常？哪有人會巴不得讓自己丈夫房裡添人的，多多少少都會有些不高興吧？」說罷托著下巴，鼓著腮幫子，一臉的憤憤不平，好像陳昭真妄想要納小妾似的。

明明在討論一件嚴肅的事，被趙真這副煞有其事的樣子一逗，陳昭不禁笑出聲來，「是妳太霸道，這滿朝文武有幾個府裡沒有妾室的？主母要是都像妳這樣才是永無寧日了呢。這種事情妳不懂，一些名門閨秀嫁人為妻後，注重的並非是丈夫的寵愛，而是賢淑良德的美名，即便心裡對妾室不高興，面上也不會表現出來，身分和地位對她們來說才是最重要的，而非丈夫的專情。」

陳昭說完，瞧著趙真皺著眉頭一臉難以理解的樣子，嘆口氣道：「算了，和妳說了妳也不明白，妳哪裡是需要委曲求全博美名的人？旁人若是想討妳喜歡，還要先緊緊巴著妳呢，要不然早被妳忘到九霄雲外去，哪還有心思左擁右抱？」

趙真聞言瞪瞪眼睛，「你這是對我不滿？」

陳昭連忙擺手，「我哪裡敢，我就是說兒媳對妾室寬容也並非沒有可能的。只是……」他說著，表情變得嚴肅起來，繼續道：「我這幾日也算有些進展，派人緊盯秦府以後，我發現兒媳與秦家有書信往來，經手的人是宮中的老人，做事非常隱秘，看樣子不像是第一次了，應該不是單純的家書，不然沒必要這麼避人耳目。而且我懷疑這事兒子也知道，還故意幫著兒媳遮掩，這就讓我也有些理不清頭緒了。」

趙真一聽也是理不清頭緒，兒媳暗中與母家往來，可兒子卻縱容她，這是為何？

她蹙眉道：「若是如此，我更要進宮去了，總要弄清楚兒子與兒媳之間到底怎麼回事，他們成親那會兒我便奇怪，明明一開始相看兩厭，怎麼突然就一個願娶、一個願嫁了？」

陳昭卻不願她這麼進宮去，她的性子也不像是能辦好這件事的人，「這事我會繼續查，妳沒必要為此委屈自己進宮去。」

趙真搖搖頭，「我這不是委屈，是擔心，你和我畢竟就這麼一個兒子，做父母的怎麼能不

操心一些？兒子也說了，我進宮以後不必拘著，仍舊能自由出入後宮，與你裡應外合豈不更為方便？而且我守在兒子身邊，也能放心一些，省得日日擔心他那裡出什麼問題。」

以前她覺得有兒媳分憂能放心些，可現下得知兒媳並不可靠，難免放心不下兒子了，總要自己盯著他才能放心些。

陳昭有些後悔將這些事情告訴趙真了，告訴了她，她也一起跟著操心，但是不說，又怕她日後埋怨，也是為難。

陳昭想了想，勸慰她道：「妳先別答應，拖延幾日，就算要進宮也不能這麼貿然進去，總要給我些時間幫妳打點一下，疏通疏通人脈，到了宮裡要有幾個得力的幫手才行。」

他說著，見她有些不以為然，苦口婆心道：「妳之前是皇后，又沒有其他嬪妃爭寵，宮中的人只需要巴結妳一人，可現下後宮有了兩人，宮中那些奴才的心思便會活絡起來，即便妳與皇后無心，也會有人刻意挑撥的。」他曾經雖為皇子，卻也是後宮爭鬥中的一分子，對這些自然是瞭解的。

而趙真，別看她當了那麼多年的皇后，對後宮爭寵是真的不理解。她在位之時，後宮沒有太后，那些太妃都怕她，掀不起什麼風浪，陳昭又不納新人，也沒妃子和她爭寵，她自然從不操心這些事了。

趙真思琢片刻，點點頭：「那行吧，我先拖些日子。」其實她是真不想回後宮，可又放心不下兒子，硬著頭皮也要回去。

夫妻倆談完了正事，便沒了心思胡來，小憩了一會兒，晚上女兒派人過來叫他們一起去吃團圓飯。

趙真和陳昭一起過去，院中的下人都迴避了出去，沒留人伺候。

趙真一進正廳，外孫女便飛奔過來抱住她，懺悔道：「外祖母！之前都是萱萱不懂事，惹外祖母生氣了！」而後小聲的在她耳邊求道：「求皇祖母別說雲軒哥哥的事……」

趙真瞧著她這個樣子，有些好笑的捏了捏外孫女水嫩的小臉，「行了，妳什麼性子外祖母還不知道嗎？沒生妳的氣。」說罷還關心她道：「身子好點了？」便也沒提魏雲軒。

付凝萱見此鬆了口氣，有些不好意思道：「早好了，是我嬌氣，在家偷懶呢。」

趙真敲了下她的額頭，「明日再休息一日，回到神龍衛以後要好好操練，不許再偷懶了，外祖母會盯著妳的。」

付凝萱噘著嘴，老實點點頭，「萱萱知道了。」

趙真拉她落坐了，「行了，都吃飯吧。」

陳昭隨她坐下，夾了一筷子菜放進她盤中，眾人這才開始動筷子。

桌前就他們一家人，無須遮遮掩掩，暢所欲言，一頓飯吃的是和和睦睦、喜氣洋洋，可有的地方卻是暗流湧動……

※◎※　※◎※　※◎※

齊國公府——

夜色已深，方氏院裡服侍的大丫鬟替正繡花的方氏又點了一盞燈，有些不平道：「夫人，

今日該是老爺到您這裡歇息的日子，馮氏那個狐媚子又將老爺勾引走了，您該給她點顏色瞧瞧，不然她該不知天高地厚了，您對妾室也太寬宏大量了……」

方氏聞言冷笑一聲，慢條斯理繡著手中的錦帕，「別急，爬得越高，才摔得越疼呢……」

這時外面有小廝來報，說沈大將軍派了人來送東西給夫人。

方氏聽完覺得有些奇怪了，沈桀自回府以後，從沒和他們這院來往過，怎麼突然送東西過來了？但沈桀的人也不好趕走，她便擺手道：「讓人進來吧。」

不多時，有人被小廝引了進來，來人身披甲冑，身高馬大，一看便是軍中之人。這人方氏還見過，是沈桀的副將，是個舉足輕重的人物，竟替沈桀到她這裡跑腿送東西，這也是奇了。

副將恭敬的將手中方盒呈上，「這是我家將軍讓我送來給夫人的，請夫人過目。」

方氏看向他手中的木盒，盒子很大，單從外觀看不出來裡面裝的是什麼，她便問道：「不知沈大將軍讓大人送了什麼東西過來？」

副將聞言抬起頭，看著她笑得有幾分曖昧，「夫人看過便知。」說罷，他將盒子遞給她的丫鬟，道了聲：「告退。」人便闊步離去了。

丫鬟將盒子捧到她面前，方氏又看了一會兒，想起副將方才的眼神，心裡有些打鼓，這沈桀到底什麼意思啊？挑了趙煥不在的時候特意送東西過來給她，總不會對她有什麼心思吧？

方氏想到高大英俊的沈桀，又想到他未娶妻妾，心中隱隱有了幾分期待，揮了揮手讓屋中的下人都退出去，只留下自己的心腹大丫鬟，「打開看看。」

大丫鬟聞言將盒子打開，一股血腥味便冒了出來，繼而看見盒中慘白的臉，頓時嚇得尖叫一聲，把盒子扔了出去，被扔出去的盒子四分五裂，從裡面滾出一顆人的頭顱來……

方氏被嚇得臉色煞白，但她畢竟是尚書府出來的小姐，沒被嚇到腦中空白，連忙讓大丫鬟出去攔住聽到尖叫聲想進來的下人。

大丫鬟自方氏做小姐的時候就跟在她身邊，方氏是個心狠手辣的人，處理起看不慣的人一向是手下無情，因而她替方氏辦過的損陰德之事本來就不少，膽子還是有些的。聽了方氏的吩咐，她忙拍拍胸口鎮定下來，出去攔住外面要進來的下人。

方氏自己做過什麼自己清楚得很，沈桀送了個人頭過來，她便已想到大概的原因。她強忍著作嘔的欲望，小心翼翼走到人頭前，吩咐大丫鬟道：「撥開看看。」

大丫鬟看了眼地上的人頭，膽子再大也是有些害怕的，她尋了根雞毛撣子，撥了撥人頭，將遮住臉的頭髮撥開。那臉一露出來，大丫鬟捂住要驚叫出聲的嘴，哆哆嗦嗦道：「夫人……這是……常喜……」

——果然……

方氏心下一凜，便都明白了。這個常喜是她在娘家時培養出來的人才，會點武功，辦事俐落，被她派去混進神龍衛的雜役兵裡盯著趙瑾，一旦有機會便對趙瑾下手。

前些日子常喜設計利用火頭兵的什長，想陷害趙瑾和路鳴，只是沒想到那人膽子太小，辦事出了岔子，最後沒辦成。方氏怕此人露出馬腳暴露了他們，便令常喜把人殺了，滅口滅得及時，白日裡她還聽說結了案，本以為已經萬事大吉，卻不想還是被沈桀發現了。

大丫鬟見她看著人頭不說話，小心翼翼道：「夫人……您看這……」

方氏回了神，捂住欲要作嘔的嘴，別開眼睛，「收拾出去，找個地方把人埋了，萬不能被老爺和國公爺知道。」沈桀派人把人頭送過來，卻不是大張旗鼓的把她抓去，便說明他只是警

告她，而非要處置她。她好歹是尚書府的小姐，為了一個趙瑾，沈桀不敢怎麼樣。

大丫鬟聞言，就算再害怕，也要聽從夫人的命令。她尋來黑布將人頭包起來，再將地上的髒汙都收拾了，悄悄出去把人頭處理掉。

方氏回了自己的屋子，沒讓人伺候，供出廟中求來的佛像拜了拜。壞事做多了她也不是不怕，總要尋點什麼來慰藉不安的良心。

突地一陣冷風吹過，燃著的兩根白燭晃了晃，她頓覺脊背發涼，僵直著身子轉過身去，沈桀高大的身影便站在她身後，一襲黑衣居高臨下，將她籠罩在陰影裡，本來英俊的面孔此刻猙獰的像是地獄裡爬出來的惡鬼。

方氏一下子癱在地上，「你……你想怎麼樣……」

沈桀蹲下高大的身軀，伸手掐住她的脖子，眼神似尖刀，讓她陣陣發寒，她大口大口的喘著氣，卻發不出聲響。

沈桀開了口，聲音也像是染了冰霜一般寒冷：「敢對她下手，我看妳是嫌命太長了……」

話音落下，他五指收得更緊，方氏奮力掙扎像瀕死的泥鰍，口中發不出聲，直到她快要翻白眼，沈桀才鬆開手把人扔了出去。

被扔出去的方氏俯伏在地，捂著脖子大口大口的喘著氣，許久才緩過氣來，喉嚨卻疼得發緊，說不出話來，臉上滿是驚懼的看著沈桀，抖得像糟糠。

沈桀走到她面前，冷聲道：「別以為我今日不殺妳是不敢殺妳，留妳一條賤命，是為了讓妳今後將功補過。」他抽出一把小刀，彎下腰用冰涼的刀背在她臉上拍了拍，一雙黑眸緊緊的盯著她，「如果妳再敢對她使什麼手段，下一次那盒子裡，就是妳的人頭了，明白了嗎？」

方氏早就被他嚇破了膽，忙奮力點頭，頭髮亂成一團，宛如一個瘋婆子，哪裡還有平日端莊的模樣。

沈桀站直了身子，狠戾的眼神看向她，「我會派人盯著妳的。妳若是嫌命長，可以試著反抗我，看看方家敢不敢為了妳這盆潑出去的髒水和我作對。」說完他便大步離去，獨留方氏一人倒在地上瑟瑟發抖。

※◎※　※◎※　※◎※

已是二更天，御書房中仍然燈火通明，陳勍可以抽出時間陪母后，可未批完的奏摺卻不容他來日再批。

每當這個時候，他就格外的想念父皇。

——我的爹，您到底在哪裡？可憐可憐您這苦命的兒子吧！

陳勍喝了口溫茶撫慰一下自己疲憊不堪的內心，再看向堆積如山的摺子，臉一垮。

不管爹在哪，奏摺還是要批，明日一早還要上朝。想起上朝，他就覺得那些來上朝的文武大臣就像嗷嗷待哺的巨嬰，各個張著嘴找他予取予求，胃口大得像無底洞，無論他怎麼填都滿足不了他們，怪不得父皇不願意當皇帝了，太他娘的累了！

他揉了揉有些痠痛的腰，抬眸看向偌大的殿中，雖有太監和宮女陪著他，可他還是覺得冷清。若是母后能早些進宮就好了。還記得以前他熬夜的時候，母后總會送甜湯和點心來陪他，要是太晚了，她就把父皇折騰起來幫他一起批閱奏摺。如今想想，還是有娘的孩子像個寶。

他想著，扯了張紙，沾了點墨，幾筆畫了一個母后，而後貼在桌邊擺著的畫缸上。

旁邊伺候的王忠瞧見了不禁抿脣笑了一下。他是先帝培養出來的，先帝退位，他便繼續侍奉新帝，這父子倆委實大不相同，先帝做事向來一板一眼，批閱奏摺時更是認真，有時候連腰痠了都不會伸一下，哪像新帝慣會苦中作樂，乏味了還會畫個美人陪著他，瞧著有點像趙家小姐呢！以前可都是畫太后娘娘的，看來陛下這次是動了真情了……

陳勍這次畫的是他新版的母后，王忠自然看不出來。他伸手摸了一下母后的臉，然後伸了伸懶腰，唸一句：「父皇附體！」才抓起筆來奮筆疾書。

這句話之後，他彷彿真的父皇附體了，開始認認真真的批閱奏摺，高壘的奏摺漸漸從多變少，整個人是難得的專注和認真，連秦如嫣走了進來他都不知道。

王忠見到她走來，忙走到階下，正要見禮，秦如嫣抬手攔著他，揮了揮手讓他帶著宮人退下。王忠回首看了眼認真的陛下，想到畫缸上貼的那幅畫，有些忐忑不安的退了下去。

秦如嫣接過宮女遞來的托盤，令她們也退下，獨自一人端著托盤走到陳勍身邊，將東西放在他的桌案上。

陳勍見桌上多了東西，這才抬起頭，看到秦如嫣站在身側含笑看他，他先使勁眨了一下眼睛，又伸手揉了揉才確定自己沒看花眼，「妳怎麼過來了？」他還以為她早就睡了，剛才宮人還說皇后已經陪著太子歇息了呢。

「陛下餓了嗎？臣妾煲了補湯給陛下，熬夜傷身，喝點湯暖暖胃。」她說著，打開蓋子，盛了一碗湯給他，這湯裡添了滋補的中藥，食材的噴香中還帶些藥的苦味。

陳勍伸手接過她手中的碗，這碗小，難免會觸到她的手指，她的手指有些涼，冰了陳勍一

下。陳勍眉心一皺，先將碗放在桌上，拉過她有些冰涼的手搓了搓，「怎麼手這麼涼？」

五指被他攥在溫熱的掌心裡搓揉，指尖似乎漸漸的回暖了，秦如嫣笑著答道：「夜風涼，走了一路被風吹的。」

陳勍嫌她手回溫慢，放在嘴邊呵了呵氣，埋怨道：「既然涼，便讓宮人給妳個暖手爐啊，怎麼非要凍著呢？」

陳勍溫熱的脣碰到她的手指，秦如嫣手指微顫抽了回來，催促他：「陛下，您再不喝湯，湯該涼了，涼了會損功效。」

掌心裡一空，陳勍心裡也是一空，他「嗯」了一聲端起湯喝了一口，有股淡淡的苦味在口中四散開來，他瞧見還有一個多餘的碗，轉頭看向她道：「這麼一大盅湯，我也喝不了，妳坐下一起喝吧。」說罷自己拎了把椅子過來，安置在身旁，按她坐下，給她盛了碗湯。

秦如嫣也沒拒絕，接過湯輕輕抿了一口，「似乎有些苦，應該給陛下多加點冰糖的。」

陳勍一口氣喝了下去，抹了下脣道：「我又不是小孩子，這湯我覺得味道還不錯，妳若嫌苦就別喝了。」他說完將碗放到一邊，繼續拿起筆來批閱奏摺，邊寫邊道：「我可能還要有一會兒呢，妳若是乏了先回去休息吧，不用陪著我。」

陳勍的性子，她還不瞭解嗎？他若是真的不需要她陪，這話說都不會說，說了便是需要她陪著他。她輕輕一笑，一口一口將碗中的湯喝完放到一邊，這才發現畫缸上多了一幅美人畫，五官的特色非常突出，一眼就能讓人看出他畫的是趙瑾。

「看來陛下確實不需要臣妾陪呢。」

陳勍聞言抬起頭，瞧見她正看著他畫的那幅母后畫像，幾乎是下意識的伸手扯了下來，揉

成團扔到了廢紙堆中，正想解釋，突然覺得有點詞窮，這該怎麼解釋？他做什麼這麼心虛？他畫的只是母后啊！

想了半天沒想出詞來，秦如嫣轉頭看向他，臉上仍帶著笑意，先他道：「陛下今日見到瑾兒妹妹，瑾兒妹妹可願隨你入宮來？」

陳勍被她這麼一看，越加的心虛了，搖了搖頭，「沒有，她還沒答應呢……」他現在有些懷疑自己這麼做到底是對還是錯了……

秦如嫣沉默片刻，突地伸出手握住他的手，繼而緩緩倚靠在他肩上低喃道：「陛下……」

陳勍轉頭看向依靠在自己肩頭的結髮妻子，在他們成親之後的一千五百六十八天中，秦如嫣主動靠近他的次數屈指可數，這突如其來的靠近，讓他心頭狠狠顫了一下。

其實他和父皇差不多，雖然是皇帝，雖然有妻子，但基本上都過著苦行僧一般的日子，平日裡的房事全靠妻子主動臨幸他們。自他即位以來，彤史載事用的小本本一直都是那麼薄薄的一本，寥寥無幾的字見證著他悲慘的婚後生活，有時他走在宮裡，感覺宮女和太監看他的眼神都帶著「龍體有恙」這四個大字。

他低頭看看手中握著的柔荑，難道是母后有奇效，他半死不活的婚後生活終於有了起色？香湯嬌妻，滿室溫宜，除了沒批完的奏摺，一切都顯得那麼美好。

雖然他有些貪戀這片刻的溫情，但是日子畢竟要過，奏摺要批，明天的早朝也不能遲到早退，否則會被群臣的唾沫星子淹死。

「如嫣……妳能……」能不能先讓我批完奏摺？

秦如嫣沒等他說完，打斷他道：「陛下如今能找到心儀之人，臣妾心裡是為陛下高興的，臣妾在這后位上，日日惶恐不安，總覺得是得了旁人的位置，臣妾知道陛下有情有義，若陛下想物歸原主，臣妾也樂意之至……」

陳勍聞言鬆開了她的手，起身將她推開，平日裡總是溫和的臉上染上了怒氣，道：「妳想讓朕廢后？」

差點被他推倒的秦如嫣一怔，隨他站起身來，有些惶恐道：「臣妾……」

陳勍沒等她說完，怒氣衝衝道：「妳休想！妳既然已經是朕的皇后，死也是朕的皇后！這樣的話朕不想再聽到第二遍，妳若無事就先回去吧！」說罷重新坐下，拿起筆來不再理她。

許久沒有動靜，陳勍雖然拿著筆，卻一個字也沒寫出來，秦如嫣不走，他總有種如坐針氈的感覺。

突地秦如嫣坐到他身旁，將頭抵在他的背上，「陛下，臣妾不是想離開，臣妾只是怕……陛下與臣妾都知道，當初陛下為何會娶臣妾，又是如何有了序兒。」

這場婚事的開端，便是你不情我不願。

在父皇與母后替他說媒之前，陳勍一直把秦如嫣當作單純的師姐，對她有敬有畏，與秦如嫣日常的交談，除了請教學問也沒其他。秦如嫣有時會代替太傅教導他，她是個嚴師，對待他很嚴格，他的缺點和不足她都會毫不客氣的指出來，不會因為他是太子就給他留下幾分薄面，為人處世乾脆直接。

秦如嫣也確確實實是個很有才華的女子，對他來說她一直是「別人家的孩子」，父皇和母后教育他時，總會說「看看你師姐如何如何，而你又如何如何」，所以有一段時間，陳勍甚至是厭惡秦如嫣的。不過，隨著日積月累，對秦如嫣的瞭解越來越多，他才知道她只是個聰慧固執但又單純的女子，她像朵出淤泥而不染的白蓮，聖潔如雪，這世間所有的汙穢都無法沾染在她身上。

陳勍崇敬她，從不曾對她生過絲毫齷齪的心思，所以父皇和母后替他說媒的時候，他是十分的抗拒，不想玷汙了這份單純的崇敬之情。

但是他不想玷汙，不代表別人不想。秦如嫣的美名享譽京城，彼時京中想娶她的人多如牛毛，聽聞當今聖上想將她封為太子妃，自然有許多人會失望，識時務的都知道歇了心思，可偏偏有那麼個不識時務的。

承明侯家的嫡孫荒唐無狀，垂涎秦如嫣已久的事全京城皆知，他令其妹將秦如嫣騙出來，在她杯中下藥，欲行不軌之事。正好當日陳勍與好友相約出行，人在宮外，有人將此事告知於他，他得以及時趕到，只是當時藥效已經發作，秦如嫣有些神志不清，但見到他，她還是認得出他，叫著他的名字哭得像淚人一般。

他當時看著與平日裡完全不一樣的秦如嫣，心底也蕩起不知名的情愫，於是他問她：「妳願意嗎？」

她說願意，他們便成了事，他自然就同意了這門親事，更怕事情傳出去會汙了秦如嫣的名聲，迅速的將她娶進了門。幸好娶進門早，他們成親八個月，秦如嫣就生下太子，還能當作是早產掩人耳目。

成親的第一年，陳勍還是不適應與她關係的轉變，加之她懷有身孕，他待她仍如師姐一般敬重著，只是比從前多了些噓寒問暖；她孕期難受時，他會替她揉捏揉捏，算是最親近的事。

後來陳序滿月，陳勍初嘗情事便吃素一年，這一年也漸漸接受了秦如嫣變成他的妻子，尋了一個好日子，喝點小酒主動和她行了房事。秦如嫣初時有些不適應，但並不抗拒他，陳勍便隔三差五和她親近一下，直到有天他半夜起來，本睡在他身旁的秦如嫣正坐在外間的榻上哭泣著，他才知道她不喜歡他，從那以後便不再主動親近她了。

但他卻一直努力著想讓秦如嫣接受他，可秦如嫣是個很克己的人，她在什麼位置上便做什麼樣的事，一板一眼，好似對什麼都不夾帶個人感情，即便是她不願意的事，她仍然能為了本分而接受。這讓陳勍摸不透她的心思，即便她偶爾關心他、問候他，他都要懷疑她是不是因為自己是皇后才這麼做的，加之後來……

陳勍轉身對上面前這雙似乎含著某些情愫的雙眸，難以確信這是不是害怕失去他的眼神，他道：「朕和妳說過，這世間大多數的夫妻都不是因為互相欣賞才在一起的，就算我們的開始並不美好，但是這不妨礙朕與妳今後會有感情。妳是朕的皇后，便永遠都是，榮辱與共，不離不棄。」

秦如嫣看著他，似有動容，「那瑾兒妹妹呢？陛下捨得她受委屈嗎？」

提起母后，陳勍面露難色，不知該如何開口。

秦如嫣突地笑了笑，道：「陛下，臣妾會與瑾兒妹妹好好相處的，處處優待於她，不會讓她覺得不適，也不會讓陛下為難。」

陳勍看著她笑容，心中的情緒湧動起來，突然想一切都算了，都算了吧。

他說：「如嫣，如果妳不想，我其實……可以不讓她進宮的……」

秦如嫣搖搖頭，溫和道：「怎麼會呢？陛下後宮冷清，能添新人，臣妾高興還來不及呢。臣妾無能，使得陛下子嗣單薄，就盼著瑾兒妹妹來了，後宮能熱鬧一些。」她說完，笑得真誠而認真。

陳勍那種心緒又冷卻了下去，心中有種極度壓抑的感覺，嘆口氣道：「朕的子嗣單薄，怎能怪妳一人，是朕不夠努力。天色不早了，朕陪皇后去歇息吧。」說罷，摺子也不批了，他拉著秦如嫣去了寢殿。

翌日，陳勍以聖體違和為由，讓來上早朝的大臣都回去了，一向勤政的帝王難得偷了懶。一夜溫存，陳勍的心情平復許多，反正不用上朝了，便擁著懷中的秦如嫣，就算不說話，也覺得歲月靜好。

許久，秦如嫣動了動，抬頭道：「陛下，臣妾有個不情之請。」

陳勍「嗯？」了一聲，「什麼事，直說便是。」

秦如嫣坐起身，美玉般的背肌袒露在他眼前，很快被她用薄衫罩上，她看向他，「陛下，前幾日家父送了封家書給臣妾，談及臣妾的胞弟。陛下也知道，臣妾胞弟不才，才智欠佳，早些年棄文從武，聽說現下也算小有所成，如今陛下正是用人之際，若他能為陛下盡綿薄之力，就算守個城門、做個小兵，臣妾與家父便也心滿意足了。」

陳勍聞言沉默半晌，問道：「他師承何處？」

秦如嫣回道：「振威將軍。」

振威將軍是前羽林衛統領，年歲已高，早已不收徒弟了，居然收了秦太師的兒子。

陳勍的目光在秦如嫣臉上停留了片刻，起身道：「既然與羽林左監師出同門，那便去羽林衛歷練，皇后覺得如何？」

秦如嫣道：「全憑陛下做主。」說罷起身伺候他穿衣，兩人皆未再言語。

第八章 娘的，真流鼻血了……

公主府——

付淵從宮中回來時，陳昭夫婦正在和兒孫吃飯，一家子見他回來這麼早，難免覺得奇怪。

「早朝這麼快就散了？」

付淵搖搖頭，「陛下聖體違和，今日的早朝歇了。」

趙真聞言放下筷子，「續華生病了？昨天不還生龍活虎的嗎？難道是玩累了？」

陳昭不贊同她的說法，兒子雖不聰明，卻勤快，身體微恙時也會堅持早朝，不敢懈怠。他思量道：「大抵是真的病了。魚兒，妳今日若是無事，進宮去看看他，瞧瞧他病得厲不厲害，實在不行就留在宮中照顧他幾日。」

陳瑜聞言點點頭，「女兒一會兒便進宮去。」

陳瑜吃過早飯便進宮去了，趙真為了等消息，暫時沒回國公府，陪著陳昭一起檢查外孫的課業，看著外孫一邊蹲馬步、一邊背書，心中滿滿的同情，但並不打算幫他一把。

人生的路要自己扛！

即便趙真在一旁，陳昭也仍是一邊審閱摺子、一邊聽外孫背書。他邊在摺子上標注，邊說道：「上一句背對了嗎？重新再背一遍。」

付允珩回想了一下，又重新背了一遍，果然剛才背錯了。

趙真捅了捅陳昭的腰，「你怎麼做到的？一心二用。」

陳昭回她一句：「天生。」

趙真差點沒想打他。

這時，管家過來稟報：「趙小姐，沈大將軍過來接您回府了。」

趙真聞言怔了一下，怎麼沈桀親自過來接她了？她不是說了會自己回去嗎？難道是有什麼重要的事？

趙真被外孫和外孫女送到門口，付凝萱依依不捨的抱了一下趙真，壓低聲音在她耳邊小聲說道：「外祖母別擔心，母親一回來，萱萱便派人過去傳話給您。」

趙真點點頭，囑咐她一句：「明日回了神龍衛要好好操練，不許再偷懶了。」

見付凝萱乖巧點頭，她才走向沈桀。

沈桀騎在馬上遠遠看著她，神色有些肅然，他並未準備轎子，而是讓人把她的馬騎來了，似乎是有事情叫她一起去辦。

趙真對外孫和外孫女揮揮手，翻身上馬，與沈桀並駕齊驅，問道：「是有什麼事嗎？」

沈桀點點頭，「案子有進展了，帶妳一同過去。」

聽說案子有進展，趙真面上一喜，「可有查出幕後主使？」

沈桀搖頭道：「我也不知，消息才剛傳來，要過去才能知道詳情，所以接妳一同過去。」

趙真聞言點點頭，沈桀知道她對此事關心，特意帶她一起過去倒是有心了。

※◎※　※◎※　※◎※

因為這案子要掩人耳目，所以屍體暫時停放在城外的一間農舍裡。農舍有地窖，屍體就在裡面，沈桀帶著趙真走進地窖，裡面森寒陰冷，有些窄小，屍體在一張木板搭的床上，旁邊站著兩人，一個留著山羊鬍，看著像個年長的讀書人，另一個人腰肥體壯粗布麻衣，年紀莫約有

四十歲左右。

沈桀闊步過去，走到山羊鬍面前，客氣道：「洪判官。」

山羊鬍的洪判官恭敬道：「沈大將軍。」說罷看向他身後站著的趙真，「這位小姐是？」

沈桀將趙真引薦到他面前，「姪女趙瑾，因為案子事關她的友人，所以將她帶來了。」

洪判官聞言一副瞭然的模樣，頷首道：「既然如此，那劉仵作可以開始了。」

原來胖男人是個仵作。他點了一下頭，道：「經下官仔細查驗，死者雖然有中毒的跡象，但有可能並非死於中毒，他頭部還有一處致命傷口。」說罷，他將屍體翻轉過來，撥開腦後的髮絲，讓眾人靠近來看。

趙真湊上前去，便見隱藏在髮絲之後有個十字的傷口，似乎很深，但周邊沒有血跡，傷口也未外翻，不知道是不是清洗過了。

劉仵作取來工具，將傷口刨開，在約有一指深處取出一枚製作精良的十字針，「依下官之見，這是一枚製作精良的機關暗器，應該有個機關盒子，才能將此針扎入腦中足有一指之深。這暗器極為少見，若是能找出暗器屬於何人，大抵便能將此案偵破了。」

趙真看了看那十字針，這樣的暗器她也沒見過，但製作能如此精良，便說明不是普通人可以製作出來的，一定是有些名聲的機關大師才能製作出來。她轉頭看了一眼沈桀，沈桀也在盯著十字針看，眉頭微皺似乎也很苦惱。

沈桀察覺到趙真在看他，起身對洪判官道：「洪判官，既然如此，不如將針交於我，我請畫師將此針多畫幾份出來，派人四處打聽一番。」

洪判官點點頭，命劉仵作將針處理乾淨交予沈桀，「那就勞煩沈大將軍了。」

沈桀接過，客氣道：「怎麼會呢，這案子發生在軍中，是我勞煩洪判官才是。」

兩人客氣一番便各自告辭了。沈桀將針交於副將，命副將去辦，轉頭對趙真道：「長姐，看來現下等消息便好了。」

趙真目光有些幽遠，半晌看向他道：「但願如此順利。你對於這暗器有何看法？」

沈桀這次似乎謹慎了，沒有妄加猜測，搖搖頭道：「子澄不知，這暗器子澄也未見過，還要查過以後才能知曉。」

趙真看了他一會兒，收斂了目光，道：「畫好以後拓印一份給我吧。」

沈桀點頭應下，目光在她沉思的面容上流連了片刻，道：「長姐若是有用，不如畫好以後我直接將針交給長姐吧。」

趙真搖搖頭，「不用，給我畫的就可以。」說罷翻身上馬，向回走去。

沈桀也翻身上馬，跟在她身旁，有些猶豫道：「長姐……」

趙真轉頭看他，「何事？」

沈桀面上有幾分躊躇，輕聲詢問她道：「上次與長姐出遊，半途夭折，未能盡興，不知長姐現下有沒有心情隨我一同前往祿林山莊……泡泡溫泉，吃頓便飯？」

祿林山莊？趙真覺得有點耳熟，想了想才想起來是陳昭之前想邀她去的地方。她的目光落在沈桀臉上，沈桀臉上帶著幾分期盼，她暗自輕嘆一聲：是不是她近日來都把心思放在了陳昭和兒女身上，所以才與這個義弟疏遠了？

趙真點點頭，「可以，遠嗎？」

沈桀聞言一喜，回道：「不遠，因為不遠才想邀長姐過去的，之前有同僚邀我過去議事，

我覺得此處甚好，一直想什麼時候能帶長姐過去，只是長姐一直忙碌，便未找到時機。」

趙真聞言對他笑了笑，「勞你有心，還時時刻刻都記得我。」

沈桀難掩愉悅的心情，對她朗笑道：「瞧長姐這話說的，我在京中只有長姐與義父你們兩個親人，不記掛你們記掛誰？長姐去了以後若是覺得好，下次我們一家人便一同過來。」

趙真點頭道：「好，父親一定很樂意。」她說完，似是想起了什麼，又問道：「對了，上次的事情有消息了嗎？大理寺已經查了很久了。」

說的自然是之前遇刺的事情。

沈桀聞言，本來明朗的神情頓時沉下幾分，搖頭道：「子澄不知，這事已經交由大理寺處理了，進展到何處我也不知，大理寺沒送消息過來，應該是還沒查出來吧。長姐若是想知道，倒是可以問問那人。」

那人自然指的是陳昭，這事是她做主同意交由大理寺的，到現在都沒有進展，確實不該問沈桀，也理解沈桀會不高興，她沒再提此事，岔開話題和他說起了別的。

祿林山莊確實不遠，他們慢慢悠悠騎著馬很快也到了。祿林山莊依山而建，石砌的溝渠將溫泉引入莊中，溫泉水迂迴在整個山莊之中，清水潺潺，濺起朦朧的水霧，使得整個山莊籠罩在一片霧氣之中，宛若仙境。

趙真隨沈桀走在其間，這山莊中還種著許多長青的松柏，四季如春，房屋都是竹木建的，飄來一股清淡的竹香，雅致非常，「確實是個好地方。」

沈桀見她喜歡，笑著介紹：「這裡的菜品十分獨特，烹製的工夫稍長，一會兒長姐可以先點好菜品再去泡溫泉，泡完溫泉正好能吃頓熱飯，而且這裡還有能人獻藝，可以邊吃邊看。」

這時有位貌美的女子款款而來，駐足在他們面前娉娉婷婷施了一禮，是山莊之中的侍者，她引他們進了一間雅致的小樓，進入樓中便能聽到悠揚動聽的琴聲陣陣傳來，飄入耳中連心緒都放緩了。女子帶他們上了二樓的廂房，繼而拿了菜單過來。

沈桀笑盈盈的將菜單推給她看，「這菜單很有意思。」

趙真接過來一看，果然很有意思。這本菜單很厚，並非如普通的菜單一般只寫著單薄的菜名，而是每頁都有一道菜，上面畫著這道菜的樣子，畫法前所未見，顏色鮮豔，逼真非常。

「我聽說這菜單是請一位西洋畫師畫的，畫的什麼樣，菜便是什麼樣，分毫不差。」

趙真驚奇的翻著菜單，越看越讚嘆：「有意思，這樣的菜單一看便知道是什麼菜了，哪一道看起來又更好吃，而且這裡還標注了這道菜的獨特之處。」說罷，興致勃勃的來回翻看著。

有了這本獨特的菜單，趙真很快就點好了想吃的菜品，再由女子引路，與沈桀分開兩處去泡溫泉。

這裡的每一處溫泉都是被假山、巨石或者竹林阻隔了起來，可以在相對密閉又精緻怡人的環境下泡溫泉，實在是一種享受。趙真用溫水沖了沖身子，穿上泡溫泉時可以穿的白袍子，小心邁進了溫泉水中，依靠在身後打磨光滑的鵝卵石上閉目眼神，聽泉水叮咚，感覺這幾日的疲憊都被沖刷了下去。

正有些昏昏欲睡，趙真突地聽到旁邊的假山後有人撲通入水的聲音，她騰地睜開眼睛，撲通的聲音越來越頻繁了，又突地靜了。有人落水？

趙真起身上岸，身上的水嘩啦啦拍在石板地上，白袍貼身，她卻連衣服也未來得及換掉，迅速翻過了假山。

隔壁也是一處溫泉水，那氤氳著水霧的溫泉之中果然有一個人躺在裡面，沒了動靜，她來不及多想，立刻跳進去把人撈了出來，在此人背上拍了幾下。幸好搭救及時，這人嗆出幾口水來，悠悠轉醒，只是不停的咳嗽，一時半會兒緩不過來。

趙真繼續替他拍背，直接拍在他光滑白皙的背肌上，他身上也穿著泡溫泉時穿的白袍子，只是衣帶已經鬆散了，衣服滑落到腰際，堪堪遮住了敏感部位。明明是個男子，卻是一身柔滑白皙的肌膚，好看的有點刺眼睛。

趙真念及自己是個有家室的人，也就看了一眼便別開眼睛，將目光轉向他的面容，只是他的面容被亂髮遮住了看不清楚，聽他咳嗽聲減緩，她停了手，問道：「好些了嗎？」

此人又咳了幾聲，點點頭，伸手撥開自己臉上的亂髮，抬頭看向她，那亂髮後的面容竟比他的身子更讓人驚豔。

即便是家中男人美成天仙的趙真見了都愣住了，莫名的又覺得他有點眼熟……

這美人尚且年少，和她現今差不多的年紀，長眉秀目，五官精緻的像幅畫，他此時有些迷濛的看著她，美眸輕輕一眨，明明是男子卻有種不輸給女子的嫵媚和惑人，他眼下還有顆秀氣的淚痣，看到這顆淚痣，答案似乎呼之欲出。

趙真卻突然有點不敢看對方了，她將目光移開，卻落在了他袒露的胸膛上，他白皙如玉的胸膛出人意料的有著屬於練武之人才有的緊實肌肉，那肌肉輪廓分明，不含絲毫贅肉，完美到極致。

美人開口了，因為咳嗽咳得太多太久，聲音帶著幾分嘶啞：「趙瑾？」

趙真聽見這個名字，騰地抬起頭看向他。

四目相對，美人斂起驚訝的神色，對她露出笑容，朱唇皓齒，更為美豔。對方說道：「是我啊，陳啟威。」

陳、陳、陳啟威！他是陳啟威？！難道這裡霧氣太大，以至於她的眼睛自帶美化功能了？

陳啟威看著她，笑容突然一頓，露出驚訝的神情，伸過手來捏住她的鼻子，「快抬頭，妳流鼻血了。」

趙真覺得有什麼流到了唇邊，舌尖一舔，一股血腥味：娘的，真流鼻血了……

她從來沒有像現在這麼丟人過，居然對著一個貌美的小輩流鼻血。她趕忙捏住鼻梁背過身去，等鼻血止住了，撩了把溫泉水洗了洗臉。

趙真正使勁搓臉，旁邊遞過來一條汗巾，陳啟威道：「擦擦臉吧。」

趙真接過來擦了把臉，然後慌忙站起身，岔開話題道：「你怎麼在這麼淺的溫泉裡還能夠溺水啊？」她說話的時候是看著溫泉，沒看他。

「我……」

「我」完了就許久沒聲音，趙真不禁轉過頭去看他，便見陳啟威漲紅了一張臉，目光有些飄忽的落在她身上，趙真這才低頭看自己——沾了水的白袍子緊緊貼著身體，曲線畢露，和沒穿衣服已經沒什麼兩樣了。

她慌忙捂住，瞪向他，這一瞥便瞧見他的境遇和她差不多，連起了反應、翹起的那處都顯得異常的宏偉，他、他、他居然……

「非禮勿視懂不懂啊！」趙真怒斥一聲，趕緊跑了，翻過假山回到自己那邊去穿衣服了。

——這都什麼事啊！剛才就該讓他乾脆溺死算了！

趙真憤憤將白袍子扔在地上撒氣，身後突地傳來陳啟威弱弱的聲音。

「對不起……」

趙真騰地回過身，已經穿戴整齊的陳啟威赫然站在她身後。他什麼時候過來的？她居然完全沒察覺到他是什麼時候過來的！

趙真指著他的鼻子斥責道：「你問也不問一句就過來，萬一我還沒穿好衣服呢？」

陳啟威表情有些委屈，「我聽到了，聽到妳穿好了衣服才過來的。」

美人畢竟是美人，委屈的樣子瞬間就能讓人消氣。趙真就是個沒出息的女人，她對貌美的人格外的沒脾氣，要不然也不會心裡明明氣死陳昭，但是他一過來勾勾搭搭，她就忍不住接受了。有時她也痛恨自己的不爭氣，總是向美色低頭。

趙真嘆了口氣，放緩了聲音岔開話題道：「你剛才是怎麼溺水的？」

陳啟威走近了一些，表情有些迷茫的回憶了一番，才道：「我是第一次泡溫泉，感覺很舒服，就有點昏昏欲睡了，本來想出來的，但頭暈得厲害，站不起來，不知道怎麼就睡著了，然後就淹到了……」

他是第一次泡溫泉？北疆似乎是沒有溫泉，以陳啟威的年紀來看，他應是出生在北疆，長在北疆，沒怎麼來過京城。

這麼一來趙真就有點同情他了，放柔了聲音問道：「你泡了多久？」

陳啟威想了想，回道：「莫約有半個多時辰吧。」

——半個多時辰？！果然是第一次泡溫泉的孩子。

趙真提醒他：「泡溫泉不可超過一炷香的時間，超過了一炷香便容易頭暈脫力，有溺水的危險，下次可不要再超過一炷香了。」

陳啟威恍然大悟，有些敬佩的看著她，「受教了，原來還有這個講究。」

——瞧這孩子單純得……這樣就敬佩了？不過，陳啟威既然是第一次泡溫泉，怎麼沒人陪著？他怎麼說也是豫寧王的嫡孫，不至於就他一個來泡溫泉吧？

「你同誰一起來的？怎麼就你一個人？」

陳啟威似乎有些悵然，回道：「我自己來的，我剛來京中不久，也沒什麼認識的人能結伴同行，整日無所事事的，聽聞這裡的溫泉甚好便自己來了。」

趙真聽完果然更同情了，真是個可憐的孩子，自己一個人孤孤單單過來泡溫泉，若不是她恰巧聽到，他溺死在裡面無人知曉都是有可能的，便邀請他道：「既然如此，你與我同行吧，我已經點了菜品，你可以過來和我們一起吃。」

陳啟威聞言面露喜色，湊過來牽住她的手，「那我以後是不是就是妳的人了？」

趙真聽了趕緊甩開他的手，這孩子什麼邏輯啊，吃頓飯就是她的人了？他也太便宜了，她娶……嫁陳昭，都向先帝進獻了數十箱金銀財寶，加之整個趙家軍呢！真他娘的貴。

趙真蹙眉看他，「你胡說什麼啊？若你想與我做朋友，倒是可以考慮。」

誰知陳啟威聽完後義正詞嚴道：「方才我已經看光了妳的身子，妳也看光了我，難道我不該娶妳嗎？」

趙真聽完感覺自己太陽穴上的經脈都跳了一下，也義正詞嚴道：「什麼叫看光了？你出去以後不要亂說話，我穿著衣服呢！若非急著救你，又何須如此失禮！你可不要恩將仇報，此事

以後不要再提了，不然便是與我為敵。」

陳啟威聞言似是在思考，而後回的話完全出乎趙真意料，他說：「妳很美。」

——啥？啥？啥？

陳啟威繼續道：「妳不是也覺得我很美嗎？」伸手指了指自己的鼻子。

——啥？啥？啥？啥？

陳啟威見她不回話，又自顧自的說道：「所以妳為什麼不願意嫁給我？妳救了我的性命，我又看了妳的身子，如果我是個知恩圖報的人，不是應該娶妳過門，回報妳一世情深義重，好好對妳，愛妳敬妳嗎？」

他說得好有道理，她竟無言反駁……

趙真差點被他真誠的目光帶進溝裡去了，美色誤人、美色誤人……說不定她年輕幾十歲，沒有過陳昭，便會接受他的以身相許，但畢竟他現下就是她孫子輩的一個孩子，實在荒唐。

趙真擺擺手，「舉手之勞，不足掛齒。你若是感恩於我，就算欠我一份人情好了，若是用終身大事回報我，恕我無力接受。此事休要再提，你若是再提，以後我就當不認識你了。」

陳啟威張張嘴想說什麼，但看著趙真瞪著他的眼睛，嘴又閉上了，最終點點頭。

趙真這才對他一笑，「這才乖。行了，吃飯去吧。」說罷先一步走出了溫泉，陳啟威安安靜靜的跟著她。

趙真忍不住轉頭看他一眼，這陳家的血脈果然好，陳昭那一代出了陳昭這麼個美人，到了這代又出了個陳啟威，這等美色簡直與陳昭不分伯仲了，只是上次她雖然覺得他眉目清雋，可沒看出有現下這麼絕色啊？奇了怪了。

「你看起來和上一次不大一樣了，好看了一些呢。」

陳啟威聞言看向她，很坦然道：「是嗎？大抵是京城的水土養人。」

是嗎？那她在京城住那麼多年，怎麼都沒把自己養成絕色？

走了一會兒，陳啟威見她不說話了，喃喃問道：「妳是不是嫌棄我打不過妳？」

趙真轉過頭，「嗯？」

陳啟威繼續道：「我上次輸給了妳，之前妳生病我去探望妳，妳都不願見我，妳是不是因此才不願意嫁給我的？」

趙真聞言皺起眉頭，「打不過我的人多的是，又不差你一個，這根本沒什麼關係……不要再說什麼嫁不嫁的事情了，婚姻大事豈能兒戲？你我見面的次數不過爾爾，說過的話也寥寥無幾，互不瞭解又如何談婚姻大事？實在荒唐。」

她實在不想再討論這個話題，擺擺手道：「好了，我身為女子都不在意，你身為男子便不要再斤斤計較了，矯情。」

陳啟威張張嘴，最後又什麼都沒說，繼續安安靜靜的跟著她。

進了廂房，沈桀還未回來，桌上已經擺了幾道菜，應是才做熟的，冒著裊裊熱氣，聞起來噴香撲鼻。趙真忍不住拿起筷子夾了一口糖醋魚，酸甜可口，讓人胃口大開。

陳啟威見此處沒有別人，好奇道：「妳也是一個人來的嗎？」

趙真搖搖頭，「不是，我和沈大將軍一同來的。」

沈大將軍此人陳啟威自然知道，似是齊國公的義子，算是趙瑾的叔叔。但，他們一起來泡

溫泉？

趙真說完，似乎也察覺到這其中的不合理了，便道：「我隨大將軍出來辦事情，路過此地一時新鮮，便纏著大將軍進來了。你也知道嘛，我算是他的姪女，他自然不會跟我這個小輩計較了。」

陳啟威了然點頭，也拿起筷子夾了一塊糖醋魚，吃過以後讚嘆道：「嗯～真好吃！自從到了京城，我已經吃了許多以前沒吃過的美食了，京城的美食可真多，好像怎麼吃都吃不完。」

趙真雖沒在北疆常駐過，卻也知道北疆日子清苦，食材匱缺，遠沒有京城的富饒和奢靡，不禁對眼前的孩子多了幾分心憐，指了指另一道東坡肘子，「你嚐嚐這個，也很好吃。」

陳啟威聞言點點頭，伸出粉舌舔了下筷子上的糖醋汁，去夾了一塊東坡肘子，張大嘴巴嗷嗚一口，吃相分外的可愛。

趙真暗自感嘆，美人就是美人，吃個飯都這麼賞心悅目……

這時門被推開，沈桀回來了，他換了身月白的袍子，濡溼的髮絲被木簪鬆垮的束著，整個人多了與平日不同的溫和與慵懶。他看到陳啟威時露出幾分驚訝。

趙真怕陳啟威亂說話，先一步解釋了兩個人為何會在一起，不過英雄救美被她說成了恰好遇到，便結伴同行了。陳啟威則看了一眼趙真，明顯是不贊同她說的話，趙真瞪他一眼以示警告，他便不敢出言糾正了。

平白無故多出這麼一個人，沈桀倒是沒說什麼，更不可能趕人，只是興致沒有剛來的時候那麼高了，又要端出長輩的架子和他們相處，話有些少，菜也沒吃幾口。

相較於沈桀，趙真看著對面的陳啟威格外的下飯，吃得肚皮圓滾，而陳啟威頭一次吃到這些美食，也是吃得心滿意足。

吃飽喝足後，一行人要打道回府，趙真突然有點想念陳昭，進了城便調轉馬頭，向沈桀說了聲：「我有東西忘在公主府了，去趟公主府，晚些回去。」說罷便跑了。

※◎※　※◎※　※◎※

趙真到了公主府，陳昭見她又回來了，難免納悶，「妳怎麼又來了？」

趙真一聽不樂意了，「什麼叫我怎麼又來了？你不願意見到我？」

陳昭忙搖頭，「沒有，只是奇怪妳今天怎麼又過來了。」

趙真瞧著自己貌美如花的男人心癢癢，便不跟他計較了，拉著他進屋，「還能為什麼，想你了唄！」說罷就推他到榻上，噘嘴就親。

陳昭心思敏感，趙真現下有點不對勁啊，怎麼跟吃了春藥似的？他伸手擋住她，關心的問道：「妳怎麼了？」

趙真不耐煩的拉開他的手，「都說是想你了，快讓我親一口～」說完就堵上他的嘴，親得格外熱情。

抱著自己美似仙子的男人，趙真還是有點不滿足，吃慣了陳昭這種清淡口味的，她也有點想換個口味了，於是捅了捅他的腰道：「你穿女裝給我看看唄～」

本來陳昭正在處理公事呢，被突然過來的趙真強拉著做這事，現在還敢要求他穿女裝？！他惱道：「妳胡鬧什麼？若是再胡鬧就回去吧。」

趙真嘸嘸嘴：「生什麼氣嘛，不穿就不穿……」便勉勉強強吃了陳昭這個清淡口味的。

待春潮散去，趙真滿足了，下床穿衣，愉悅的道了聲：「我回去了。」而後站起身來。

被趙真折騰得不行的陳昭看她提了褲子就走，心裡有些憋氣，說道：「我看妳要把我這裡當花樓了。」

趙真聞言噗哧一笑，轉過身來對他眨眨眼，「那哪能啊～我要是把你這裡當花樓，肯定不包你一個，總得隔三差五換換口味才行啊。」

陳昭聽完瞪眼：混女人！

趙真瞧著他這瞪眼的樣子樂得不行，湊過去使勁的親了他一口，哄道：「我真走了，明日軍營裡見。」

陳昭無力的擺了擺手，「走吧，別再回來了，真能被妳折騰死。」

趙真想想陳昭那平坦的小腹、纖細的腰，和今天看到的比了比，突然覺得有點不滿足了，又說了一句：「別忘了強身健體，早點把身子練硬朗了。」說完才走人。

陳昭拿起床邊的鞋拔子丟了出去，只是趙真早已不見蹤影了。

陳昭在床上躺了一會兒才洗漱穿衣，出去將手下招來，命他去打探趙真跟著沈桀出去都做了什麼。

趙真在回國公府的路上正好遇到從宮中回來的女兒，人在外面不好說太多話，陳瑜只是告訴她，陳勍身體無恙，只是昨夜奏摺批到太晚，早朝起不來。

這個理由荒唐到趙真都不會相信，聽完都恨不得快些進宮去，看看她這個兒子一天早晚在搞什麼鬼。

告別了女兒，趙真回到國公府，進門不久沈桀便過來了，將畫好的十字針圖樣交給她。

她接過畫軸將其打開，這圖樣畫得很精細，把十字針的各個角度都畫了出來，若是知道此物的人，必定能一眼看出。

沈桀見她看得專注，有些躊躇的動了動嘴，明知不該問，卻還是忍不住小心問道：「子澄知道自己不該多嘴，但還是想問問長姐要這十字針的圖樣有何用？」

趙真聞言，抬眸看了他一眼，隨手將圖樣放在一旁的桌上，回道：「也沒什麼大用處。你也知道我從廖縣回來之後，一直想弄個武器鋪，已經在京郊買好了莊子，如今也收拾得差不多了，就差請些能人巧匠過來開張。我就是瞧著這十字針做工精巧，看看有沒有人能將此物仿製出來，可不可以將這針的機關也做出來，能有此技藝者一定是能人。」

沈桀了然的點點頭，神色鬆懈了一些，笑道：「如此的話，若是子澄將此機關找來，便先呈於長姐來看。」

趙真搖搖頭，「正事要緊，你先忙正事吧。」說罷她站起身，有些疲於應付他，「我一路回來又出了些汗，去洗個澡，你今日也受苦了，早些去歇息吧。」

沈桀隨她起身，笑著道：「有長姐作陪哪裡算辛苦。長姐明日一早還要回神龍衛，子澄便不打擾長姐了。」說完往外走，走了幾步像想起什麼似的，他又頓下腳步，轉過身來有些喜悅的對趙真道：「對了，長姐，我新尋來的那隻貓，大概妳下次從神龍衛回來便能看到了，據說比之前那隻更聰慧。」

趙真聞言微愣了一下，想到之前沈桀替她尋回來卻被她送給女兒的貓，她終究還是在心底

嘆了口氣，對沈桀露出笑容，「是嗎？如此甚好，其實我很喜歡上次那隻貓，你將那貓尋回來一定費了不少心血，辛苦你了。」

沈桀對上她的笑容，心頭一暖，搖頭道：「怎麼會辛苦，這都是我自己願意做的，只要長姐高興，便比什麼都重要。」

趙真目光一柔，走到他面前，「子澄，你一直就和我的親弟弟一樣，長姐最希望的，也是你能高高興興，你明白嗎？」

——親弟弟？是啊……

沈桀壓下心底那一抹苦澀，對她笑道：「我當然明白。我先回去了，長姐早些歇息。」

趙真點了點頭，送他到了院外，待他走遠才轉身回到院中，吩咐身旁的丫鬟道：「去將邵欣宜叫來。」

邵欣宜便是之前陳昭說了要送過來給她的邵成鵬的女弟子，這個邵欣宜倒真是個人才，能文會武，醫術和廚藝也都很出色，卻在她這裡打雜，她都覺得有些暴殄天物。

很快，邵欣宜便來了，手中還端著一碟點心。她先將點心放在桌上，繼而抱拳道：「屬下拜見小姐。」

這個邵欣宜是個眉目清朗的女子，身上帶著江湖氣，沒有一般女子的矯揉造作，她倒是挺喜歡的。趙真點點頭，「妳過來，看看這個，可識得？」

邵欣宜聞言，闊步走到她近前。

趙真將桌上的畫軸拿給她，她接過去只看了一眼便道：「識得，此物乃家師所創，名為削風十字針，做工極為複雜。這種機關暗器只造了五個出來，每個機關僅有六根針。」說完，也沒多嘴問趙真為何會有這個，她來之前清塵公子便已經交代過了，對小姐要忠心不二，知無不言，問什麼便答什麼，多餘的話不可多問。

趙真聞言心中一沉，道：「這五個機關都在誰手裡？」

邵欣宜如實道：「師父有一個，大師兄有一個，清塵公子有一個，左右長老各有一個。」

趙真五指一緊，過了一會兒才鬆開，繼而起身快步走進書房，迅速寫了張字條折了折交給邵欣宜，「將紙條送到清塵公子手中，他看過之後應該會告訴妳該怎麼做了，事情辦妥後妳再回來，要掩人耳目，不用我教妳吧？」

邵欣宜將紙條收入懷中，抱拳道：「屬下定不辱使命！」說罷迅速辦事去了。

趙真這一生別的事情做得不多，手上沾染的血卻是最多的，她自然清楚一個人的傷口是死前弄上的，還是死後故意弄上的。拿過桌上的畫軸，她眸色沉沉，只希望這件事並非她所想的那樣。

※◎※　※◎※　※◎※

自打付凝萱知道了趙真是她的外祖母後，便格外的殷勤，一大早就先到齊國公府和趙真一同前往神龍衛。

付凝萱一見到外祖母，先來個熊抱，再將一封折好的書信塞進趙真手中。

趙真打開瞄了一眼：娘的，這麼多字。

眼下也沒時間慢慢看，趙真先塞進了袖中，翻身上馬，「走吧。」說完自己先走了。

付凝萱趕忙上馬跟上，「小表姨！小表姨！還有呢！」
趙真聞言，慢下來等她，「什麼？」
付凝萱將一個鹿皮袋子扔給她，「肉乾。」
趙真接過來打開看了看，一股噴香的肉味便飄了出來，她拿了一塊放進嘴裡嚼了嚼，五香牛肉味，口感很有勁，她用眼神問她：妳外祖父做的？
付凝萱點點頭，委委屈屈道：「做了好幾天了，把好的都挑給您了，我和我哥吃的不是糊了就是硬了，偏心！」
趙真聞言哈哈一笑，從袋子裡拿了幾塊出來，繼而將袋子拋給外孫女，「妳吃吧，別告訴他便是了。這玩意都是我以前行軍打仗沒飯吃時用來充飢的，也就妳和妳哥把它當零嘴，能吃鮮肉誰還吃肉乾。」
付凝萱得了肉乾很開心，其實來的路上她已經偷吃好幾塊了，還猶豫著要不要老老實實交出來呢，最後是怕外祖父問起外祖母，她才老實交出來。外祖母給她吃，她自是喜不自禁，邊道謝邊打開袋口：「謝謝小表姨！這肉乾多好吃啊！可有嚼勁了～」
趙真不置可否，囑咐她一句：「少吃點，不好消化，吃多了胃要難受了。」
付凝萱含糊點頭，往嘴裡塞了兩塊。
趙真與付凝萱祖孫倆邊說話邊走進軍帳，蘭花早早就到了，正在她櫃子旁收拾東西，有兩個裝好的包袱已經放在她床上，似是在打包行李。
蘭花聽到她們的聲音，抬手抹了把臉，轉過身來，像往常一樣大著嗓門對她們笑道：「妳們來了！」只是那清脆的聲音有明顯哭過的痕跡，眼角的濡溼也沒擦乾淨。

付凝萱鬆開外祖母的胳膊，小跑過去，看看她的包袱，睜大眼睛驚訝道：「大花，妳收拾行李做什麼？」

蘭花扯扯嘴角，繼續保持著笑容道：「跟妳們說一聲，我要走了，回家去了，妳們在軍營裡好好的！有機會我會來看妳們的！」

付凝萱聽完後眼睛睜得更大了，她不知道發生了什麼事，一聽蘭花要走，立刻抓著她的胳膊問道：「妳要走了？為什麼走啊？神龍衛不好嗎？妳不是在神龍衛待得很好嗎！」雖說和蘭花相處不久，她也總欺負蘭花，但付凝萱心裡還是喜歡蘭花的，聽她要走，頓時就捨不得了。

蘭花有點笑不出來了，她揉了揉自己的臉，勉強道：「我爹為我訂了一門親事，我要回家嫁人去了……」

蘭花訂親了？付凝萱突然想起蘭花來的時候說過，她來神龍衛是為了相看男人，有了男人嫁自然就走了。

付凝萱不高興的癟癟嘴：「哼，有了男人便不要姐妹了，我以後不喜歡妳了！」

蘭花聽到付凝萱把她當姐妹，還說喜歡她，頓時眼眶就熱了，她抬手揉了揉眼睛道：「縣主……其實我也捨不得妳們……」

付凝萱聽了，任性道：「捨不得就別走嘛！嫁什麼人啊？有本縣主在，以後幫妳找個頂好的男人，肯定比妳現在的好！」

趙真知道蘭花為何會突然要離開神龍衛嫁人，她走過去拉開外孫女，問蘭花道：「是妳自己願意的嗎？」

蘭花沒說是，也沒說不是，只是道：「我爹為我找的這門親事很好，那家男人家裡有好幾畝地，長子在外成家了，女兒也嫁了出去。那男人我見過了，還身強體壯的，我過去跟他過日子就行。」她已非清白之身，還能嫁到一戶體面人家當續絃已經很好了，這是父親賣了很大的面子才替她求來的婚事，她該知足的。

趙真一聽便知道這不是蘭花願意的，一個兒子都成家的男人，該比蘭花大多少歲？若非她失了清白，又怎麼會搭上這麼一門親事？

付凝萱聞言又擠了過來，她說話一向不懂拐彎抹角，恨鐵不成鋼道：「大花！妳瘋了啊！兒子都成家的男人妳還嫁！妳要當人家的小媽嗎？那男人到底有多好啊，這妳都嫁過去！」

蘭花有口難言。

趙真拎著外孫女的脖領把她扔到一邊去，「妳老實待著！」而後看向蘭花，「大花，妳這是在怨我嗎？」

蘭花聞言慌忙擺手，「怎麼可能！這和妳有什麼關係啊！」

趙真皺眉道：「怎麼會和我沒關係？妳是因為我才遭此一劫，我是不會讓妳委曲求全嫁給這樣的男人的！」

她伸手將蘭花按坐在床上，認認真真道：「大花，女人嫁人就好比第二次投胎，若投不好胎，這一生都毀了！當然，我的意思也並非說女人只有嫁給一戶好人家才不算毀了，而是要嫁給一個自己想嫁的人，餘生才不會在痛苦和難捱中度過。身為女子，其實嫁人並非唯一的出路，除了嫁人，妳自己也可以有所作為、活得精采，將來更不乏有好男人想娶妳！」

蘭花聞言垂下眸子，這是對於趙瑾和縣主這樣的女子來說，她們地位崇高，又貌美，自然不乏男人趨之若鶩。可她呢？家世普通，相貌粗鄙，連身為女子基本的柔情似水都做不到，如今又沒了清白，能有人要就已經不錯了。而且，她不嫁人能做什麼？她只有一身力氣，別的什麼都不會。

趙真見她仍是垂頭喪氣的樣子，心中更是愧疚不已，坐到她身邊繼續勸道：「大花，不要灰心，到底會怎樣，總要試試才知道，也好過妳現在心懷遺憾的嫁人啊！」她拍了拍她的手，建議道：「我有間武器鋪要開張了，正是用人之際，妳若是願意可以過去做事，在管事身邊學本事，學得好將來便替我管鋪子，也算衣食無憂。妳願意嗎？」

其實蘭花真的不想嫁人，聽到趙真的這些話，眼中終於多了些光芒，抬起頭遲疑道：「我能行嗎？」

趙真連忙點頭，「世上無難事，只怕有心人。只要妳肯用心，我相信妳一定行！」她握緊她的手，「大花，算我求妳，妳答應吧，妳若是就這麼嫁出去，我會愧疚一生的！」

蘭花有點動搖，「可是我爹……」

趙真立刻道：「我去勸妳爹！若是妳將來找不到可心的人，妳的親事我包了，我替妳找戶好人家，再為妳添一筆嫁妝！」

蘭花忙擺手，「瑾兒，其實妳不用這樣，我真的不怪妳，是我自己不小心……」

趙真打斷她道：「妳要是不想我這麼幫妳，妳便好好學本事，憑本事當我的管事！到時候還愁好親事找不上妳嗎？」

蘭花想了想，最終用力點點頭，眼中終於有了堅定的光芒，「我會努力的！」

趙真這才放下心來，蘭花是這整件事裡最無辜的人，她若是那麼稀裡糊塗嫁出去，她會愧疚一輩子的。蘭花失去的，她無法替她彌補，只能讓她今後過得盡量幸福無憂一些。

付凝萱在旁邊看著，一臉怔忡：我不在的時候到底發生了什麼？

蘭花便暫且沒離開神龍衛，趙真寫了封信，委託沈桀派人送去給孫嬤嬤，讓孫嬤嬤來處理這件事。下午的時候孫嬤嬤便過來了，準備了好些禮品，接著蘭花一起回蘭家，先將蘭花訂下的婚事退掉去。

蘭花看到趙真替她家準備的禮品，眼珠子都要瞪出來了：這、這哪是禮品啊！都是白花花的銀子！

「瑾兒，這使不得……」

趙真對她笑了笑，「不是給妳的，是給妳爹的，妳無權替妳爹拒絕。」說罷，她看向孫嬤嬤再次叮囑：「務必將婚事妥善退掉，不能讓蘭家人為難。」

孫嬤嬤躬身道：「小姐且寬心，老奴做事小姐還不放心嗎？」

趙真點點頭，把蘭花推進馬車裡，道：「大花，人生只有一次，無論前路再難，咬著牙也要走下去。」

蘭花有些動容的看著她，「瑾兒，謝謝妳……」

※◎※　※◎※　※◎※

將蘭花的事情都辦妥了，直到陳昭過來找她，趙真才想起來，他寫給她的那封信還沒看。

所以說，能口述，幹嘛寫那麼長的信？誰有時間看？就不能學學她，簡單明瞭寫幾個字嗎！

對此，陳昭表示：我怕不寫清楚，妳看不懂啊。

陳昭能看得懂趙真的隻言片語，可趙真卻不一定能看懂他的。當然，這話他不敢明說。

有了許良這個前車之鑑，身在神龍衛的趙真也不敢和陳昭獨處太久了，催促他道：「你信上寫了什麼？簡單的跟我說說就好了。」看了那堆密密麻麻的字她就頭疼。

陳昭不知趙真此時為何如此坐立不安，按她坐下道：「妳昨日令邵欣宜送信過來，我便令她連夜去了天工山莊，天矇矇亮的時候她趕回來報信，是左長老半月之前急需大筆錢財救子，便私自將削風十字針販賣給了他人，當時並非正主和他交易，他也不知背後之人到底是誰，如今邵成鵬已將左長老逐出天工山莊，與天工山莊再無干係。」

半月之前便已經開始下手了，看來路鳴此事已是籌畫許久，且牽連甚多，這其中的目的實在令人深思。

趙真蹙眉道：「你天工山莊堂堂長老都可以做出這等背主之事，看來你這天工山莊的人也不過如此，你說，若非我信你，提前將此事告知給你，這後果會怎樣？」

陳昭聞言神色沉沉，「依我之見，此事並非只謀劃了半個月，左長老之子惹下的禍端，恐怕也是有人蓄意而為之，好令左長老故犯，其心可誅。」

現下，他唯一慶幸的便是趙真這次信了他，聽聞與他有關，先派了人過來知會他，而不是將他列入懷疑的首要名單，有這樣的進步他比什麼都欣慰，便也無所畏懼了。他繼續道：「上午沈桀便已派人過去搜查廖縣，怕是不久就會搜到天工山莊了，接下來便看他如何處理吧。」

這個時候陳昭提起沈桀，趙真不禁眉頭又是一皺，「這件事並非只有沈桀一人在查，是與京兆尹的人一同協查，京城周遭唯獨廖縣製作機關武器精良，他查到那裡實屬正常。」

趙真這話便是擺明要維護沈桀了，其實陳昭也能理解，就算她對他用情再深，也不會為了他去懷疑她自己的親人，沈桀基本上等同於她的親弟弟，只要沈桀自己不承認，趙真會始終維護他的。但她現下刻意的維護，其實已經暴露了趙真對沈桀是懷疑的，她的信任沒有到盲目的程度，這便可喜可賀。

「我也沒說不正常，背後謀劃此事的人能做到如此周密，恐怕想查出什麼並不容易。」路鳴這事，陳昭知道的比較晚，無論是屍體還是人證都在沈桀手裡，他便無從查起。好在趙真對此事上心，又對驗屍略懂一二，沈桀不敢不讓她插手，便被她發現了十字針是人死後故意弄上去用來陷害天工山莊的。

天工山莊遠離朝堂，有人蓄意陷害天工山莊能是為了什麼？

還不是因為天工山莊與他有牽連。

而知道天工山莊與他有牽連的，除了自己的女兒、女婿與丞相向儒之外，便是沈桀了，因此答案顯而易見。但是趙真維護沈桀，他這個時候便不能將矛頭指向沈桀，什麼都不說，等沈桀自己暴露才是上策。

可是，即便知道了誰想陷害他，並不是就此萬事大吉了。

路鳴此事一定不是沈桀所為，如果是沈桀所為，他就不會在人死後才補上十字針，當初殺人時直接用十字針豈不是更好？

這便說明了要陷害趙真的人另有其人，而且很有可能沈桀已經知道了那人是誰，因為沈桀就算再想害他，也不會利用趙真，而有人敢對趙真下手，沈桀肯定也不會饒了那個人，但是那人又是誰呢？

陳昭沒在她面前刻意挑撥她與沈桀的姐弟情，趙真便也不會繼續和他計較。她說道：「沈桀若是查出什麼，會第一時間告知我的，我會看著辦，不會讓他誤會你。你近日來小心一些，也讓你的人辦事小心些，切莫又被暗算了，下次沒準兒就沒這麼幸運了。」

陳昭暫且按下心中的疑慮，神色一鬆，湊上前去攬住她，在她唇上輕輕一觸，「多謝夫人出手相助，這次是我手下人處事不利。」

趙真此時對他的投懷送抱沒什麼興致，推開他正經道：「之前刺殺沈桀的事，大理寺那邊查得怎麼樣了？時間可夠久了，什麼都沒查到嗎？」

陳昭有些疑惑今日趙真的冷淡，但還是如實說道：「有進展，但和沒進展又差不多。大理寺查到那些刺客與付淵或許有牽連，雖說以外人眼光來看，付淵有對付沈桀的動機，可妳覺得女婿是這樣的為人嗎？」

趙真一聽，神色更嚴肅了，竟還牽扯上了女婿，「當然不可能是女婿，那便是有人刻意要挑撥女婿與沈桀之間的關係了，這可真是其心可誅了！」付淵和沈桀是京城的兩道防線，挑撥他們兩人不和，那豈不是對宮中的兒子不利？

陳昭與趙真同心，「我也有此疑慮，已透過丞相將此事告知兒子，沒有查出背後主使是誰之前妳最好別跟沈桀說。我也不是挑撥，沈桀對我有敵意，妳也是知道的，他若是得知和女婿有關，定會懷疑到我身上，他若是一味的仇視我，而忽視了真正對他不利的人，這樣便著了幕後主使的道了。」

都不用挑撥，沈桀就已經懷疑陳昭了，要不是被趙真罵了一頓，還不知道現在會怎樣呢。真是樹欲靜而風不止，以後的麻煩事一定不會少了。

趙真點點頭，「我知道了，但此事要儘快查了，若是拖下去怕會拖出大事來。」

陳昭握住她的手，「我明白。妳近日來也凡事小心一些。」

趙真「嗯」了一聲，抽回手站起身，道：「我回去了，反正現下閨女一家都知道了，有事到閨女家再說，我在軍中就不和你多走動了，兒子對我也上了心，難免會留人盯著我，被他發現就不好了。」

算她說得有道理，陳昭便也沒繼續留她，「那妳先回去吧。」說罷送她到門邊，又突地按住她要撩門帳的手，「對了，妳與豫寧王府的人不要過多走動，現下敵我不明，誰知道他們是好心還是歹意。」

趙真聞言抬眸看向他，有點心虛，又有點惱意，「你派人盯著我？」

陳昭見她要生氣，伸手摟住她，有些柔情密意道：「現下這種局勢，我只是擔心妳……」說罷，俯身過來吻她。

豫寧王府的那個小狐狸精啊……趙真本來就不想多走動，現在想到他還有點不對勁呢！她沒接受陳昭的獻吻，推開他道：「行了行了，我知道了，我會看著辦的。」說罷，撩起門帳毫不留戀的走了。

陳昭看了一眼趙真的背影，總覺得她有點不對勁。

趙真回了自己軍帳不久，沈桀便派人過來叫她過去。

趙真猜想估計是沈桀那裡有進展了，然而站在沈桀帳前的時候，她頭一次有了不想進去的感覺，她怕她將要聽到的，是她不想聽的。

領她過來的將士高聲道：「大將軍，趙小姐到了。」

裡面沈桀渾厚的聲音道：「進來。」

但是不想進也要進，最終她還是撩開門帳走進去。沈桀正坐在案前翻看幾份文書，神情有些凝重，見她進來站起身，拉開他身旁的椅子。

趙真走過去坐下，問道：「可是查到什麼了？」

沈桀點點頭又搖搖頭，「查到了十字針的來歷，但線索卻斷在了這裡。十字針出自廖縣的天工山莊，是天工山莊左長老於半月之前賣出去的，可與他接頭之人十分隱蔽，這左長老也說不出個所以然來，所以查不出幕後主使是誰。」

當然查不出來是誰了，因為這削風十字針是他買走的，本來要用在別處的，這次只是碰巧用上了。但讓他沒想到的是陳昭已經先一步與此事脫開了關係，他細細一想便知一定是長姐提前告訴了陳昭。

知道削風十字針的人，只有他、長姐、洪判官和劉仵作。洪判官與劉仵作是他的人，不可能替陳昭辦事，那一定是長姐說的，如若不然，陳昭怎麼會處理得如此之快？

他也不是沒有腦子，此時若是繼續栽贓在陳昭身上，便是間接向長姐承認了是他故意陷害陳昭，他還沒那麼傻，只能白白浪費了這次機會。

趙真聞言心裡是鬆了一口氣的，看來此事確實和沈桀沒有關係了，只是線索斷在這裡，讓人難免煩心。她問：「那個左長老連接頭人的樣貌都不記得嗎？」

沈桀點點頭，「那人已是早有預謀，自然不會留下線索讓後來的人有機會查到他，恐怕這事要耽擱一陣子了。」

趙真嘆了口氣，「唉……這也是沒辦法的事，如此心思縝密之人，恐怕不好對付，那你便要費心些了。」

沈桀搖搖頭，安慰她道：「事關長姐，何談費心？子澄自會全力以赴，就算他隱藏再深，也會將其揪出來的。」

趙真欣慰一笑，又和他聊了幾句才起身離開，過幾日還有更令她心煩的事等著呢。

第九章 闔家歡聚之時

陳國有個節日，名為闔歡節，每逢這個日子便是闔家歡聚之時。

趙真雖是表妹，但也算得上國戚，加之兒子現在對她關懷備至，怎麼會不趁這個節日把她叫進宮去？於是，她與齊國公連帶沈桀都在受邀之列。

國喪期間不可大操大辦，但該去的皇親國戚卻不能少，女兒一家要去，皇后的娘家要去，豫寧王世子自然也要去。趙真想到陳啟威就有點犯愁，那孩子缺根筋的感覺，可不要到時候跑到她面前口出妄言就好了。

趙真重生一次，總算願意穿裙子了，孫嬤嬤便每日裡變著花樣做裙裝給她，新裙裝做了一套又一套，首飾也不知道添了多少箱，比對自己要上心多了。

今日進宮，孫嬤嬤自然是不肯放過大展身手的機會，一大早就叫趙真起床沐浴更衣，加之天涼，套了一層又一層的衣服在她身上，繁複不堪，頭髮也挽成了時下京中最流行的髮型，臉上上了淡妝，站在鏡子前活脫脫的貴女模樣，就是走路費勁。

趙真撫了撫頭上晃晃蕩蕩的花簪，「嬤嬤，這也太誇張了。」

孫嬤嬤推搡她出門，「我的好小姐，如今京中的貴女，哪個不是這般打扮？您今日進宮，來的不是公主便是郡主，望眼看去都是名門閨秀，您哪能輸了陣勢？」

趙真不想比這種「陣勢」，戴了這麼多首飾，不是活受罪嗎？單單鐲子孫嬤嬤就讓她套了四個，兩手一邊兩個，一細一粗，抬個手叮噹作響。

這時，管家急匆匆過來報：「小姐，長公主的馬車到了，邀您一同進宮呢！」

女兒來了，自然不能讓女兒等了，換了首飾再去也來不及，趙真只能硬著頭皮被孫嬤嬤推出去了。

到了大門外，女婿和外孫都在，趙真卻沒看到陳昭的影子，他今日不去嗎？

趙真上了女兒的馬車，裡面坐著盛裝打扮的女兒和外孫女，外孫女臉上蒙了輕紗，遮住了半張臉，露出的眉間點了花鈿，眼妝格外的精緻。

陳瑜起身扶她坐到中間的位置，甜滋滋的叫了聲：「母后。」

趙真點頭應了一聲，看向外孫女，瞧著她這副模樣好奇道：「萱萱，妳蒙著臉做什麼？」

旁邊的陳瑜忍不住噗哧一聲笑了出來，又趕忙捂住嘴。

趙真瞥了一眼想笑卻又不敢笑的女兒，再看向悶不作聲的外孫女，她的心中冒出一個大膽的猜測：「陳昭？」

於是「外孫女」點了點頭，用屬於陳昭的聲音道：「是我。」

趙真拉下他臉上的面紗，他這面紗是為了掩飾他與付凝萱不算太像的下半張臉，還在嘴角處畫了一顆泛紅的痘痘，預防萬一。雖然看似很周全，但是……

趙真瞪著眼睛道：「你可真……你這樣也太冒險了吧！再者說你身量比外孫女高出不少，入了宮如何掩飾啊？萱萱又不是常年不出門的大家閨秀，誰都知道她現下有多高啊！」

陳瑜替父皇回道：「帶了輪椅過來，就當萱萱崴了腳，也免於到處走動應付。」

趙真還是覺得太荒唐了，「你們這也太胡鬧了！這畢竟是進宮，若是被人發現了怎麼辦？妳怎麼解釋？」說罷瞪向陳昭道：「穿著女裝和你兒子說你是他爹？你怎麼就這麼不放心我？女裝還穿上癮了啊！」

女裝穿得多了，陳昭倒是很淡定，「我也不是不放心妳，只是近日來這麼多事情，妳一個人進宮我終究不能安心，若是扮作下人，很多場合要迴避，不便於我觀察形勢，所以才冒險如

此的。」

趙真翻了個白眼，「服了你了！隨你便吧，露出馬腳不要拉上我就行！」

陳瑜見母后又和父皇吵架了，摟住母后的胳膊勸道：「母后，父皇也是萬不得已，為了見您一面，都委屈成這樣了……」

趙真哼道：「他這是賊心爛肺！我看著就這麼像個不可靠的人嗎？」

陳昭聞言，挑眉道：「我可沒這麼說，我只是不放心妳的安危，難道妳還有什麼虧心事瞞著我，怕我發現不成？」

趙真目光飄忽了一下，反駁道：「怎麼可能！算了算了，就這樣吧！」

陳昭看著她轉過去的側臉，危險的眯起了眼睛。如果他沒猜錯的話，這個混女人肯定有事瞞著他，而且和男人有關！

※◎※　※◎※　※◎※

陳昭裝扮成這副尊容冒險入宮，真不單是為了趙真，畢竟他現下的身分入宮機會很少，很多事情不是他派人去打探便能打探清楚的，有些事情還是要用眼睛去看，一場宮宴便能看出許多，比如眼前大放異彩的堂姪孫。

好巧不巧的，他們入宮正好碰到豫寧王府一行人，如今在京中的只有豫寧王世子陳寅和他的長子陳啟威，連世子夫人都未歸京，仍在北疆。據說陳寅只帶了兩個小妾過來，世子夫人有孕，要等生產以後才能入京，因而赴宴的只有陳寅和陳啟威。

陳寅與陳瑜是堂兄妹，結伴而行倒也不失禮數，何況還有付淵在，但是陳啟威湊到趙真旁邊是個什麼道理？

上次打探的屬下回來說，趙真和沈桀半路遇到了陳啟威，是一同進城，進城以後趙真便甩下兩人來找他了，所以他並沒有多想別的。陳啟威一個晚輩，還能有什麼事？但如今看仔細了這張禍國殃民的臉，就很有問題了，因為趙真可是個食色性也的女人。

陳昭記得上次見到陳啟威的時候，他皮膚還有些黑，穿著打扮有點土氣，如今膚色變白，換了身衣服，簡直大放異彩。

陳啟威半點不覺得自己湊到趙真身邊有什麼不妥的，還從自己的食袋中掏出一塊柿餅遞給趙真，十分熟絡道：「我最近發現這個很好吃，妳吃過嗎？」

趙真看看陳啟威，再看看柿餅，想想旁邊的陳昭，有種後院失火的錯覺。

她對陳啟威的感覺真的很複雜，陳啟威是除了陳昭以外第二個看過她身子的男人……其實這也沒啥，但重要的是陳啟威當時對她赤裸裸的有了反應，這就很尷尬了，以至於讓她心裡總是彆扭，看見他就想起當時的窘境；加之陳啟威樣貌絕色，她就管不住自己的眼睛多瞄幾下。陳昭要是知道這些，還不非要和她幹架不可？

她自覺的往陳昭那邊挪了幾步，道：「柿餅嘛，吃過，不愛吃這個。」

陳昭瞄了趙真一眼：不愛吃？她不是最喜歡吃這種果脯了嗎？越是掩飾越是有鬼。

陳啟威似是對她的躲避無知無覺，又湊過來一些不解道：「為什麼不愛吃啊？很好吃啊！那妳喜歡吃紅果黏子嗎？酸甜的，妳喜歡吃糖醋魚，肯定也喜歡這個。」

趙真偷瞄了陳昭一眼，敷衍了一聲：「還行吧。」

陳昭這次瞄了眼陳啟威：還記住她喜歡吃甜酸口味，夠上心的。

得到了認同，陳啟威露出了喜悅的笑容，「我就猜妳會喜歡吃，我今天買了一大包，可惜沒帶來。對了，我發現京城裡有家糖醋魚特別好吃，而且很大一條，我一個人都吃不完，妳跟我一塊去吃嗎？」

趙真忍不住皺皺眉頭，這孩子怎麼這麼沒規矩啊！男未婚女未嫁，相約出去吃魚？這讓旁人聽到如何想他們？幸好現下這裡只有陳昭和外孫，不然不就壞事了！

陳昭聽了也是蹙眉：眾目睽睽之下，陳啟威便邀趙真單獨出行，這聽在旁人耳中該如何說趙真，又該如何猜測他們兩人之間的交情？

替陳昭推輪椅的付允珩既不瞎也不聾，陳啟威當著他外祖父的面前撬牆角，外祖父不能說什麼，他總不能也不說，輕咳一聲：「大家同是親戚，啟威兄只邀我小表姨，不夠意思吧？」

陳啟威聞言看向他，理所當然道：「你是讓我邀你嗎？可是我和你不熟啊。」那表情簡直在說：我傻我驕傲，我蠢我自豪，我山裡來的就是不懂規矩，你想怎樣？

付允珩被噎了一下，但虧得他臉皮厚，不以為然的笑道：「多走動不就熟悉了？」

誰知陳啟威比他臉皮更厚，半點不留情面道：「我和你走動做什麼？我又不娶你。」

趙真聽見後毛都要炸起來了，瞪他道：「你胡說什麼！」

陳啟威好像才想起來趙真之前的囑咐，連忙閉上了嘴，有些愧疚又有些可憐的看著她，小聲道：「別生氣，我不說了……」

要論荒唐，趙真都感覺自己比不過眼前這個陳啟威，她狠瞪他一眼，推開外孫，自己推著陳昭的輪椅到前面去了。

陳啟威想追過去，付允珩攔住了他，向來有些不正經的臉上此刻異常嚴肅，沉聲道：「啟威兄，我小表姨尚未婚配，還是個清白的姑娘，你此言一出，委實有辱她的聲名，我不管你是無心還是有意，今後請你自重！」

陳啟威聞言有點無措，有點不解，「我……」

付允珩打斷他，冷瞥一眼道：「不懂規矩，便好好學學規矩，這京城之中不是可以隨意撒野的地方。」

趙真雖被陳啟威氣得不行，但還是要先哄自己男人，一隻手揉在他肩上，小聲道：「我和他什麼事也沒有，回去再和你細說。」

陳昭不說話，只是伸手將她的手拂了下去，無聲的表示他的憤然：既然有話說，為何不早說，非要等到東窗事發才亡羊補牢？不坦誠！晚了！

趙真心裡苦，這讓她如何坦誠？難道要和他說：夫君啊，我英雄救美被別人看光了身子，他還對我起了反應，但因為是你的堂姪孫，我不能剁了他，怎麼辦？雖然還有一部分原因是因為長得美吧……

所以說，當個外孫那樣的單身狗多好。

皇城東面有個聽音閣，這場家宴便設在聽音閣之中，他們到了以後被安排在二樓，二樓視線最佳，一會兒陳勍也會到二樓來。趙真一邊是陳昭，另一邊是位舉止端莊的小姐，互相介紹之後才知這位是皇后娘家人，是皇后的妹妹秦如雪，現年十七歲，雖是庶出，但也頗有才名，因而留到現在還未許配人家。

當然，這都不是趙真關心的，她現在就想著怎麼哄自己男人了，坐在旁邊為他端茶倒水剝果仁，極度殷勤。

即便如此，陳昭也對她愛答不理的。他深深的瞭解趙真，趙真身上有男人的劣根性，做了錯事便會放低身子來彌補，若是立刻給她好臉色，她下次不會長記性，所以要冷著她，不能輕易給她好臉色。

不多時，人都齊了，一聲「皇上駕到！」，所有人皆出列跪拜。

陳勍走上二樓，身邊是牽著太子的皇后，一家三口站在一起和睦圓滿。

「諸位愛卿平身吧。」

眾人謝恩後起身，趙真殷勤的過去扶裝瘸的陳昭，陳昭並沒甩開她。他也不能一點面子都不給她，若是惹毛了她，便適得其反了。

陳勍進來以後注意力便在母后身上，見母后去扶外甥女，自然發現了外甥女的不妥，「萱萱這是怎麼了？」

趙真怕陳昭說話露了餡，替他回道：「萱萱崴了腳，行動有些不便。」

陳勍聞言走到近前，關心道：「崴得厲害嗎？怎麼沒進宮找太醫看一看呢？這臉怎麼也擋上了？」說罷低頭去看她的臉。

趙真裝作幫陳昭整理衣服擋了一下，繼續替他回道：「不厲害，休養幾日便好了，她下巴上也磕破了一塊，這才戴上面紗的。」

陳勍點點頭，沒多想，有些責備道：「以後可要小心些，萱萱妳這個丫頭就是不安分，小時候便總容易傷到，女孩子還是要沉穩些。」

陳昭學著外孫女的聲音小聲道：「萱萱謹遵皇舅舅教誨。」語氣中還有幾分委屈。

因為聲音小又有些許委屈的音調，陳勍也沒發現不妥，道了聲：「行了，快坐回去吧，腳傷了便不要起來行禮了，和皇舅舅還如此生分做什麼？」

陳昭謝恩後在趙真攙扶下坐回去，趙真剛扶著陳昭落坐，陳序便過來抱住她大腿了，仰著小臉對她嘻嘻一笑。

方才秦如嫣一直拉著陳序，最後還是沒拉住，讓他跑過去了。這小子怎麼這麼喜歡趙瑾？果然和陳勍是父子……

陳勍瞧見了，挽著皇后勸慰道：「別管他了，願意坐哪就坐哪吧，反正他現在只是個孩子。」兒子願意親近皇祖母，陳勍也是樂見其成：母后見多了心肝似的孫子，一定更容易想起來了。

秦如嫣聞言，沒理會陳勍，默不作聲望了一眼不遠處的秦太師，隨陳勍落坐。

陳勍落坐後揚聲說了幾句，便算開始了，對面戲臺上的戲子魚貫而入，好戲開場。

陳序坐在皇祖母的懷裡吃果仁，時不時歪頭去看陳昭，懵懵懂懂的眼睛裡充斥著幾分不解和好奇。

趙真察覺到孫子的異樣，摸摸他的小臉道：「序兒，看什麼呢？」

誰知她剛問完，陳序便從她懷裡出去，爬到了陳昭腿上，跪坐在他腿上仰頭看他的臉，歪歪腦袋看了半晌，然後伸手想要去抓陳昭的面紗。

陳昭忙捉住他的小手，低聲道：「序兒。」

陳序聽見後眼睛瞪得大大的，「嗚哇！」了一聲。

趙真忙把他抱回來，衝他比劃了一個「噓」的手勢，陳序見了捂住小嘴，眨了眨圓溜溜的大眼睛，不再鬧騰了。

陳序總坐在趙真那裡也不像個樣子，秦如嫣讓嬤嬤過去把太子喚回來，陳序才在皇祖母的勸說下回了母后那裡。

臺上的戲是闔家歡樂的喜劇，而陳勍卻有些感傷，往年闔歡節他都和父皇母后一同度過，一家人坐在一起有說有笑，全無顧忌，雖然今日母后在，但終究隔著好些人，還少了父皇。

陳勍摸了摸兒子的小腦袋，嘆道：「若是你皇祖父在便好了，你皇祖父最喜歡看戲，遇到看不懂的地方，只要問他便都明白了。」

陳序仰起頭，似乎感受到父皇的傷感，拉拉父皇的衣服，「父皇別傷心，皇祖父在呢。」

陳序這句話可把陳勍嚇了一跳，彎下身子對上兒子懵懂又認真的眸子，「序兒啊，皇祖父在哪呢？你可別嚇唬父皇啊！」

陳序心裡有一個排位，他最喜歡皇祖母，其次是父皇，再次才是皇祖父，雖然答應了皇祖父要保守秘密，但是看見父皇傷心他又於心不忍，那就偷偷摸摸告訴父皇，不讓皇祖父知道便好了。

陳序伸伸脖子看了一眼皇祖母和皇祖父那裡，見他們都沒有看他，便伸出小手指了指，湊到父皇耳邊小聲道：「就在那呢，父皇可不要說出去哦！」

陳勍順著他指的方向看過去，是母后那邊，母后兩側都是女眷，一個是皇后的妹妹，另一個是他的外甥女，身邊伺候的也都是宮女，連個太監都沒有，他的父皇在哪呢？

突地陳勍有點毛骨悚然，以前他看閒書，書上說小孩的眼睛最清明，能看到成人看不到的髒東西……呸呸呸！父皇才不是髒東西呢！

陳勍彎腰對上兒子的眼睛，嚴肅道：「序兒，那裡哪有皇祖父啊？你可不要瞎說。」

陳序聞言不高興了，他冒著被皇祖父打手心的危險告訴父皇，父皇居然不相信他！他又指了指，「就在那呢！父皇看不到嗎？皇祖母旁邊啊！皇祖父！」

陳勍瞧著兒子煞有其事的樣子，又看了看母后空蕩的四周，寒毛都豎起來了，難道父皇是真的出事了，陰魂不散跟在母后身邊？要不然他找了那麼久都找不到父皇呢……

陳勍伸手捂住陳序的眼睛，「不許看了，以後看到皇祖父不能和任何人講。」

陳序點點頭，陳勍才放開他，手有點哆嗦的撥了一個果仁餵他吃。

眼前一片黑，陳序癟癟嘴：哼，因為是父皇他才說的，別人他才不說呢！

坐在一側的秦如嫣見父子倆嘀嘀咕咕的，也不知道在說些什麼，便對陳序招了招手，「序兒，過來。」

陳序從父皇懷中出來，小跑到母后那裡，「母后！」

秦如嫣摸摸他沾上了碎屑的小嘴，問道：「序兒和父皇說什麼呢？」

陳序是有些怕母后的，平時不是太親近母后，所以母后排在皇祖父後面，自然不能把和皇祖父的秘密告訴母后，便道：「父皇想皇祖父了，序兒安慰他呢！」

秦如嫣聽完，抬眸看了一眼陳勍，他看著戲臺，神色和剛才比起來是有些魂不守舍的。平日裡最喜歡看戲的便是太上皇和太上皇后，陳勍睹戲思人倒是合情合理。

秦如嫣摸了摸陳序的小腦袋，「真是長大了，還會安慰父皇了，你怎麼安慰的？」

陳序眼珠轉了轉，避重就輕道：「我說皇祖父在呢，在看著他呢！」

秦如嫣挑了下眉頭，「皇祖父在哪呢？」

陳序眨了眨眼睛，瞄了皇祖父一眼，對母后道：「在序兒眼睛裡呢！」

小孩子的思維本來就是成人難以理解的，秦如嫣聞言噗哧一笑，「你父皇膽子那麼小，會把你父皇嚇出好歹來的，以後不許胡說八道了。」

陳序癟癟嘴，扭過身子不說話了，他才沒有胡說八道呢！他看著皇祖父，皇祖父可不就在他的眼睛裡嗎？

趙真平時挺愛看戲的，但今日的戲為了迎合闔歡節的氣氛，講的都是些家長里短的瑣事，她不愛看，便一門心思哄自己男人了。

她用一粒粒剝好的瓜子仁在白盤上擺了個笑臉，自己特別滿意，小心翼翼放到陳昭桌上。

陳昭目不斜視不理她，她便伸手捅捅他，小聲道：「你好歹看一眼~我擺了半天呢。」

陳昭很好歹的瞟了一眼，趙真用瓜子仁擺的圓眼珠子瞪著他簡直嚇人，她畫畫醜果然是有理由的，這種審美……他胡亂推了一把，把盤子推到一邊，上面的笑臉便散開了。

心血被毀，趙真有點生氣了，自己又伸手把盤子拿了回來，抓了一把瓜子仁塞進嘴裡，嚼得嘎吱嘎吱的。

陳昭在旁邊聽著嘆了口氣，就這點哄人的耐心，也就他受得了她。他用沒剝好的瓜子示範了一個真正的笑臉遞過去給她。

趙真接到盤子瞬時樂了，特別有誠心的一顆一顆的把瓜子剝好擺回去，重新給了陳昭，陳昭這次接過去，一粒粒的吃了，趙真鬆了口氣。

這時身旁來了個宮女，附在她耳側低聲道：「趙小姐，陛下讓您隨奴婢去聆聽塔見駕。」

趙真轉頭看向兒子，陳勍對她露出個別有深意的笑容，說實話，挺欠打的。

但誰讓兒子現在是皇帝呢，她不想去也只能配合著站起來，隨宮女去了聆聽塔。

聆聽塔是這聽音閣的一座塔，離得並不遠，平日裡用來存放各式各樣的樂器，古往今來的許多樂器都有，趙真偶爾還會到這裡來翻翻看看。

她等了不久，陳勍便來了，他一進來，外面的侍衛便把門合上，將他們與外面的一切隔絕開來。他笑盈盈走上前，「瑾兒，來，隨朕上去看看。」說罷牽住她的手，拉著她往樓上走。

——看就看，別動手動腳的行不行？

趙真被兒子拉著一路上了最高的六樓，從窗子望出去，大半個皇城盡收眼底。

陳勍指著不遠處一座宮殿道：「瑾兒，妳看。」

趙真順著他所指的方向看過去，那是她的景翠宮，本來她應該和陳昭一起住在皇極殿的，但是她那時與陳昭不和，便自己尋了個僻靜的宮殿住下，便是景翠宮。她宮中種了許多四季常青的松柏，所以遠遠看去鬱鬱蔥蔥，比別的宮殿顯得更為生機勃勃。

她裝作不知，「陛下讓我看什麼？」

陳勍見她臉上平靜無波，心中有些失望，但還是笑盈盈道：「那是景翠宮，等妳進宮，朕想讓妳住在那裡，喜歡嗎？」

趙真沒說喜歡也沒說不喜歡，只是道：「陛下給的必定是最好的。」

陳勍聞言一喜，扶上她的肩，驚喜萬分道：「瑾兒，妳是同意入宮了嗎？」

趙真點點頭，「我也希望能經常見到陛下，陪伴在陛下左右。」

得到她肯定的答案，陳勍有些激動的抱住她，嘴裡念叨著：「我就知道妳會答應的！我就知道妳會答應的……」從今往後，他在這宮中便不再是孤單的了，他的母后又回來了……

趙真聽出了他聲音中的波動，在心中暗嘆口氣，抬手拍上他的背，「陛下……」

那手輕柔的落在他背上，恍惚間，陳勍彷彿回到了曾經，回到了母后的懷抱，他將她抱得更緊，「妳不知道，這偌大的皇宮之中，有千千萬萬個人，可父皇和母后離開以後，朕卻是孤獨的……妳能回來真好，真的很好……」

趙真聽完有些心疼他，又有些疑惑，他若孤獨，那皇后呢？皇后不是一直在陪著他嗎？

陳勍不知她心中所想，他只知母后回來了，但就剩他們孤兒寡母了，父皇不在……想起陳序方才的話，他突然有些脊背發涼，父皇不會真的一直跟在母后左右吧？那現在有沒有在盯著他們看？

陳勍鬆開了趙真，眉眼柔和的問她道：「瑾兒，妳有什麼要求嗎？提前說出來，朕讓宮人去準備。」心想：父皇在天之靈千萬不要怪我，我只是接母后進宮享福，絕不是娶母后啊……

趙真搖搖頭，對他微微一笑，「沒有，我想陛下一定將一切都準備好了。」

看著她的笑容，陳勍心頭一暖，繼續道：「再過幾日朕便接妳進宮可好？」

趙真柔順道：「但憑陛下做主。」

——真好，馬上就能接母后進宮了。

陳勍抿唇一笑，「那好，我們先回去吧，再過幾日我們便有的是機會在一起了。」

趙真也對他一笑：你母后我，會好好對你的。

趙真與陳勍前後腳回到殿中，陳昭知道他們之間那點貓膩，趙真點點頭，他便知道大概怎麼回事了。

秦如嫣也知道陳勍做什麼去了，見他眉開眼笑的回來，心緒卻一點一點的下沉。

陳勍坐好後轉頭對她道：「她答應了，剩下的事便麻煩皇后了。」

秦如嫣斂了心緒，端著皇后應有的端莊和大度道：「陛下放心，臣妾一定將事情辦妥。」

陳勍點點頭沒再說別的，將視線轉向了戲臺，似乎看得津津有味的。

※◎※　※◎※　※◎※

看過戲後，宮中設宴，皇帝宴請皇親國戚，算是熱熱鬧鬧的將這個節過完了。

宴散以後，人們漸漸都出了宮，陳勍將長公主邀去說話，趙真要和陳昭一同回去，便也沒走。等姐弟倆說完話，白日還晴朗的天氣突地下起了雨，雖然不大，但是地上的坑窪裡也積了水，天色暗了難免路不好走。

陳勍見此乾脆邀長姐一家在宮中留宿，反正也不是第一次了，連地方都是現成的，直接去陳瑜未出嫁時的錦繡宮便好。趙真現下也不好去景翠宮住，便隨他們也住在錦繡宮，正好和陳昭擠在一間。

外人看她和陳昭是表姨和表外甥女，自己人看他們倆是夫妻，住在一起合情合理。

趙真先去沖了個澡，回來的時候陳昭正坐在梳粧檯前卸妝，卸掉臉上有些濃重的妝容，露出本色，他那種雲淡風輕的美又回來了。

趙真都忍了許多日不碰他，心中癢癢，湊上去摟住他的腰，雙脣抿了下他飽滿的耳垂，吹

口氣道：「這幾日沒親近你，我都想死你了……」說著便去解他衣服。

陳昭按住她不安分的手，「想我？我還以為妳早就厭煩了我呢。」

趙真聽完噗哧一笑，自然知道他在生什麼氣，「瞧你這醋性，還真和一個小孩子計較啊？我是什麼樣的人你還不知道嗎？我能是那種胡來的人嗎？」說罷掰開他的手，繼續胡來。

陳昭站起身躲開她，「妳別插科打諢，妳和陳啟威到底怎麼回事？」

這事還真有點不好解釋，趙真還沒想好托詞，能躲一會兒是一會兒，伸手把陳昭拖到床上壓過去，親著他道：「我真想你了，咱們一會兒再說行不行？」趙真心裡想得美，先把他弄舒服了，一會兒好說話。

陳昭可不容她糊弄，「先說話。」

兩人便在床上你推我擋的鬧起來了，直到外面有太監尖細的嗓子道：「皇上駕到！」

趙真從陳昭胸前爬了起來，褲子都脫了，兒子怎麼來了？

陳昭膚白肉嫩的，此時衣衫盡褪，從面色到身體皆是曖昧的淡粉色，一時半會兒也消不下去。趙真將床帳放下，扯了被子替他蓋上，自己撿了衣服穿上，對他說道：「你就裝作已經睡了吧，我出去應付。」說罷，將就的把自己衣服穿好。

她正要下床，陳昭拉住她的衣領，「等等，衣服穿好再出去。妳先不出去，他也不會硬闖姑娘家的閨房。」他將她的衣領和腰帶繫好，連摺子都要撐平。

趙真此時是跪立在床上的，她低頭看向他，他細白的面頰因為方才的挑逗而染著紅霞，白皙修長的手指穿梭在綢緞間，時隱時現。替她整理著衣服時，他的神情專注而認真。記得上一次這樣的場景還在三十多年前，她將要出征，他依依送別，一早起來便親手替她更衣、掛甲，神色也是這般專注。

那時候，她看著他，第一次有了仗打完了就早些回家，一定要活著回來的念頭。她趙家兒女本不畏生死，但有了他，她便有了回家的信念，出征在外多了分小心，盼著與他團聚，雖然中間幾經波瀾，不過現在他們也算團聚了。

最後替她整好衣領，陳昭抬起頭嚴肅道：「以後在兒子面前切不要這麼隨意，妳與他現今可不是母子的關係了。」

趙真根本沒認真聽他的囑咐，俯身吻在他的唇上，輕輕輾轉了一下，戀戀不捨的鬆開，有些抱怨道：「這個小崽子太會煞風景了，你等我回來。」說完才撩了床帳出去。

床帳重新被放下，陳昭低頭看看自己一身的凌亂，他越加覺得自己不是個帝王了，而是趙真後宮等待臨幸的寵妃……

趙真出去的時候，陳勍已經快走到門口了，手裡牽著還沒他腿高的陳序。

陳序一看見皇祖母便撒開父皇的手跑了過去，跑到近前跳起來撲進皇祖母懷中，趙真順勢把他抱起，捏了捏他的小臉，被兒子攪了好事的心情都平復了，「殿下怎麼過來了？」

陳勍向她這邊走來，替陳序回道：「他聽說妳留宿宮中，吵著鬧著要過來和妳一起睡，朕見此便把他送過來了。」說罷，他看了看母后有些鬆散的髮髻，「瑾兒已經要休息了嗎？」

趙真看他一眼，點點頭，「正要休息呢，萱萱已經睡下了，我便沒叫她起來見駕。」

陳勍笑道：「無妨，她現下起身也不方便，讓她睡好了，反正朕把序兒送到就走了。」他送陳序過來也只是為了多看母后一眼，這個時候還不能在她這裡久留。

趙真聽到兒子把人送過來就走時有點驚訝，他沒點別的話說嗎？她還以為他過來是有什麼話要說呢。

陳勍在她面前摸了摸她懷裡陳序的小腦袋，抬眸對她道：「今晚就麻煩妳照顧他了。」說罷又對陳序道：「序兒，要乖乖的，可不要吵到小表姑。」

陳序點點頭，抱緊皇祖母的脖子蹭了蹭，「序兒可乖了！」

陳勍刮了一下他的鼻子，對趙真道：「瑾兒，朕先回去了，妳早些休息。」

趙真沒出言留他，點頭道：「陛下也是。」說罷便低頭逗弄懷中的小心肝了。

陳勍看著母后就只顧著懷裡的孫子，有點吃味，母后對待孫子和對待幼時的他，簡直一個天上一個地下，連失憶了都是更喜歡孫子。瞧他這個皇帝當的，爹不疼娘不愛，老婆還愛答不理的，沒勁。

趙真送走了陳勍，便抱著陳序回屋了。

陳序進了屋便伸著小腦袋四處看，沒見到皇祖父，轉頭對皇祖母道：「皇祖父睡了嗎？」

趙真聽他提起皇祖父，問道：「怎麼了？想皇祖父了。」

陳序「嗯」了一聲，陳昭撩開床帳出來，衣服已經穿上了，但只是穿著潔白的褻衣，並未把女裝穿上。

陳序一看見他，便張開手要皇祖父抱抱，趙真瞧著孫子對陳昭這麼主動，有點奇怪，他以前可沒這麼喜歡陳昭啊。

陳昭也有點受寵若驚，從前只要趙真在，陳序可是不讓別人抱的，怎麼這次主動找他了？他走過去把陳序抱過來，軟香的小娃娃抱在懷裡，他的心頭都柔軟了，「序兒，你怎麼認出皇祖父的？」

陳序有點不敢看皇祖父的眼睛，抱著他的脖子趴在他的肩上道：「就認出來了！」他之所以刻意討好皇祖父，完全是因為之前把皇祖父的秘密告訴父皇了，心虛。

陳昭和趙真都不知道小孫子的心思，抱著他回到床上，趙真捏了捏孫子的臉，「序兒今晚要和皇祖母、皇祖父一起睡嗎？」

陳序重重點頭，大聲道：「要！序兒可想可想皇祖母和皇祖父了！」小嘴甜得討人喜歡。

陳序這一來，陳昭又沒辦法審趙真了，總不能當著孫子的面問她和其他男人的事情，便把陳序遞給趙真，起身道：「皇祖父去拿汗巾給你擦擦臉，你先和皇祖母玩。」

陳序偎進皇祖母懷裡滾了滾，「序兒洗澡了，皇祖父聞聞，香香的！」伸了小手遞向他。

陳昭作勢聞了一下，道：「香是香，但還是要擦擦臉擦擦手，你一路過來也髒了。」說罷去拿汗巾了。

陳序噘起小嘴，對皇祖母不開心的說道：「皇祖母，序兒香香的！沒有髒！」

趙真哄他道：「序兒當然香了，是你皇祖父窮講究，咱們不理他。」說完，先替孫子脫了衣服，再將自己外衣脫了，祖孫倆躺進了被窩裡咯咯笑。

陳昭拿了溼布回來見兩人都鑽被窩裡了，嘆了口氣坐到床邊道：「起來擦臉。」

兩人皆賴著不起，趙真腆著臉道：「你擦啊，誰也沒攔著你。」

陳昭無奈的看了兩人一眼，數落一句：「兩個懶蛋。」然後挨個伺候他們擦了臉和手，又回去把布洗乾淨晾上。

他回到床邊推了推趙真：「裡面躺些，給我留點地方。」

趙真抱著孫子往裡面挪了挪，陳昭剛剛躺下，陳序便爬過來擠在皇祖母和皇祖父中間，嬉笑道：「序兒躺這裡！」說罷把臉埋進趙真胸前。

陳序一下子就成了兩人的楚河漢界，陳昭瞪了一眼小孫子的後腦杓：真會找地方。

陳序向皇祖母撒了一會兒嬌，又滾到陳昭懷裡去，要皇祖父摟摟抱抱，平日裡陳昭是不會這麼溺愛他的，但眼下好不容易能親近一下孫子，便也隨他去了。

陳序在他們倆之間滾了一會兒，終於有點累了，眨著眼睛道：「皇祖母和皇祖父什麼時候才能留在宮裡陪著序兒啊？序兒想每天都和皇祖母、皇祖父一起睡～」

趙真看了一眼陳昭，心疼的抱了抱孫子，「小心肝再等等，皇祖母和皇祖父有事要做，過些日子便會回宮了。」

陳序蹭蹭她的胳膊道：「父皇也想皇祖母和皇祖父了，之前父皇說皇祖母和皇祖父不會回來了，抱著序兒哭得特別傷心，序兒以為再也見不到皇祖母和皇祖父了呢。」說罷抬起小臉，可憐巴巴道：「皇祖母不走了好不好？」

趙真嘆了口氣，「序兒乖，再等幾天皇祖母和皇祖父就回宮了。」

陳序一向懂事，事情問到第二遍沒得到答案就不會繼續問了。轉身，他拉了拉皇祖父的衣服，「皇祖父，序兒要聽故事。」

陳昭也有點心疼小孫子了，便講了個故事哄他睡著了。

等小傢伙睡熟了，趙真壓低聲音道：「咱們倆這麼瞞著兒子是不是不太好啊？要不還是告訴他吧……」

陳昭替小孫子拉了一下被子，「妳什麼時候這麼心軟了？」說罷，他果斷回拒她：「暫時不可，再等等。」而後繼續之前的話題：「妳和那陳啟威到底怎麼回事？我看他的態度似是纏上妳了。」

一聽他又提這件事，趙真也顧不上兒子了，苦惱道：「其實也沒什麼……就是之前去泡溫泉，我聽見隔壁有人溺水，便跳過去救人了，結果救的是他……你也知道，泡溫泉嘛……穿的不多，還溼了，有點不得體，男未婚女未嫁，所以那孩子有點死心眼，我說了沒事，他非要……反正就是這麼件事。」

趙真說得遮遮掩掩，但陳昭也聽懂了來龍去脈，瞪她道：「秀色可餐吧？」

趙真正經認真道：「不及你分毫！」

哼，怪不得她那天突然過來和他親熱，原是被別人挑起了興致，之後回到軍中便對他冷冷淡淡的，心裡說不定在想什麼呢！

「我又不是第一天認識妳，妳敢說妳沒動過半分心思？」

趙真討好他道：「不敢說半分沒有，但我沒那種歪心思，就是喜歡多看幾眼，其他的真沒別的！你看我這麼坦誠，就別生氣了。」說罷手越過孫子摸進他衣服裡。

陳昭把她手拍開，「孫子在呢，安分些，妳不要臉我還要呢。」

趙真聞言負氣道：「行吧行吧，我睡覺了，你愛信不信，反正我老實說了。」

屋裡靜了好一會兒，趙真都要昏昏欲睡了，便聽陳昭道：「以後老實點，就算妳沒心思，誰知道貼上來的男人懷著什麼心思？」

趙真噗哧笑了一聲，轉過身來看他，「看來我在你心裡還是個香餑餑呢～知道了，我以後一定遠著。」

事已至此，陳昭再矯情難免惹她生厭，便沒再和她計較了，只是有些可憐道：「若是有一天，妳厭煩了我，一定要明白告訴我，大不了我離妳遠些便是。」

趙真一聽這句話，趕緊湊過去親親他，「說什麼呢？我是那種見異思遷的人嗎？你瞧你，越來越像個娘兒們了，斤斤計較的。只要你老實本分，我是不會厭煩你的。」

趙真還真是個喜新厭舊的人，但同一個人，她都上了第二次，這便說明她對陳昭是真愛，是不會輕易就厭了的。

陳昭沒理她，在心裡嗤了一聲：不老實本分的人是妳吧？

※◎※　※◎※　※◎※

因為有陳序在，夜裡兩人也沒親熱，隔日便回去了，直接去神龍衛。

吃肉吃慣了的趙真乍一吃素這麼多天，有點忍不了，又想到不日便會進宮，以後和陳昭見面的機會便更少了，便連著兩晚都約陳昭在山上的木屋裡偷偷見面，好好恩愛了一番，回了軍帳便倒頭就睡。

這天晚上趙真睡得正香，外面傳來「梆梆梆」的敲打聲和高喝聲：「查軍帳！」

蘭花走了，外孫女在公主府裡裝腳崴沒來神龍衛，現在軍帳中就只有她一人了，她聽見聲音趕忙穿衣出去，外面天色還暗，卻黑壓壓站了一群人，手持兵器和火把，氣勢有些駭人。她揉揉眼睛，有些迷糊道：「這是怎麼了？」

領頭的將士是沈桀軍中的人，平日裡對她客氣著呢，今日卻有些嚴肅，上前道：「我等受大將軍與明夏侯之命，搜查趙小姐軍帳，請趙小姐行個方便。」

搜查她的軍帳？這是怎麼回事？趙真蹙眉道：「搜軍帳可以，但總要告訴我為什麼吧？」

領頭將士沉著臉道：「昨夜軍中發生命案，許良被殺害，有人舉報妳的嫌疑最大，因此我等奉命前來搜查軍帳。趙小姐，得罪了。」

趙真一聽有點懵：許良被殺害了？這是怎麼回事……

看著眼前氣勢洶洶的眾人，趙真雖問心無愧，卻隱隱有種不祥的預感。不是別人，偏偏是許良，難道又一個人因她而枉死了嗎……

領頭將士見她不語，沉著聲音又叫了一聲：「趙小姐！」看那樣子她再不讓開，他們便要衝進去了。

趙真回了神，將身子讓開，軍士們瞬間魚貫而入，在軍帳中到處翻找。

趙真就站在門邊看著，兩側有兩個女兵盯著她，似乎怕她跑了，她並未理會，只是看著自己的東西被逐個扔在地上，床單枕被也未能倖免。她從軍那麼多年，還是第一次被這般對待，可以算作是她人生中最恥辱的時刻了，無論是康平帝還是陳昭都沒有給過她這樣的恥辱，而有人竟然敢……

似乎有人搜到了什麼，交到了領頭將士那裡，領頭將士沉著臉走到她面前，將一把短刀遞給她看，「趙小姐，這短刀可是妳的？」

短刀精緻而華美，是她當初進宮的時候皇后送給她的，她一直放在抽屜裡妥善保管，並未隨身攜帶過，「是我的，皇后娘娘賞賜的，是一對，放在了一起，為何只有一把？」

領頭將士冷冷一笑：「是啊，為何只有一把？這個問題該問趙小姐才是。」說罷他看向她兩側的兩名女兵，「將趙小姐帶到大將軍那裡去！」

兩名女兵聽令要上前制住她，趙真轉身閃開兩人，冷瞥一眼道：「我自己會走。」

領頭將士畢竟是沈桀的人，也不為難趙真，「那就請吧。」

趙真隨著他們去了軍中的大帳，帳中已經站了許多人，沈桀、付允珩和陳昭，還有軍中幾個將領，可見許良之死驚動了多少人。

許良是京中一個七品官員的嫡次子，官員的兒子在軍中被殺，自然不能當作一件小案子來對待了。

許良的屍體被白布蓋著，布上大片的血跡觸目驚心，一個本該鮮活的生命，轉眼間便變成了一具冰涼的屍體。趙真不禁握緊了雙拳，她是早已看慣生死，可卻看不慣某些人因為自己的私欲而枉顧性命！

領頭的將士將搜到的短刀呈上，一個仵作模樣的人端著一個托盤過來，上面有一把染了血的短刀，赫然是趙真那對刀的另外一把，猜都不用猜便知道這就是行凶的凶器了。

沈桀是在場之人中官職最高的，自是由他來審問趙真，他臉上沒有什麼表情，語氣平淡無波道：「趙瑾，這短刀可是妳的？」

趙真也沒有什麼抗拒的神色，承認道：「是我的，皇后娘娘賞賜的，軍中應該不會再有第二個人有了。」

沈桀繼續道：「許良的屍體是在南門山腳下被發現的，這把短刀被埋在了距離他屍體稍遠一些的地方，埋得極深，若非有軍犬，恐怕找不到它。經仵作對比，這把短刀就是造成許良胸前致命傷的凶器，可是妳將這把短刀遺失了？」

軍中眾人皆知沈桀是齊國公的義子，便是趙真的叔叔，會向著她是無可厚非。

這時一名將軍站出來道：「趙小姐，請妳如實告知這把刀為何會成為殺死許良的凶器？」

眾人皆看向她，成為眾矢之的的趙真並沒有什麼緊張的神色，她站直了身子如實道：「這把短刀一直被我妥善保管在抽屜中，從來沒有帶出去過，所以不可能遺失，成為凶器的原因只有兩個，一個是我拿它殺了許良，另一個便是有人偷了這把短刀殺了許良陷害我。」

那位將軍繼續問道：「那麼趙小姐認為自己是被陷害的？可是有人說妳與許良早有過節，甚至大打出手過。」他說著蹲下身，將白布下許良的胳膊拉出來，露出他肩頭的刀傷，「這刀傷是不是妳留下的？」

許良的屍體已經沒了血色，慘白一片，肩上還未痊癒的傷口便格外的明顯。

趙真雙拳微握，「是我傷的，但起因是許良找我比試，我才傷了他。」

將軍站起身，目光如炬的盯著她，「那許良為何要找妳比試？」

這件事情涉及陳昭，她一時之間也不知該如何解釋。

那位將軍繼續道：「是不是因為許良發現妳與陳助教有染，控訴妳利用陳助教之便，在排位上做了手腳，所以妳才與他起了爭執，進而重傷了他，威逼他保守秘密，但後來妳卻反遭到他的威脅，所以妳一怒之下就殺他滅口了？」

說罷，有人呈上了一張紙，上面是許良的字跡，他以此事為威脅，想讓趙真以身分之便為他謀取利益。

「這張紙是在許良身上發現的，言辭間已經不是第一次威脅妳了，只是這張紙還未給妳，便被妳殺了滅口了。」

不得不說，這個陷害她的人還真是神通廣大，那日她與許良爭執的時候，明明沒有任何人在場，後來她也只將這件事告訴了沈桀和外孫，連陳昭都不知道，而這個人卻知道了……

趙真還未反駁，陳昭站出來說道：「馮將軍，先不說我與趙小姐到底有沒有私情，僅憑一把短刀和一張紙便斷定趙小姐是凶手，是不是太草率了？若是有人故意陷害，這些都是可以捏造的。」

馮將軍聞言高喝一聲：「羅志遠！」

一人走了出來，是神龍衛這三十個人之中的一個——羅志遠，和許良住在同一間軍帳。他此時神情有些侷促，站在馮將軍身旁，「末將在。」

馮將軍道：「把你所知道的都說出來，沈大將軍做事向來秉公，你不用有所顧忌。」

這個時候沈桀自然不能表現出偏袒了，便沉聲道：「說，如實說便是，但若有半分隱瞞和作假，本將軍定不會輕饒。」

羅志遠神色微凜，看了看眾人，站直了身子，「在軍中我與許良關係最好，許良有什麼話都跟我說，之前他發現趙小姐與陳助教的事情也跟我說了，他心裡氣不過，本來好幾次都要找趙小姐理論，但都被我勸住了。然而狩獵那日他還是忍不住去找了趙小姐，被趙小姐傷了肩膀回來，回來之後他一直憤憤不平，但歸根究柢還是怕自己將來沒有一個好前程，便想以此為把柄，讓趙小姐為他在沈大將軍面前美言幾句，替他謀個一官半職。他知道這事危險，便寫了封信給我，囑咐我一旦他出了意外，便將此信交出來。」

說罷，他從懷中掏出一封信，裡面寫的是許良如何發現趙真和陳昭的私情，又是如何利用陳昭為自己謀求便利，言辭憤慨，充滿了對趙真這種用身分來壓制旁人之人的鄙夷。

眾人聽完面面相覷，誰人不知趙真的身分，趙真是齊國公尋回來的遺腹子，自小在鄉野中長大，回來後便極受齊國公寵愛，沈大將軍遵照皇命組建神龍衛，他這個姪女考都沒考便直接進來了，如今又和助教發生這種事情，眾人聽了還是有幾分信的，鄉野來的丫頭哪裡能當真的大小姐看，說不定多下賤呢。

馮將軍看向陳昭道：「不知道陳助教對此做何解釋？」

陳昭戴著面具，旁人看不見他的神色，只聽他道：「我與趙小姐確實有些舊情，但只是普通舊友罷了，她是常到我軍帳來，但也不是只有她一人來，我是助教，有人來請教學問是理所當然的事情，若說我幫助趙小姐答策，可有人能拿出證據來？空口無憑誰都會說。」

他說著，突地一頓，看著眾人又道：「其實有個很簡單的方法就能證明趙小姐的清白，答策是不是她自己寫的，現在再考她一遍不就知道了？」

陳昭幫完趙真答策後，都是有再教過她的，再考她一遍自然不難。

馮將軍冷笑道：「誰知道趙小姐寫了一遍有沒有背下來？」

這時魏雲軒出人意料的站出來說道：「我相信趙小姐和陳助教是清白的，我也經常去陳助教那裡，趙小姐認真刻苦，我與她總是在陳助教那裡學到很晚，她不是個好逸惡勞的人，我相信答策是她自己寫的。」

魏雲軒是神龍衛裡最有潛力的一人，他說話還是有幾分重量的，本來有些信了的人又有些猶豫了。

趙真感謝這個孩子這時候能站出來說句話，但她受之有愧，越聽越加痛恨起自己的不好學了，若是她好學一些，也不至於被人抓到這個把柄，人果然是一點壞事都不能做。

馮將軍又看向趙真，不依不撓道：「先不管趙小姐和陳助教有沒有私情，我想知道趙小姐戌時到亥時之間人在那裡？可有人為妳作證？」

這個時辰她自然是在和陳昭鬼混了，除了陳昭和陳昭的暗衛，哪還有人能替她作證？而且她此時又不能承認自己和陳昭的關係，否則在兒子那裡就暴露了。

趙真看向馮將軍，淡漠道：「這個時辰只有我一個人在練武，沒人能替我作證。」

這時，有一夥人走入軍帳，是大理寺的人和一位年長的老者。

那老者一進來便撲倒在許良的屍體上，哭喊道：「我的兒啊……你怎麼成這樣了……」

趙真看著老者，彷彿看到了當初弟弟趙琛的屍首被送回來的時候。白髮人送黑髮人，最是淒涼，她頓時悲從心來，夾帶著濃濃的愧疚。

我不殺伯仁，伯仁卻因我而死，這件事情她勢必會查清楚，還許良一個公道……

大理寺的人前來接手案子，自然要將所有的證據和線索重新詢問一遍，不利的矛頭仍舊全部指向趙真。

許良的父親聽聞趙真是最大的嫌疑人，瞬時紅了眼睛撲向她，「妳還我兒子的命！」

趙真一時之間沒有躲開，他兒子的命確實是因為她才沒的，這話她無法反駁……

她身旁的沈桀見此，迅速將她拉到身後，將人擋住，呵斥道：「許大人！事情還未清楚之前切莫妄下定論，自有大理寺的官員還你兒子一個公道！」

許良父親家中子嗣單薄，就兩個兒子，嫡長子自幼體弱多病難堪大用，他的希望都寄託在小兒子身上，小兒子這一去，他自是癲狂了，嘶吼道：「不是她是誰？不知羞恥的野ㄚ頭！有臉和男人私通就不要怕被人知道！還我兒子的命！賤……」

沈桀面色一寒，抬手將人劈暈，推給副將道：「許大人難忍喪子之痛，一時瘋癲無狀，將人先送回府中休養！」

副將得令，命人將許大人抬了出去。

沈桀對趙真的維護顯而易見，大理寺少卿整理好證物，上前客氣道：「大將軍，現在趙小姐的嫌疑最大，本官恐怕要先請趙小姐到大理寺暫住一段時間。」

現今誰不知道這位趙小姐除了頗受齊國公的寵愛，連陛下和長公主都十分待見她，常常召見她入宮，就算她是真的凶手，讓她去大理寺受審也要客氣著。

沈桀轉身看向趙真。

趙真神色鬱鬱，但並沒有什麼抗拒的表現，她點頭道：「小女子隨大人去大理寺，定會配合大人查出真凶。」

大理寺少卿見這位千金小姐願意配合，鬆了一口氣，一個未出嫁的小姐攤上這種事情，又被請去大理寺受審，就算將來能洗清清白，恐怕名聲也要毀於一旦了。

大理寺少卿同她又客氣幾句，然後走到陳昭面前道：「事關陳助教，也請陳助教一起到大理寺走一趟吧。」

陳昭也配合的點頭，面具後的目光在趙真臉上停了片刻，恐怕這件事情要儘快解決才行。

雖然事關陳昭，但因為陳昭並非嫌疑人，他可先回軍帳換身衣服再一同去大理寺。案子發生在深更半夜，誰都是睡到一半被吵醒的，讀書人講究體面，他說要回去洗漱一下自然無人攔著，況且大理寺等人還要去勘察現場，有足夠的時間讓他收拾。

陳昭回軍帳後先拿了紙筆簡要寫了幾句，讓親信伺機遞給趙真。趙真進了大理寺以後一定

會先被審問和他的關係，而且也會問他，他們要事先串好說辭才行。

而趙真作為首要嫌疑人，就沒有陳昭這樣的優待了，只是拿水抹了一把臉，重新整了整身上的衣服。此時她正和沈桀在一起，身旁都是大理寺的人在看守。

趙真默不作聲的坐著，沈桀還是第一次見她這般無精打采的模樣，不免有些擔憂，輕咳一聲引起她的注意：「瑾兒，無須擔憂，這不干妳的事，大理寺會將真凶查出來還妳清白的。」

趙真聞言看向他，黑白分明的眸子落在他的臉上看了許久，看得沈桀心裡都有些發毛了。

他繼續道：「我會派人隨妳去大理寺，妳若有什麼事情需要傳達，讓他傳達給我即可。」

趙真聽完收回視線，閉上眼睛，模樣有些疲憊，「此事暫且不要讓祖父知道，他年紀大了，我不想他操心。」

沈桀看著她，心裡的擔憂越發濃重，「好，妳放心吧。」

之後趙真一直沒說話，格外的安靜，待大理寺的人將帶她走，她也沒再和沈桀說過話，不知道在想些什麼。

沈桀早先就讓人替她備了馬車，看著她一言不發登上馬車，頭也沒回就跟著大理寺的人離開了，他心裡竟有種慌張無措之感，彷彿她這一走便再也不會回來了。他強壓著想把她留下的衝動，握緊雙拳看她離開。

沈桀回了軍帳不久，便有人敲門，他讓人進來，見了來人冷著臉道：「兩天，就兩天的時間，此事必須了結，回去和你的主子說。」

來人應下，悄聲無息趁著夜色離開了軍營。

第十章 我爹和我姐都騙我……

大理寺的人還算優待她，馬車行得並不急，趙真坐在裡面也沒覺得顛簸，只是心中再也無法平靜下來。其實出了那麼多的事情，她已經防備了許多，卻不想還是因為一時疏忽而被人鑽了空子，她實在想不明白，到底是什麼人要如此大費周章陷害她，到底有什麼利益可圖？

突地，一張折好的紙從窗子的雕花縫隙裡被扔了進來，掉在她的腳邊，她轉頭看了一眼，窗外除了大理寺的人並無他人。她將紙條撿起來打開，上面是陳昭的字跡，簡單的幾句話，是囑咐她若大理寺的人問起他們之間的關係，就按照之前和孫子說的那番話解釋。

趙真看完後將紙條揉成團，無處銷毀只能吞下去了，幸好這紙條不大，否則被人發現就是個麻煩。

馬車到了大理寺的時候天還未亮，大理寺是有關押女嫌犯的牢獄的，不知道是因為趙真的身分，還是因為有人特意吩咐過，她被帶去了一間緊窄的院子，院子不大，卻也比陰暗的牢獄好了很多。

趙真被安置好後，大理寺少卿並沒有急著審問她，而是讓她稍事休息，待天明再審理。雖然這種案子還沒有大到要上奏聖上的程度，但神龍衛畢竟是聖上欽點的，嫌犯還是聖上的表妹，出了事情自然要稟告聖上一聲，大理寺少卿也不敢擅作主張，便趕緊連夜呈報給大理寺卿。

大理寺卿一早上朝，散朝後將此事簡明的稟報聖上。

誰知陳勍聽完之後臉色瞬間變了，陰沉著臉，沉默許久才道：「讓大理寺少卿主理此案，務必儘快查出真凶。趙瑾是朕的表妹，她的為人朕清楚，斷不可能做出這樣的事情。她現在身在大理寺，你們萬萬不可苛待她，尤其不可用對待一般嫌犯的手段對她。」

大理寺卿聞言微微一愣，新帝一向賢明，之前有些事情牽扯上長公主與駙馬，他都是鐵面無私的，而現下對一個人卻如此明顯的偏袒還是頭一次，但他不敢過多窺探帝王的心緒，低下頭鄭重道：「陛下放心，微臣定不會苛待趙小姐，若非趙小姐所為，微臣定會還她清白！」

陳勍揮揮手令其退下，自己一個人在殿中來來回回走了許久，王忠進殿來報：「陛下，皇后娘娘求見。」

陳勍抬頭看向殿外，隱約能看到秦如嫣立在殿門外的身影，他收回視線坐了下來，面色仍是陰沉的，「不見，讓皇后回去吧。把何臨給朕叫來，讓他立刻就來！」

王忠聞言有些驚訝，往日盼著皇后娘娘能經常來的陛下竟然不見皇后娘娘了，現下又面帶惱色的急召何統領過來，是發生了什麼大事嗎？

帝王都有自己的暗衛，而何統領便是陛下暗衛的統領，只為陛下一人辦事，讓何統領去辦的事情一定不簡單。

王忠一刻不敢耽誤，速速出去派人請何統領前來見駕。

王忠走後，陳勍口中反反覆覆念叨著一個名字：「陳清塵……陳清塵……」他回憶起那個戴著面具的男人，和陳序之前對他格外親暱的態度，心中一凜：難道他是……父皇？

※◎※　※◎※　※◎※

雖然大理寺的人讓趙真休息，但是趙真哪裡還有心思睡覺，一閉眼便是許良身上大片的血跡。她雖殺人無數，看過的慘像比這個慘的要多太多，可許良的死卻讓她不安，她一直睜眼到天明，等著大理寺少卿過來審問她。

大理寺少卿正式接手案子之後，是先審問了陳昭，才來審問趙真。第一個問題便是趙真和陳昭的關係。

此時屋中只有大理寺少卿和一位女主簿，並沒有如三堂會審一般一大堆人來審她，算是給足了她面子。

趙真和陳昭的回答出入並不多，大體是兩人曾有過舊情，後來因為一些瑣事分道揚鑣，再後來趙真便被齊國公尋了回來，而陳昭對她舊情難忘跟著追了過來，是有過糾纏，但現下也未舊情復燃，來往也只是普通的來往。

趙真說得比陳昭要籠統一些，大理寺少卿也能理解，畢竟是女子，與人談自己的私事，總不好面面俱到，什麼都說得清清楚楚。

大理寺少卿繼續問道：「那趙小姐可知短刀遺失的事情？都帶去過哪些地方？」

趙真回道：「我一直放在抽屜的盒子裡，就連歸家的時候也從未帶走過，因為那種短刀於我而言並不趁手，所以我平日裡並不用，只是偶爾會拿出來欣賞一番，近日並沒有看過，也不知道丟了一把。」

「有多久沒看過了？」

趙真想了想，似乎從路鳴和蘭花出事後她就沒心情欣賞上面的那些珠寶了，算起來……

「大概有二十幾天了。」

女主簿一一記下，大理寺少卿又問起她：「那趙小姐昨晚戌時到亥時之間在哪裡？」

她本來想承認和陳昭在一起，但怕陳昭那邊沒承認，便依照之前說的，獨自一人練武，無人作證。然後對方又問了她一些問題，她都一一答了，答得謹慎，應是沒有破綻的。

大理寺少卿起身道：「趙小姐放心，只要趙小姐是清白的，我等定會查清事實真相，還趙小姐清白。」

趙真平靜的點點頭，「多謝大人。」

※◎※　※◎※　※◎※

宮中——

已是午後，聖上一直一個人在殿中沒出來，連午膳都只是端過來簡單吃了一點，像是有心事的模樣，王忠也不敢問，有些猶豫的進來稟報：「陛下，明夏侯世子前來覲見，似是有什麼急事的樣子。」要不是明夏侯世子看起來真的很急的樣子，他也不敢這個時候進來打擾陛下。

陳勍聞言抬起頭，面色微變：允珩？

他道：「他可帶了什麼人過來？」

王忠不知聖上為何這麼問，但世子確實帶了人，因為戴著面具，他特意多問了一句，世子說是他的參軍。

「有，世子身邊還有他的參軍。」

陳勍豁然起身，「叫世子進來！」

不多時，王忠將明夏侯世子與他的參軍帶了進來。他有些好奇，為何世子前來面聖要帶著自己的參軍呢？

付允珩見了皇舅舅行禮道：「允珩拜見皇舅舅。」

而他身後的陳昭卻站著一動不動，一點也沒有見了皇帝要下跪的覺悟。

王忠不禁看了那個參軍一眼，還未多瞧，上首的陳勍便說道：「退下！都退下！」那聲音有些急切。

王忠不敢再看，趕忙帶著宮人退出殿外，將大殿的門合上，讓宮人都站得遠遠的。

陳勍從階上快步走下來，停在了陳昭面前，他抬抬手，似是想揭下他的面具，快要觸到的時候又馬上收回手去，退了幾步。

他無言的看著面前的人，這人會是父皇嗎？也許趙瑾根本不是他母后，她的情人也不是父皇呢？可若不是父皇，他為何見了他不跪？

在答案將要揭曉的時刻，他突然就退縮了，他有些害怕面具後不是他想要的答案。

陳昭卻沒給他退縮的機會，自己抬手將臉上的面具揭下，出眾的容貌便暴露在他眼前。

這張臉讓陳勍陌生又熟悉，他記憶中的父皇，即使年過半百仍然風華猶在，母后曾不止一次感嘆他沒遺傳到父皇的絕色，那時候他還不能理解年輕的父皇到底有多絕色，以至於母后恨極了他，卻還是忍不住和他糾纏不休，現在他好像明白了風華絕代到底是什麼意思……

所以母后到底是有多會生，把他生得完美的避開了父皇所有的優勢……

——等等，我為何一見了他就認定他是父皇了？萬一不是呢？

陳昭一開口就粉碎了他的萬一，「續華。」

陳勍一怔，眼眶突然有些熱了，他使勁的眨了下眼睛，強忍住上手捏一捏對方的衝動，試探道：「父皇？」

陳昭嫌棄道：「你父皇都叫了，再試探還有什麼用？」

——這種嫌棄的口吻一定是父皇無疑！

由於外甥還在，陳勍忍住了上去抱大腿的衝動，想伸伸手抱他，但因為是父皇，他又不敢像母后那樣抱，最終雙手合攏交握在胸前，有些熱淚盈眶道：「父皇，您終於回來了……」

陳昭看著眼前這個兒子，實在有點嫌棄，他伸手將他交握的手拍了下去，「站好了！身為帝王要時時刻刻注意自己的儀態。」

父皇這樣一訓斥，沖淡了陳勍失而復得的感動，曾經怕父皇怕到躲起來哭鼻子的記憶又湧了上來，就算父皇死過一次，也仍是那個凶巴巴的父皇，對他這個兒子沒有半點失而復得的珍惜和喜悅！

——父皇，你這樣很容易失去我的！

雖然心裡對父皇很不滿意，但他面上還是要恭敬道：「父皇，您與皇兒到偏殿裡坐下說吧。」說罷，他又看了眼外甥，「允珩，你就在這裡候著。」

在旁邊看戲的付允珩聞言身子一震，低頭恭敬道：「是，皇舅舅！」

陳勍將父皇請到一旁的偏殿裡，再將門合上，殿裡便只剩下父子倆了。他為父皇斟了杯茶奉上，「父皇請用茶。」說話的時候眼睛瞟著面前這個絕色的少年，多神奇啊，曾經威嚴而滄桑的父皇，居然變成了絕色少年回來，看著好像沒那麼凶了……

陳勍剛想坐到父皇身邊，少年對他冷瞥了一眼，聲音冷得如冰渣，「讓你坐了嗎？」

陳勍一下子站了起來。他要立刻、馬上收回父皇看著沒那麼凶的這句話！

殿中一下子就靜了，陳昭也不說話，就一口一口的喝著他斟的茶。

站著的陳勍此時像個犯錯的孩子，父皇不說話，他便坐立難安，絞盡腦汁反省自己做錯了什麼。以前父皇都是這樣的，他犯了錯，父皇從不點明，讓他站在他面前自己想，想明白了自己說，說不對就一直站著。還記得有一次很沒出息，站到了尿褲子，他實在是憋不住了……

陳勍默默絞了下手指，「父皇，您既然好好的，為何不回宮來呢？您不知道皇兒有多擔心您和母后。皇兒這些天只找到了母后，沒找到您，您不知道皇兒有多擔心您……」父皇是不是因為他要納母后進宮而生氣？那他就坦白自己已經知道趙瑾是母后了！

陳昭瞥他一眼，「回來做什麼？替你收拾爛攤子？」

陳勍委屈的癟癟嘴，岔開話題道：「父皇，皇姐也知道了嗎？你們都不告訴我……」

——好難過，我爹和我姐都騙我……

陳昭無視了他的裝可憐，冷淡道：「你皇姐也是最近才知道的，若非出了這等事情，我也不會告訴你們。」

得知皇姐也是最近才知道，陳勍心裡才稍微平衡了一些，於是想到一個問題——父皇居然和母后有牽連，那母后是不是……沒失憶？

「父皇，母后知道嗎？你們既然在一起，母后是不是也知道？」

陳昭對這個兒子的脾氣還是很瞭解的，若是此時告訴他說他們騙了他，恐怕他會耍脾氣，進而壞了大事。

於是陳昭臉不紅、心不跳，半點沒覺得騙兒子有多該愧疚似的，平淡無波道：「你母后失憶了，她不記得我了，所以我才想方設法跟在她身邊，知道她回了趙家，免不了和公主府有來往，就託丞相利用允珩使我進了公主府。」

陳勍聽完一下子就得意了：好開心，母后失憶了之後還是喜歡我這個兒子卻嫌棄父皇，父皇再絕色有什麼用？母后還是喜歡我這個兒子！開心！把父皇比下去了！

雖然心裡樂開了花，但是陳勍面上還是憂慮道：「母后果然是失憶了……丞相是知道此事嗎？父皇變年輕以後便去了丞相那裡？」

——好你個丞相！居然敢欺君！明知父皇健在，還總在朕面前說什麼「若是先帝還在」之類的言論教育朕，不怕朕知道後抄你全家哦！

陳昭似乎窺探到兒子的內心，「我是丞相找回去的，是我讓他瞞著你，此事不怪他。」說罷抬頭看向他，一雙凌厲的眼睛似乎直逼他的心底，「續華，你母后被陷害的事情，你應該也已經知道了，依你之見，你覺得會是誰陷害你母后？」

聽了這話，陳勍的身子一下子就僵了，「此事皇兒已知曉，至於幕後之人……」他心中隱約有了答案，但仍然不敢相信。

陳昭將端著的茶杯放在桌上，聲音不大卻讓陳勍心頭抖了一下，便聽父皇道：「續華，你該知道，你母后最痛恨的便是有人騙她，已經有人三番五次陷害她，她被帶去大理寺的時候，臉色都是發白的，她自出生到現在都沒受過這樣的委屈，就算和我吵架，也從未落過下風，我雖將她困在宮中，卻從未讓她受過半分這樣的侮辱。你再看看如今，她被當著全軍的面被指責成殺人的真凶，站在風暴的中心承受旁人的言語侮辱，你於心何忍？」

陳勍即便沒有親眼看到，卻也能想像到母后當時的樣子，母后那樣驕傲的人，受到了這樣的侮辱，心中定然是十分難過的……

心中的愧疚如潮湧般襲來，陳勍撩了袍子跪在父皇面前，「父皇，皇兒不孝……」

陳昭低頭了看他一會兒，嘆了口氣道：「坐下說吧。」

陳勍搖搖頭，「皇兒不敢坐，父皇，陷害母后的人……可能是皇后……」他將自己打算接母后進宮的來龍去脈詳細的對父皇說了一番。

陳昭聽完後說道：「因為此事只有皇后知道，所以你便懷疑是皇后所為？是她阻攔你接你的母后進宮？」

陳勍搖搖頭又點點頭，「父皇，不只是如此，是皇兒糊塗，一直包庇皇后。皇后對皇兒早有二心，她自兩年前起便暗中與秦家來往，秦家藉皇后之手干涉朝中大事，皇兒早已知皇后的幾項罪證，就連皇兒與她的婚事都是她算計的，但因念及這幾年的夫妻之情，天真的想著我們畢竟是夫妻，又有序兒，她早晚會回心轉意的，因而替她掩飾才沒讓父皇與母后發現，只是沒想到她如此鐵石心腸，竟殃及母后……」

他或許沒有那麼聰慧，但卻不是傻子，連自己的枕邊人在想什麼都不知道。他知道皇后的一切，卻因為在不知情的情況下已經情根深種，天真的想用真心換她回頭，可是她卻仍執迷不悟，還殃及他的母后，父皇和母后是他的底線，是他絕對無法容忍的。

陳昭看著跪在眼前的兒子，實在沒想到他竟如此大膽，明知皇后與秦家有二心，還要替她掩飾瞞著他們，如此擅作主張……到底是長大了，管不了了，若非他與趙真重生，還不知道要被兒子瞞到什麼時候，是不是要瞞到出了大事才能發現！

「你實在是荒唐！你身為天子，卻因一己私欲，置天下安危於不顧！你這般替皇后隱瞞，若是出了大事該如何收場？」

陳勍愧疚道：「皇兒知錯了，但皇兒並非任由秦家為所欲為，一直都有派人監視著秦家，自父皇與母后失蹤之後，秦家與外界的來往便多了起來，有蠢蠢欲動之勢，所以皇兒近日來已打算狠下心，處置皇后，必然不會讓母后白白蒙冤！」

陳昭看著跪在地上的兒子，無可奈何的嘆了口氣，到底是親父子，都栽在了女人手裡。他對趙真又何嘗不是如此？明知她的心不在他身上，卻仍要苦心將她留在身邊，只是不同的是，趙真沒有謀逆之心，是這天下的功臣，而秦如嫣卻有謀逆之心。

身為帝王，為了天下，絕不可以為了一己私欲便去容忍的。

陳昭令跪在地上的兒子起身，問他道：「皇后畢竟乃一國之母，是序兒的母親，你要如何處置她？父皇且問你，你手中可有皇后要謀反的確鑿證據？可有秦家要謀反的確鑿證據？秦氏並非皇姓，手中無重權，也無兵權，想要謀反何其艱難，就算僥倖謀得皇位也是逆臣賊子，難得民心，這樣的江山怎會坐得安穩？」

陳勍聞言抬起頭，神色難得肅然道：「皇兒手中雖沒有確鑿證據，但秦氏一族有二心卻已是明朗，皇兒先前之所以替皇后隱瞞，是知道彼時的秦家受父皇與母后威懾，不敢輕舉妄動，而父皇與母后猝然失蹤，秦家才有所動作，可能是想將皇兒除去，利用尚且年幼的序兒把持朝政吧……」

陳昭面色一寒，厲聲道：「皇后對你動手了？」

陳勍低下頭，語氣中有些難言的低落，「之前換過皇兒殿中的熏香，但被皇兒發現了，皇兒便命親信悄聲無息的將香換了，沒有打草驚蛇，其餘地方倒是還沒做過手腳。皇兒雖然看似愚鈍，但並非是個不嚴謹之人，平日裡衣食住行都很注重的，可能皇兒在秦氏一族眼裡蠢笨懦弱，才敢做此手腳吧。」

他不僅在秦氏一族眼中顯得蠢笨懦弱，在他父皇眼中也是如此。不過陳昭現在對兒子倒是有些改觀了，他對皇后雖用情至深，卻沒到昏了頭的地步，還能發現皇后身上的不對勁，便說明他還是個機警聰敏之人，倒是自己這個父皇那麼多年來誤會他了。

其實說到底，皇后這門親事也怪他，是他太過看中秦家了，以為秦氏一族換了掌舵人便真的野心不在了，如今看來不過是韜光養晦罷了。可見秦太師此人心機之深，當初求娶秦如嫣，他還推三阻四，多次要將女兒偷偷摸摸許給別人，原來都是戲。

想到這，陳昭問道：「你當初到底為何突然同意娶皇后了？」

他曾經問過，那時陳勍就敷衍他與趙真，而他和趙真也沒查出什麼，便沒再追究，一心只是念著兩個孩子能好好的便好了。

陳勍聞言，便如實將當初秦如嫣如何遭了暗算，他又是怎麼英雄救美的過程講了一遍，最後道：「其實皇兒當時若能多想一些，便能發現這其中有不少端倪，根本就是有人故意下套，是皇兒當時太過天真，上了當。」

為何秦如嫣出事的時候，他趕巧就在宮外，又正好有人知道他在哪裡，能立刻將他叫去英雄救美，其實這些都是能細細推敲的，只怪他當時一聽到仙女般的師姐遭了暗算，顧不上多想就衝去了，後來生米煮成熟飯，他多想也無用了。

陳昭聞言有些恍然。原來如此，這種事情畢竟關係女子清譽，被遮掩起來也是理所當然，怪不得他和趙真當初什麼都查不到。

他沉吟片刻，道：「續華，父皇需要你繼續裝下去，眼下不要打草驚蛇。」

陳勍有些不解，「父皇這是為何？難道不管母后了嗎？」

陳昭搖搖頭，「自然不會不管你母后，但你母后在那裡不會有事，他們這麼做不過是想揪出我和她的私情，往你母后身上潑汙水，讓她進不了宮，卻不會真要她的命，她身後畢竟還有趙家和沈桀這兩棵大樹，是不能輕易撼動的。但是秦家的事卻不能就此了結，我之前說過，秦家並非皇姓，手中無重權，也無兵權，僅僅靠著皇后和太子是難成大事的，所以秦家一定有盟友，要除就要斬草除根，一個不留，所以現在還不是時機。」

秦家到底和哪些人聯手，還要一個個都查出來。

陳勍道：「皇兒倒是知道秦家和哪幾個大臣來往甚密，打算一個個都處理了。」

陳昭又搖了搖頭，「我也已經查了秦家數日，秦太師行事謹慎，他明面上聯絡的人可能並非是他的盟友，你我現下掌握的還遠遠不夠。」

反正父皇說什麼都是對的，陳勍點點頭，然後小心翼翼的問道：「那皇兒還要不要把母后接進宮？」

親娘當兒子的小妾，也是天下奇聞了，陳昭雖有千百個不願意，但也覺得唯有此計能行得通，兒子身邊有趙真近身保護，是件再好不過的事情，而且他這個兒子，就算明知道皇后有二心，也怕他一時昏了頭、著了皇后的道，有趙真盯著還能保險一些。

「接吧，神龍衛和趙家都不是個太平的地方，她在你身邊我還放心些，我也會在她身邊安排人手保護，你在宮中要多親近你母后，爭取讓她早日回想起來。」

陳勍點點頭，有點心虛道：「那皇兒要不要在母后那裡過夜，顯得寵愛一些？當然了，皇兒什麼都不會做的！」

——你是還想做什麼！

陳昭差點想一巴掌打在他臉上，最後還是平靜下來，站起身道：「你自然要對你母后顯得寵愛一些，不然你不顧你母后這些流言蜚語，執意接她入宮是為了什麼？至於如何做，你自己要掌握分寸！」

陳勍忙點頭如搗蒜，「皇兒明白！」

陳昭又忍不住瞪了兒子一眼，道：「我不便久留，先回去了，你若是有事便召見萱萱或者允珩傳話給我，我有事也會透過他們告訴你。」

陳勍繼續點頭如搗蒜，如今父皇歸來，不日後母后也將進宮，他如釋重負。父皇和母后就如他的定心丸，只要父皇和母后在，一切都會好的，而他也不再是孤單一人了……

※◎※　※◎※　※◎※

果然如陳昭所說，趙真什麼事也沒有，僅僅在大理寺住了兩日便被送回齊國公府，案子已經查明，是羅志遠與許良有過節，他得知許良與趙真之間也有過節，便趁機殺死許良推到了趙真身上，所謂的信件都是他模仿許良的字跡寫出來的。

許家人得知真相，還讓體弱多病的許家大公子帶著禮品登門向趙真道歉。

可許家人不知，不代表趙真不知，羅志遠不過是個替罪羔羊罷了，他根本沒那麼大的本事知道她有一對皇后賞賜的短刀，知道她和陳昭之間的往來，還如此恰好的栽贓她。

趙真收下了許家送來的禮品，但派府中管家送去了更多的賻金，待許良的喪事過後，她打算讓兒子派些太醫過去，為許家大郎治病，也算她的一番心意和歉意。

待人都走了，才知道發生大事的齊國公難免要嘮叨趙真幾句：「發生這麼大的事，妳居然和妳義弟一起瞞著我！這是查出來了，若是妳一直蒙冤該怎麼辦？打算瞞著爹到什麼時候？」

趙真此時仍是心情低落，沒什麼心情安慰父親的情緒，敷衍幾句：「是，女兒知錯了。」

沈桀見此在一旁勸慰道：「義父，長姐也是怕您跟著一起著急上火。長姐本來就是被冤枉的，事情解決只是早晚的事，有我在，也不會讓長姐這麼蒙冤下去，何必讓您跟著一起著急？長姐也是為了您好，您就別怪長姐了。」

齊國公還是有些生氣，他就這麼一個寶貝疙瘩，好不容易失而復得，自是女兒有什麼難題他都想一起分擔了，而女兒出了這麼大的事居然瞞著他！還把不把他當親爹了！

齊國公哼道：「不就是嫌我老了，不中用了，幫不上什麼忙嗎？」

沈桀忙道：「怎麼會呢？只是我們自己能解決的事情，不想讓您操心。」

趙真現下煩得很，只想回房靜一靜，有些不耐煩道：「爹，照您所說，就算告訴您，您能幫上什麼忙？還不是跟著一起瞎操心！現在我既然沒事就不要再提了，這事就這麼過去吧。」

齊國公被女兒這麼一凶，頓時玻璃心就碎了，顫道：「真兒啊……妳居然……妳居然嫌爹沒用了……」

趙真才不吃他這套，轉身就出了門，回自己院子去了，半點沒哄他的意思。

齊國公見女兒理都不理他就逕自走了，他捧心坐下，一臉痛心疾首道：「子澄啊……你看看你長姐，她居然這麼對我這個老父親……」

沈桀嘆了一口氣，安慰他道：「義父，長姐她在大理寺關了三天，被冤枉了三天，正是心情不好的時候，您體諒她一下，不要和她計較了，以長姐的脾氣，她過幾天就好了。」

齊國公想想也是，女兒這次受了這麼大的委屈，以她的性子此時定是氣得不行，他這個當爹的還是別給她添亂了。

「好吧，你長姐最疼愛你了，你去多勸勸她，讓她別生氣了，小心氣壞了身子。」

沈桀見齊國公終於不鬧了，鬆了一口氣，說道：「是，我會好好勸長姐的。」

話雖這麼說，但沈桀卻沒有立刻過去，他對趙真是極為瞭解的，知道她現在只是想靜靜，並不希望有人過去勸她，等到晚上用過晚膳，他才抱著新尋來的貓去她院中。

沈桀進去的時候，趙真正一個人坐在亭子中喝酒，下人全都被她趕了出去。

他走近，趙真用的是小酒盅，一口一口的小酌，並非豪飲，可見她現下只是有些煩悶，並非氣急。

沈桀抱著貓，笑容滿面的走過去，「長姐，我說妳下次歸家，貓便會到了，果真到了，昨日剛到的，妳瞧瞧。」

趙真聞言抬起頭，目光先落在他的臉上，才落在貓身上，是一隻花紋漂亮的貓，乖巧的待在沈桀懷裡，可見性情溫順，只是她現在卻沒有什麼心情看貓。

趙真抿了口酒放下，「先將牠放進籠子裡吧，明日再看，坐下陪我喝點酒。」

沈桀聞言，笑容收斂了一些，聽從她的吩咐先將貓抱了出去，再回來陪她喝酒。見她往秀氣的酒盅裡斟酒，他說道：「長姐，酒盅太小，何不換成碗呢？」

趙真搖搖頭，「我自知酒量不濟，萬一醉了，出點什麼事如何是好？就不豪飲了，這麼小酌挺好的。」

沈桀聞言一笑，「有我在，長姐還怕出什麼事情？」

趙真抬頭看向他，不說話，輕輕淺淺的目光就這麼落在他臉上，一眨不眨。

沈桀被她這麼直勾勾的看著，脣邊的笑意微僵，想起自己上次的情難自禁，心頭一跳，冷汗差點飆出來。他低下頭替自己斟酒，繼續笑道：「豪飲傷身，小酌怡情，我陪長姐小酌。」

趙真晃動了一下手中的酒盅，沈桀的心便如那酒盅一般泛起波瀾，暗自握緊了雙拳，有些忐忑。

這時，趙真道：「許良此案確實是羅志遠所為嗎？」

沈桀其實並不想現在就說的，可是長姐問了，他便不得不說，只是……他總有種該收手、不能繼續下去的感覺，因而猶豫不決。

趙真察覺到了他的猶豫，抬眸道：「有話直說便是，我不是那種不辨是非之人。」

沈桀思琢再三，最終從懷中掏出一張狀紙給她，「長姐，妳之前說過，我不能在妳面前說些詆毀他的猜測，而這次卻是證據確鑿，子澄不得不說，他在大理寺中有人，我也安插了人進去，雖然權力不大，但偷出一張狀紙還是不難的，妳且看看吧。」

這張狀紙上寫的是羅志遠的狀詞，大抵意思是他受陳昭威脅以致陷害於她，其過程非常詳細，如何密謀、如何實施，都條理清楚的寫了出來，最後蓋著大理寺少卿的官印，讓人看過以後真的就認為是陳昭所為了。

沈桀見她許久不言，手心有些發汗，開口道：「長姐，羅志遠還在獄中，妳若是不信，我可以帶妳去見他。陳昭真的不是個值得信任的人，他背地裡做的那些事，妳都不知道！」

趙真聞言，將狀紙放在桌上，看向他，表情異常平靜的問他：「他為什麼要害我？他和我還有什麼仇？」

沈桀情緒有些激動的說道：「長姐，難道妳忘了嗎？忘了他那些年是如何打壓趙家，打壓我們了？他根本就是個忘恩負義的白眼狼！利用完了便卸磨殺驢，不允許任何人威脅到他的皇權！新帝不知我們之間的糾葛，任命我掌管南衙十六衛，掌重權；他知道我不忠於他，視我為仇敵，恨不得除之而後快，而我與妳又是一體的，妳漸漸得了陛下的青睞，他自然坐不住了，不願妳在神龍衛中站穩腳跟，得以他日重振趙家軍！長姐，妳不能繼續被他騙了！他就是狼子野心！」

趙真卻沒有他那麼激動，抬眸看向他，問道：「你的意思是說，他見不得我好，便故意陷害我嗎？」

沈桀有些急切的點點頭，「長姐，妳被他騙了，他對妳一直就沒有真心過，他一邊說著愛妳，一邊命人刺殺我，全然不顧在我身邊的妳的安危！他根本就配不上妳的信任！」

趙真聽完，不言不語，一雙眼睛定定的看著他。

沈桀被她看得有些坐立不安，險些要撐不住的時候，趙真卻收回了目光，舉起酒盅小酌一口，目光有些縹緲的望著遠方，她輕嘆道：「子澄……」

沈桀的心口揪了一下，目光落在她平靜的側臉上，握緊手中的酒盅，回道：「長姐，我真的是為妳好……」

趙真卻沒繼續說這些，目光仍然有些幽遠，語氣平靜道：「我從小到大時常在想，趙家祖祖輩輩征戰沙場，最後將命都留在了沙場上，到底是為了什麼？」她說到這裡，抿了口酒繼續說道：「年少的時候，我以為祖輩大概和我一樣，喜歡那種馳騁疆場，威風八面，被人擁護為小將軍的感覺。」她說著，脣角露出一抹笑意，「身披戰甲，滿身榮耀，被人跪拜和推崇，走到哪裡都覺得自己是散發著光芒的。」

年少的她從不掩飾自己的虛榮，她幼時便隨軍駐守邊疆，雖然不用上戰場，但每天都會騎著老虎在軍中招搖過市，接受著軍中或畏懼或豔羨的目光；後來她上了戰場，掙了軍功，被奉為小將軍，更是威風八面、傲視群雄。

她就是這般虛榮而單純著，享受這種被人崇拜的感覺，便不懼生死，每次披甲上陣都抱著凱旋而歸的雄心，所以她驍勇堅韌，有著用不完的衝勁。

可是這種征戰殺敵、染滿鮮血換來的虛榮總有倦怠的時候，她再年長一些，便不貪戀那種被人奉為戰神的感覺了，於是她又一次的想，自己為什麼會這樣不怕死的衝鋒陷陣，自己到底為了什麼？

趙真斂了笑意，仰頭喝下一整盅酒，繼續道：「後來遠征洛河時，我看到了許多因為戰事而背井離鄉、骨肉分離的百姓，他們貧窮飢餓、無家可歸，受盡了戰事的折磨，甚至有些人受了敵軍的摧殘，苟延殘喘。我那時很氣憤，所以我想，為將，大概就是為了給那些顛沛流離的百姓一個安穩的家吧……」

沈桀不解她為何突然說起這些，但還是耐著性子替她斟上酒，沒有打斷她，只是道：「長姐心懷天下，一直是我心之所向。」

趙真搖搖頭，看向他，「可是我怨過……當琛弟血肉模糊的屍體被抬回來的時候，我怨恨過，為何我趙家世世代代為國征戰，最後換來的卻是斷子絕孫的下場？為了這天下的太平，為何我趙家的兒郎卻要連命都不顧？你也知道，我彼時在京中，京城遠離戰事，京中的人過得歌

舞昇平，而我的弟弟卻在水深火熱之中，最後把命都留在了那裡……」

趙琛的屍體被運回京中的時候已經腐臭，她仍舊不顧阻攔要開棺看弟弟最後一眼，她那個高大英俊的弟弟，變成了一具血肉模糊的醜陋屍體，連本來的樣貌都看不出來了，她心痛得像被人狠狠砍了一刀一樣。

她不禁開始回想，那些被她斬殺在刀下的人，是不是也是這般慘狀？被運回故土的時候，家人是否也如她這般心如刀割？她第一次殺人的時候，不是沒怕過，但她會安慰自己，安慰自己說那些都是該死的人，是她的敵人……可這世上真的有該死的人嗎？她的琛弟該死嗎？

沈桀看到了她眼中的哀色，伸手握住她的手，「長姐……」

趙真看向他，眼睛裡似乎湧動著千萬種情緒，「子澄，你在我心裡一直也是我的親弟弟，琛兒死後，你和父親便是我唯二的牽掛，我時常寫信給你，差人送東西給你，都是想要你能平平安安的。如今你終於能回到我和父親身邊了，我現在最大的心願便是希望我們能平安喜樂，一家人好好在一起過日子，別的都不重要。」

沈桀的心口像是被一隻手緊緊的攥住了，有些抽疼，他握緊了趙真的手，「長姐……」

趙真看向他，黝黑的眸子似乎要望進他的心裡去，她聲音有些縹緲：「子澄，我還是你的長姐嗎？」

這句話像個重錘，砸在了沈桀的心口上，心中的愧疚和自責如潮湧一般襲來，他可能真的不適合欺騙她，他雖恨陳昭入骨，卻騙不了她，騙不過自己的心。

沈桀鬆了她的手，重重跪在她面前，「長姐，我對不起妳，可妳永遠是我最重要的人！」

他抬起頭，已有些滄桑的面容上滿是痛色，「但是長姐，我不甘心！也許妳不自知，但妳心中的天秤早已偏向了他，甚至因為他，我說什麼都是錯的，可是他卻真的是想要我死！刺殺我的人就是他派來的！這件事情我沒有騙妳！」

趙真看著跪在面前的義弟，心中說不出是痛還是失望。她終究不想承認的，卻成了事實，她信任而維護的弟弟真的騙了她，為了他的一己私欲害了一條無辜的性命，狠狠打了她的臉。

她看著他說道：「你是不是查到刺殺你的人是付淵派來的？所以認定是陳昭想殺你？」

沈桀聞言一怔，感覺出了幾分不對勁，「是……長姐，已經知道了嗎？」

趙真點點頭，「陳昭早就告訴我了，只是擔心你誤會，囑咐我事情還沒清楚之前不要告訴你。但可以肯定的是，人不是付淵派去的，是有人故意挑撥你與付淵的關係。你執掌南衙，而付淵執掌北衙，陛下雖然有讓你們互相制約的意思，但更多的是對你們的信任。但你們這種關係，便也成了有野心之人的可趁之機，你們畢竟保衛著京城內內外外的安全，若是可以讓你們明爭暗鬥、相互打擊，自然可以得到攻陷京中的機會……這樣淺顯易懂的意圖，你都看不明白嗎？你是被對陳昭的仇恨蒙蔽了雙眼。」

沈桀聞言愣了良久，不禁回想，明明是件無頭公案，他為何如此順利的查到了付淵身上，而豫寧王世子又為何如此適時的過來拉攏他……

雖然他執掌南衙，手握重權，可他畢竟初來乍到，在京中根基不穩，也沒有自己的勢力，當他得知陳昭已聯合付淵對他下手，自是恨得不行，但奈何身邊無可用之人，趙真又一味偏袒陳昭，他便無力與陳昭抗衡。

而這個時候，豫寧王世子來拉攏他了。豫寧王一脈畢竟是王族，手中還是有不少能人之士的，但豫寧王畢竟遠離京中已久，想重新在京中立足，還需要拉攏他這樣手握重權的武官，於

是雙方便不謀而合。

豫寧王世子對他可謂拿出來百分之百的誠心，諸多事情為他出謀劃策，幫他減輕了不少壓力，而且豫寧王世子還有意和他聯姻，徹底成為同盟，這個聯姻對象自然是趙真和陳啟威。

陳啟威的美貌，沈桀早已見識過了，足以和陳昭一較高下，也許長姐會喜歡也說不定，便製造機會讓他們親近。但只有這樣還不夠，必須要先讓趙真和陳昭斷了，於是豫寧王世子便替他謀劃了這麼一齣戲……

如今細細想來，豫寧王世子也是王族，這般處心積慮，若是有謀逆之心……

沈桀看向趙真，臉上一片慌亂，「長姐……」現在坐在皇位上的人已不是陳昭，而是長姐的兒子！

趙真看他的表情便知道他想明白了，抬起手來「啪」的一巴掌打在他的臉上，「子澄，這一巴掌是打你騙我，你若是已不當我是長姐，從此我們姐弟情誼恩斷義絕，非友是敵，我對你再也不會有所顧慮。」

沈桀聞言，急急的抓住她的裙襬，一個頂天立地的漢子慌得像個孩子，「長姐，都是我糊塗！求妳別這樣……」

趙真終究是不忍心，閉了一下眼睛，再睜開時目光如炬，盯著他繼續說道：「若你還當我是你長姐，諸如此類的事情便不可有第二次，你對我也不可再有任何隱瞞，否則我定親手取你性命。」她彎下身子，緊盯著他說道：「子澄，現在皇位上的是我兒子，我不會讓他的江山有半分損失！不會讓任何人對他不利！」

沈桀神情已是大駭，他急急忙忙解釋道：「長姐！我對妳和陛下絕無二心！我也是被人下了套，但我心裡是絕沒有半分害妳和陛下的心思的！我本心是想為了長姐好，怕長姐受了陳昭的欺騙，可我現在真的知道錯了！」他說著，拿出隨身攜帶的匕首遞給她，「長姐，我對妳真心一片，即便妳現在殺了我，我都不會有怨言！是我糊塗，是我不該欺騙妳，長姐要殺要剮我都認了！」說罷閉上眼睛，伸著脖子，任她要殺要剮。

趙真將匕首放在桌上，嘆氣道：「子澄，若非我是相信你只是被人矇騙，我連話都不會多講就會殺了你。我不殺你，便是再給你一次機會，若是你不珍惜，我們之間的姐弟情誼也就到此為止了。」

沈桀睜開眼睛，趕忙握住她的手，「長姐，我真的知道錯了，有了這一次子澄自是再也不敢了！以後子澄有什麼事情都會先和長姐商議，再也不敢自作主張！」

趙真拉他起來，命他重新坐下，「那你說，到底是誰拉攏你？替你出謀劃策？」

沈桀面色沉沉的說道：「是豫寧王世子。在權臣遍地的京中，顯貴拉幫結派是常有之事，若是單憑一己之力舉步維艱。我起初單純的以為他只是想在京中站穩腳跟、拉攏人脈，才與我結盟，卻不想他竟有如此的野心！」

若不是沈桀說，其實趙真也沒想到會是豫寧王世子，豫寧王世子進京之後一直安穩本分、默默無聞，也不見府中人出來走動，卻不想暗中竟已搭上了沈桀，可見手段高明，若說他沒野心，真是鬼都不信了。

趙真沉吟片刻問道：「豫寧王世子除了你，可還有其他的同盟？比如……秦家？」

沈桀聞言搖搖頭，「據我所知，除我之外並無他人，但我也不保證他暗地裡到底有沒有和別人來往，而秦家……我自回京以後鮮少見秦家人，更是沒看過秦家人和豫寧王世子走動。」

他說著神色一凜，「長姐，可是秦家有什麼不妥？」

趙真總覺得這次的事情和秦家也脫不了關係，但卻沒有半分證據，看來唯有誘敵深入才可以了。

「尚且還不知道，只是有些懷疑。」她說罷，神情鄭重的看著沈桀，「子澄，現下有個將功補過的機會，你要不要？」

沈桀自然是想也不想的應下：「長姐請說。」

趙真道：「我要你繼續與豫寧王世子來往。」

沈桀自是能明白她的意思，「長姐是要我裡應外合嗎？」

趙真點點頭，問他道：「豫寧王世子現下不知道我的真實身分，還有和陳昭的關係吧？」

沈桀忙點頭，「我怎麼會出賣長姐？即便有意結盟，我也不會事事都告訴他，更不會全然信任他。我雖一時糊塗，卻也不至於蠢笨無腦。」

趙真想想也是，若是沈桀連這事都和豫寧王世子說，那他真的是沒救了。

她思琢片刻道：「如此，你就和他說我已和陳昭恩斷義絕，至於陛下，你便說陛下接我入宮之後會以禮相待，並非會當嬪妃對待。」

誰知沈桀聽完卻驚訝道：「陛下要接長姐進宮？」

趙真微挑眉毛，看向他，「你不知道？」

沈桀自然是點頭，「不知道，長姐未和我談及此事，豫寧王世子那邊只是同我猜測，說陛下近來對長姐頗為青睞，恐有納入宮中的心思，但我知長姐是陛下的母后，自然不會這麼猜測了。」他說著一頓，有些驚詫道：「陛下莫非真想納長姐進宮？」

其實趙真之前對沈桀早有疑慮，這事便沒跟他說，她還以為豫寧王世子那邊知道，已經告訴沈桀了呢，卻不想沈桀還不知道。如此一來，不是豫寧王世子那邊對沈桀不夠信任所以不告訴他，便是豫寧王世子也不知道。

趙真也不打算跟沈桀說明，只是概括說道：「陛下是要接我進宮，只是並非用齊國公小姐的身分，他應是對我有懷疑，感覺我像他的母后，便想接我入宮去一探究竟，卻又不想毀了我的清譽，便出此下策。除了皇后，還沒人能知道。」

沈桀聽完這才明白，回想起豫寧王世子身上的諸多疑點，怪不得對方突然出了這個主意替他挑撥長姐和陳昭的關係，原來是為了敗壞長姐的名聲，讓陛下放棄接長姐進宮的心思。起初他也覺得這個計謀甚是不妥，可眼見長姐與陳昭越來越親近，甚至住去了公主府與陳昭團聚，他才坐不住了，一時糊塗犯下這樣的錯誤。

沈桀深深的看向她，信誓旦旦道：「長姐，這次我定不負妳所望，若是再有下次，我便天打雷劈，死無全屍！」

趙真搖搖頭，拍上他的手背，對他語重心長道：「我不需要你這樣的毒誓，我只需要你向我證明，我沒有教錯你這個弟弟，你仍是我值得信任的至親。」

回想起長姐曾對他的耐心教導，沈桀不禁眼眶發熱，他怎會變得如此糊塗，如此執迷呢？甚至不惜欺騙和敗壞長姐名聲來敵對陳昭，直到長姐要與他恩斷義絕他才幡然悔悟。幸好長姐還願意給他一次機會，否則他死不足惜……

沈桀抽回自己的手，再也不敢對她有半分隱瞞：「長姐，我要與妳說一件事，想先請妳原諒我的荒唐……」

看著沈桀如此猶豫又難言的模樣，趙真隱約知道他想說什麼，心中反而能淡然了。她看著他的眼睛說道：「你說。」

沈桀卻不敢看她，低下頭，有些猶豫如何開口。

趙真也不催他，靜靜的等他自己說。

夜風微涼，吹淡了酒氣，趙真胃中突然有些翻騰，她捂住嘴乾嘔了一聲。

沈桀忙抬頭走到她身旁，「長姐怎麼了？」

趙真搖搖頭，欲要和他說話，卻又乾嘔了一聲。

沈桀替她拍拍背，急道：「長姐稍候，我去叫大夫過來。」

趙真隱隱知道自己這是怎麼了，攔住他道：「不要叫大夫，叫我的丫鬟邵欣宜過來。」

沈桀雖然不解，卻還是聽從她的吩咐，先把趙真安置進了屋內，再把那個叫邵欣宜的丫鬟叫了過來。

邵欣宜來了以後，取了脈枕替她把脈，手法嫻熟，一看就是個有功底的。

沈桀在旁邊看著，從來不記得自己為長姐安排過這麼一個能人，而孫嬤嬤身邊也沒這樣一個人，便明白了一二：這人一定是陳昭派給長姐的。長姐已經願意接受陳昭送來的人，便說明長姐已經全然信任陳昭了……

邵欣宜診過脈象，面露難色，看了眼一旁站著的沈桀，不知該說不該說。

趙真對她點點頭，「說吧，無妨。」

邵欣宜這才道：「依小姐脈象所看，應是……有喜了。」

趙真畢竟生過兩個孩子了，生老大的時候沒什麼感覺，生老二卻害喜了一段時間，所以她大概也猜到了，只是沒想到還真的是又有了，她摸上自己尚且平坦的小腹，這可如何是好……

邵欣宜起身道：「小姐有喜不該喝酒的，我去給小姐煎藥，免得酒氣傷了腹中的胎兒。」

趙真點點頭，令她出去了。這個孩子來得真不是時候，但她卻無權自己處置，也有些不忍心處置。

屋中又只剩下了趙真和沈桀，沈桀看著長姐輕撫小腹的動作，心中微痛，他自然知道這個孩子是誰的，有了這個孩子，長姐與陳昭更是難捨難分了，而他只需要做好一個好弟弟的角色便可以了。

沈桀跪到她身旁，「長姐……」

趙真抬眸看向他，解釋道：「這孩子是陳昭的，曾經的種種陳昭已經跟我說清楚了，他也答應我若是再生下孩子便隨我的姓。子澄，這是趙家的孩子。」

沈桀斂了心中的難過，對她笑道：「我知道，我曾說過會保護長姐的孩子，便不會食言。之前是我糊塗，差點犯下大錯，從今以後我再也不會讓長姐與長姐的孩子有任何閃失了，更不會因為他是太上皇的孩子，我便對他不利。長姐若是仍懷疑我，還不如現在就一刀殺了我。」

趙真欣慰點頭，「你明白就好。為了掩人耳目，這些時日我不會和陳昭來往，至於這個孩子，我想等他日見了他，親口告訴他。」

沈桀點點頭，「一切聽從長姐安排。我回去後會立刻寫一封信和名單，把我所知道的，關於豫寧王世子的事情都告訴太上皇，再也不會暗中挑撥長姐與太上皇了。」

能如此便是最好的。她囑咐道：「那你務必小心一些，不要讓豫寧王府的人知道。」

沈桀鄭重應下：「長姐放心，我自然會小心處事。」

趙真「嗯」了一聲，目光仍在自己的腹部，不知道陳昭知道了以後會如何……

沈桀看著她神色慈愛的模樣，左思右想，還是道：「長姐，我剛才的話還沒說完，我這次一定要向長姐坦白，否則寢食難安……」

趙真聞言這才又看向他，坐正了身子，指了指她一旁的座位，「坐下慢慢說。」

沈桀搖頭不敢坐，對她坦白道：「我對長姐……曾有過齷齪的心思，因此太上皇才會禁止我踏進京城見妳。我知道我的心思大逆不道，死不足惜，所以那麼多年也不敢見長姐，但長姐重生回來，我便生了野心，一方面是記恨太上皇對妳的無情，一方面是妒忌他，所以不想妳與太上皇複合，處處與他作對……」

陳昭的暗示，沈桀的異常，其實早就讓趙真有了這樣的懷疑，只是她不願相信，也不敢相信罷了。說到底義弟和親弟弟還是有區別的，也怪她沒有掌握好這其中的分寸，明明發現了端倪卻不願承認，也沒能趁早去引導沈桀，讓他犯下如今的錯誤。

「子澄，我一直當你是我的親弟弟，從前是，今後也會是。」

沈桀有些慘然一笑，「我知道，我一直都知道，可我卻沒能控制好自己……但長姐放心，我以後再也不會對長姐有這樣的心思了，會做好弟弟的本分。」

這種事情，趙真也不知道該和他說什麼，見他這麼說便點點頭，猶豫片刻後才問道：「你是因此才一直沒娶妻的嗎？」

沈桀不想讓她因此為難，便道：「不是，只是我一直沒找到想娶的人罷了。我曾經愛慕長姐，便一心想找個長姐這樣的，但是長姐是如此的獨特，哪裡是我能隨便就找到的……」

——這……

趙真想了想，嘆道：「其實很多人你不去嘗試，也不知道適不適合自己。曾經我對陳昭還不是深惡痛絕？現下也覺得他討人歡喜了。」

沈桀垂下眸子，他其實比她更瞭解她自己，她的脾氣絕不是陳昭威逼便能讓她就範的，她心裡就是放不下陳昭，才會和陳昭糾纏不休，說著厭惡他至極，卻也不願真的和他一刀兩斷，就算互相折磨也要在一起。

沈桀抬頭對她笑道：「我明白，長姐放心，我以後不會再讓長姐為我的親事操心了。」

義弟的心思多少讓趙真有些彆扭，輕咳一聲道：「你也不用勉強自己，長姐還是希望你能娶個稱心如意的妻子。」

沈桀「嗯」了一聲站起身，「長姐好好休息，我先回去了。」

趙真擺擺手道：「去吧。」

※◎※　※◎※　※◎※

宮中也是夜幕已深，千萬盞宮燈照亮著偌大的皇宮。

陳勍哄睡了貪玩的兒子，稚子無憂玩累了就睡，沒多久小傢伙便睡熟了，把小臉睡得紅撲撲的，粉嫩可愛，動動小嘴也不知道在說什麼夢話。他的嘴脣微嘟，是隨他的母后。兒女的身上總會有些父母的影子，是怎麼都抹不掉的。

陳勍替兒子蓋好被子，起身走到寢殿外，他還有些奏摺沒看完，想起那些好似永遠都看不完的奏摺，他好想把父皇接進宮啊……

陳勍嘆了口氣坐下來，聽說母后的案子已經結了，如今平安回到了齊國公府，大理寺少卿今日已將案子的詳情呈了上來，來龍去脈一清二楚，無可挑剔，可見他這朝中的大臣都是做戲的一把好手。

旁邊伺候的王忠猶猶豫豫上前，「陛下，皇后娘娘已經在殿外等候多時了……」

陳勍聞言微愣，抬眸看向關著的殿門，外面的宮燈被夜風吹得飄來蕩去，應該很冷吧……

他合上手中的摺子，幾不可聞的嘆了口氣，「傳皇后進來吧。」

王忠得令這才鬆了口氣，忙下去傳話了。

不多時，皇后走了進來，陳勍約莫有三天沒有見她了，她仍是以往的樣子，端莊得體，舉手投足間都是皇后的威儀，從她臉上從來看不到憔悴和力不從心。

秦如嫣款款而來，停在他的桌案前，行禮道：「臣妾參見陛下。」

陳勍沒看她，翻著桌上的幾本書問道：「夜色已深，皇后不就寢，到朕這裡來做什麼？」

秦如嫣將懷中的布老虎遞給他，「陛下派來接序兒的人走得急，將這布老虎落下了，臣妾怕序兒沒有它睡不安穩，便特意送來。」

陳勍抬頭看向她手中的布老虎，那是母后親手做的，她如此疼愛孫子，對秦如嫣也是個和善的好婆婆，可秦如嫣卻是如何做的？

他不禁面色一寒，「放在桌上吧，序兒已經睡下了，以後他在朕這裡，妳不必擔心。」

陳勍今日派人去皇后宮中把陳序接到自己這裡來，打算以後自己親自教養陳序。父皇和母后在宮中的時候，陳序一直是由父皇教導，父皇雖諸事繁忙，對陳序的教導卻也不曾懈怠。父皇和母后不在之後，便交由秦如嫣教導。秦如嫣自己明明才學過人，卻從不教導陳序的課業，方方面面顯得懈怠，他不禁懷疑她是不是故意如此，以便今後擺布年少不懂事的陳序，所以他決定兒子還是留在自己身邊好。

秦如嫣回道：「陛下多慮了，臣妾沒有不放心，序兒平日最喜歡和父皇在一起，陛下能多陪陪序兒，臣妾高興還來不及。」

陳勍聞言低下頭，繼續看書，「既然如此，妳回去吧，朕還有事情要做。」

秦如嫣卻沒有走，繼續道：「陛下，臣妾還有事要同陛下說。」說罷看了王忠一眼。

王忠又不是第一天在御前伺候了，自是明白皇后娘娘的意思，便欠了下身，要領著宮人們退下去。

陳勍見此卻沉聲道：「王忠，給朕添茶。」

王忠聞聲腳步一頓，再也不敢往外退了，連忙接過宮人手中的茶壺，將茶水添上。事實上陳勍杯中的茶還是滿的，叫住他不過是不准他出去罷了。

陳勍提筆在手中的書上勾畫了一筆，道：「朕還有許多事情要做，皇后若是沒有什麼重要的事情便不必說了。」

秦如嫣將這一切都看在眼裡，明明是她想要的結果，可心中卻有說不出的難過。

她斂了心緒，挺直腰板，說道：「陛下，不知瑾兒妹妹的事情算不算重要的事情？」

陳勍聞言這才抬起頭，目光落在她平靜無波的臉上，終究還是說道：「都且退下。」

王忠這才敢帶著宮人退下了。

等人都走了，陳勍蹙眉問道：「瑾兒怎麼了？」

秦如嫣微笑道：「瑾兒妹妹沒怎麼，是陛下之前讓臣妾安排接瑾兒妹妹入宮，如今臣妾已

經準備妥當了，瑾兒妹妹也洗清了冤屈，陛下可以挑個好日子接她入宮了。」

陳勍聞言心中一沉，他還以為秦如嫣要跟他說案子的事情呢。他低頭道：「這事啊，這事妳不用管了，朕已經交由旁人去做了。」

秦如嫣聞言微怔，卻還是沒多說什麼，「既然如此臣妾便不插手了。」

陳勍「嗯」了一聲，冷淡道：「若是沒有旁的事，妳便退下吧。」

秦如嫣欠身退下，陳勍也一直未再看她。快要走到殿門前時，秦如嫣頓下了腳步，回頭看一眼案前坐著的陳勍，說道：「陛下，自瑾兒妹妹那裡出事之後，陛下便不見臣妾了，陛下若是以為此事乃臣妾所為，臣妾不得不為自己辯解一句，此事和臣妾毫無干係，臣妾一直真心實意盼著瑾兒妹妹能早些入宮來。」說罷她也不等陳勍回話，便退了出去。

殿門重新關上，殿中頓時靜了，連陳勍有些急促的呼吸聲都聽得到，他低頭看了一眼手中如鬼畫符般的摺子，揉成團扔了出去。

王忠回來伺候時看到地上的一團摺子，不禁語塞：陛下您這樣，寫摺子的大臣會哭的……

※◎※　※◎※　※◎※

趙真從大理寺回去之後便不去神龍衛了，連齊國公府的大門都不出，閉門謝客誰也不見，連陳瑜都碰了壁，今日卻見了前來看望的陳啟威。

陳瑜知道後雖不想告訴父皇，怕父皇生氣，但這個時候卻不能有半分隱瞞——其實也隱瞞不過去，她只得將事情向父皇說了。

「父皇，也不知道母后那裡到底是怎麼回事，萱萱和允珩遞了好幾次拜帖，母后也不見，莫不是聽信了什麼人的話吧？這次的事情很蹊蹺，雖已結案，但明眼人都知道這裡面一定有問題，而母后哪裡受過這樣的委屈，可不要一時氣急聽信讒言才好。」

陳昭也有這樣的擔憂，他怕這件事不僅是有人想毀了趙真的清譽，還要挑撥他和趙真的關係，她身邊的沈桀是顆隨時會爆掉的雷，而且經過他這幾日的暗查，他發現沈桀竟早已與豫寧王府有來往，若是沈桀聯合豫寧王世子算計趙真，趙真八成會著了道，實在令人憂心。

這幾日來杳無音信，陳昭即使再淡定也有些坐不住了，起身道：「我去一趟丞相府，妳母后那裡若有事，便派人到丞相府找我。」

陳瑜點頭應下，囑咐道：「父皇路上小心。」

陳昭點點頭，回去換了身不起眼的粗布麻衣，裝作運柴的砍柴夫進了丞相府。

陳昭走後不久，公主府的管家來報：「殿下，方才老奴出去辦事，遇到一個跛腳的乞丐行乞，老奴見他實在可憐便賞了幾個銅板，他給了老奴一個錦囊，說裡面是廟裡求來的護身符，可是老奴一打開，卻看到了這個，請殿下過目。」

陳瑜接過來看了看，裡面寫的竟是幾個與豫寧王府有來往的官員的名字，還有一些市井小民，是豫寧王府的眼線。

陳瑜一驚，道：「此事可有旁人知曉？那乞丐是何模樣，還能找得到人嗎？」

管家回道：「無人知曉，老奴一看見這個便趕緊收了回來，命幾個家丁去找那乞丐，可那乞丐早就無影無蹤了。那乞丐模樣很邋遢，臉上髒汙，頭髮雜亂，看不清楚面容，就是尋常乞丐的模樣，如今想來應是有人刻意假扮的。」

從這信的內容來看，送信之人像是他們的盟友，可誰敢保證這上面的內容是真的還是用來矇騙他們的，這都是有可能的，看來她只能等父皇回來再做定奪了。

陳昭入了夜才回來，陳瑜趕忙將信交給他看，陳昭看後神色也是凝重，字跡陌生，辨不清是何人所寫，也不知這裡面所寫的是真是假。

陳昭思琢一會兒，說道：「將此信再寫一份，送到邵成鵬那裡，命他派人暗查真假，妳的人不要插手。」

陳瑜點頭將信收了起來，「父皇，母后那裡要怎麼辦？難道要等母后主動過來嗎？要不女兒親自去登門拜訪吧？」

陳昭搖搖頭，「妳暫且不要和齊國公府來往了，也不用萱萱和允珩過去了，妳母后進宮的事宜已讓妳皇弟交由丞相去辦，過幾日我會住到丞相府去，隨妳母后進宮幾日，這期間妳若是有事便令人傳信給我，到時候我會安排人和妳接應的，但若非重要的事情，不要冒這個險。」

「女兒明白，可……」陳瑜還是有些擔憂，「父皇，您這個時候進宮會不會太冒險？」

陳昭嘆氣道：「那也沒辦法，有些事我要和妳母后親口說才行，假別人之口我不放心。」

陳瑜也明白母后的性子，若是這其間真的有誤會，還是父皇親口去說才能萬無一失。

《回春冤家02美人美人我要你》完

敬請期待《回春冤家03》精采完結篇！

The Daily Life of the Mermaid's Creditor
人魚餵養。日常
大人的
Novel 墨然回
Illust 非
……
那，你們是怎麼交……咳，繁衍的呢？
債主大人的人魚餵養日常 01
債主大人的人魚餵養日常 02
只會三十六種借錢技巧的純潔人魚
擁有一百種整死魚辦法的腹黑二
LOVE LOVE的少女系物語
從哺乳動物
變成了脊椎魚類！
跨物種戀愛這麼重口味，真的可以嗎？！
全套兩集，全國各大書店、租書店、網路書店持續熱賣中！
典藏閣
華文聯合出版平台 www.book4u.com.tw
采舍國際 www.silkbook.com
不思議工作室
立即搜尋
版權所有© Copyright 2

飛小說系列165

回春冤家02

美人美人我要你

出版者■典藏閣
作　者■焓淇　　繪　者■梓攸
封面設計■Aloya
總編輯■歐綾纖
製作團隊■不思議工作室

郵撥帳號■50017206 采舍國際有限公司（郵撥購買，請另付一成郵資）
台灣出版中心■新北市中和區中山路2段366巷10號10樓
電　話■(02)2248-7896　　傳　真■(02)2248-7758
物流中心■新北市中和區中山路2段366巷10號3樓
電　話■(02)8245-8786　　傳　真■(02)8245-8718
ISBN■978-986-271-789-9
出版日期■2017年9月

全球華文國際市場總代理／采舍國際
地　址■新北市中和區中山路2段366巷10號3樓
電　話■(02)8245-8786　　傳　真■(02)8245-8718

新絲路網路書店
地　址■新北市中和區中山路2段366巷10號10樓
網　址■www.silkbook.com
電　話■(02)8245-9896
傳　真■(02)8245-8819

☞您在什麼地方購買本書？☜

1. 便利商店（＿＿＿＿市／縣）：□7-11　□全家　□萊爾富　□其他＿＿＿＿＿＿

2. 網路書店：□新絲路　□博客來　□金石堂　□其他＿＿＿＿＿

3. 書店（＿＿＿＿市／縣）：□金石堂　□蛙蛙書店　□安利美特animate　□其他＿＿

姓名：＿＿＿＿＿地址：＿＿＿＿＿＿＿＿＿＿＿＿＿＿＿＿＿＿＿＿

聯絡電話：＿＿＿＿＿＿＿＿　電子郵箱：＿＿＿＿＿＿＿＿＿＿＿＿＿＿

您的性別：□男　□女　　您的生日：西元＿＿＿＿＿年＿＿＿＿＿月＿＿＿＿＿日

（請務必填妥基本資料，以利贈品寄送）

您的職業：□上班族　□學生　□服務業　□軍警公教　□資訊業　□娛樂相關產業

□自由業　□其他＿＿＿＿＿

您的學歷：□高中（含高中以下）　□專科、大學　□研究所以上

☞購買前☜

您從何處得知本書：□逛書店　□網路廣告（網站：＿＿＿＿＿＿＿）　□親友介紹

（可複選）　□出版書訊　□銷售人員推薦　□其他＿＿＿＿＿＿＿＿＿

本書吸引您的原因：□書名很好　□封面精美　□書腰文字　□封底文字　□欣賞作家

（可複選）　□喜歡畫家　□價格合理　□題材有趣　□廣告印象深刻

□其他＿＿＿＿＿＿＿＿＿＿

☞購買後☜

您滿意的部份：□書名　□封面　□故事內容　□版面編排　□價格　□贈品

（可複選）　□其他

不滿意的部份：□書名　□封面　□故事內容　□版面編排　□價格　□贈品

（可複選）　□其他

您對本書以及典藏閣的建議＿＿＿＿＿＿＿＿＿＿＿＿＿＿＿＿＿＿＿＿＿＿＿＿

＿＿＿＿＿＿＿＿＿＿＿＿＿＿＿＿＿＿＿＿＿＿＿＿＿＿＿＿＿＿＿＿＿＿＿

＿＿＿＿＿＿＿＿＿＿＿＿＿＿＿＿＿＿＿＿＿＿＿＿＿＿＿＿＿＿＿＿＿＿＿

✌未來您是否願意收到相關書訊？□是　□否

✍感謝您寶貴的意見✍

印刷品

$3.5

請貼
3.5元
郵票

不思議信局
FUSIGI POST

235 新北市中和區中山路二段366巷10號10樓

華文網出版集團　收

（典藏閣－不思議工作室）